永遠の飛燕

愛機こそ、戦友の墓標

田形竹尾

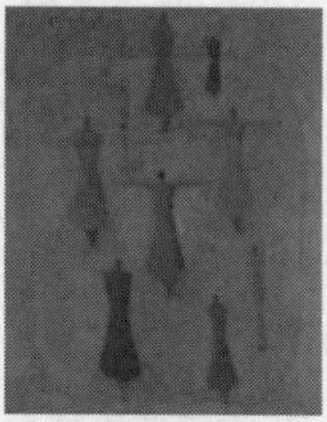

潮書房光人社

永遠の飛燕——目次

第一章　飛燕・グラマン二対三六

殺気みなぎる基地　11
米機動部隊接近す　16
運命の僚機を選ぶ　20
出撃前夜のひととき　24
悲報あいつぐ　31
二機ついに還らず　35
グラマン四〇機北進中　39
新高山西方、大編隊を発見　43

三六機に斬り込む　47
心眼と殺気と　52
快心の一五分間　55
絶体絶命の二〇分　66
僚機、離脱せよ　70
奇蹟の不時着　74
中村！　なぜ死んだ　86
宿命の記念写真　90
ああ、戦争と戦士と　96

第二章　きょうよりは、かえりみなくて

憧れの陸軍航空兵　107
飛べたぞ、おかあさん　117
風雲の大陸戦線へ　130
必死の夜間不時着　155

第三章　南十字星の下に

ビルマの乱雲　169
新鋭機が欲しい　203
テストパイロット　214
人間特攻・教官の苦悩　248

第四章　特攻作戦の終幕

嵐に散る桜花　263
ついに特攻命令下る　273
ああ伊舎堂大尉　286
散りゆく聖純な若き魂　296
おかあさん！　さようなら　302
最後の特攻隊長　315
生命の恐怖との闘い　325
ああ、八月十五日　331
あとがき　339

永遠の飛燕

愛機こそ、戦友の墓標

第一章　飛燕・グラマン二対三六

殺気みなぎる基地

新緑の香りただようここちよい風を肌に感じながら、私は、彼岸の中日にあたる三月二十一日の昼過ぎ、東京都内世田谷山観音寺の境内にある特攻平和観音に参拝した。

ことわざに光陰矢の如しといわれるように、月日のたつのは早いもので、昭和四十二年五月五日は、航空特攻二十三回忌にあたる。敗戦直後の混乱時代より今日まで、十有余年の間、特攻慰霊ひとすじに生きてこられた住職・太田照男師の読経によって、天皇、皇后両陛下より御下賜品が供えられている四六一五柱の御霊に、深く頭をたれて合掌した。

思えば学鷲、少年飛行兵、予科練、陸士、海兵などの出身者である一〇代、二〇代の若き青年将校と下士官が、祖国と同胞に対する烈々たる愛情に燃え、永遠の世界平和を祈念しながら、日本民族の不滅なる魂に生きようと、自らは航空戦士として喜んで靖国の神となった。「後を頼む！」「お母さん。さようなら！」と、ある者は敵艦に、ある者は敵機に、壮烈な体当たりを敢行した。

その死の直前、限りなく愛する祖国に翼を振って、最後の訣別を告げた悲壮なる光景が、私の脳裏にほうふつとして、よみがえってきた。

英霊は無言で何も語らない。残された幾百万の母と、妻と、子が、いまも人知れず泣いている。

「生き残った俺は、これでよいのか……」

と、ぐっと胸に迫るものがあり、頬に伝って流れる涙を禁じ得なかった。

「戦争と戦士を、混同してはならない」

これはかつて、戦場にある時も今も変わらぬ、私の信念である。

回想は、二三年前の昭和十九年十月にさかのぼる。

当時私は、台湾の台北に司令部を置く飛行第八師団（師団長山本健次陸軍中将）隷下の飛行第百八教育飛行戦隊（戦隊長西島道助陸軍中佐）第三中隊付（中隊長岩本繁男陸軍大尉陸士五十四期故少佐）として、特攻要員（少年飛行兵十五期）の教官と台湾臨時防空の任務が課せられ、嘉義市西方二〇キロの北港飛行場に勤務していた。

台湾は、亜熱帯地域で気候も良く、誰がつけたか宝来島の別名によって呼ばれる如く、陸と海の資源に恵まれ、到る所に温泉があり、優れた素質を持つ本島人五〇〇万と、善良な高砂子族と、内地人六〇万に、軍人三〇万、合計約六〇〇万人の日本国民が居住し、北緯二三度二七分、北回帰線は嘉義付近にあり、この地点からは、北と南の地平線上に、北極星と南十字星の両方が望まれる神秘の島、アジアの楽園にふさわしい平和な宝の島であった。

だが、サイパンが玉砕し、日米決戦の天王山といわれたフィリピンの大勢が決した時、中国大陸と比島に一衣帯水の楽土台湾の平和はついに破れ、南方補給の基地は、いまや本土防衛の前線基地に変貌、刻々と戦機は熟し、はねかえすことのできない息づまる殺気が、急速に全島を覆って行った。将も、兵も、「沖縄と台湾に敵侵攻近し」と、姿なき敵に日夜備えて、迎撃作戦の準備に闘魂を盛り上げていた。

予想どおり、敵大機動部隊は沖縄にやって来た。昭和十九年十月十日朝、ラジオの臨時ニュースは、大本営陸海軍部発表として、次のように放送した。

「十日未明より空母十数隻を基幹とする有力な敵機動部隊は沖縄周辺に侵攻、艦載機延べ数百機をもって沖縄基地を空襲せり、わが所在陸海軍部隊は、空陸呼応して、目下果敢な邀撃戦闘中」

私は、この臨時ニュースを下宿の北港街、花屋旅館で聞いた。

「畜生！　やりやがったな」

二日前から四〇度を越すマラリヤの高熱に苦しんでいたので、気ははやれども、体の自由はきかず、無念でならない。この時はすでに軍情報によって、沖縄の次は台湾に侵攻することが予想されていた。台湾全土がいつ、敵の攻撃にさらされるかわからない時、台湾全部隊中で最古参の操縦者である私が、発熱して病床に臥していなければならないとは！　私の戦士としての責任と誇りがそれを許さなかった。

「こうしてはおられない」

と、つとめて床の上に起き上がって見たが、頭が割れるように痛む。全身がだるく、目まいがして、ぶっ倒れそう。二日間何も食べていないのだ。

下宿のおばさんに、医者と食事を一緒にたのんだ。そして無理に箸をとってみるが、熱のためにもみがらでも噛んでいるような気がする。間もなく医者がみえた。熱は三九度七分だった。とにかく、部隊から命令がくるまで横臥していた方が良いと考え、注射を打ってもらって横になった。床の中からおばさんに、

「新しい下着、パンツ、ハンカチ、靴下と、それから軍服、軍刀、拳銃をまとめて枕もとに持って来て下さい」

と、たのみ、三時間ほどぐっすり眠った。

午後二時を少しまわったころ、中隊からの伝令に起こされた。伝令の堀田明夫伍長（少飛十一期、特攻隊として沖縄に自爆、故少尉）は、

「田形准尉殿、明早朝、非常呼集があるので、何時でも出動出来るよう、準備しておけとのことです」

彼は中隊長からの命令を伝えた。そしてけさからの沖縄邀撃戦の状況を語ってくれた。

二人で、内地から送られたサッポロビールで乾杯し、いっしょに食事をしながら、いろいろと歓談した。

この純情で誠実な堀田伍長も、この日から半年後の二十年五月四日には、特攻隊となって沖縄の敵艦に突入、赫々たる戦果を収めて散って行った。

食事を共にしながら、上官である私のマラリヤを心配してくれていた堀田伍長が、近く死んで行くという運命は、私にも堀田伍長にも、そのときは知る由もなかったのである。

沖縄基地防衛戦闘機隊は、飛行第八師団の隷下にある独立飛行第二十三中隊であった。中隊長は陸士五十三期の勇敢な木村信大尉で、飛燕（三式戦闘機）一三機、操縦者は一一名、基地は沖縄北飛行場に駐屯していた。

戦況は――十月十日早朝より、米第三八機動部隊の艦載機グラマンによる連続大空襲があり、那覇市周辺の飛行場、船舶、都市に対して銃爆撃が行なわれ、味方は大損害を受けた。

敵機の来襲状況は、第一次　グラマン戦闘機　二四〇機、第二次　二一〇機、第三次　一二〇機、第四次　一一〇機、第五次　一六〇機。

合計五回にわたって、一時間おきに来襲、その数は延べ八四〇機の多数に達したのである。

馬場園大尉（陸士五十四期）は、機動部隊強行索敵のために、隼（一式戦闘機）で離陸した。

その帰還時間が予定より遅れたので、木村中隊長は馬場園大尉自爆と判断、午前九時に全力出動を命令した。

敵の第二次攻撃隊、二一〇機が数個の編隊で来襲した。これに対して木村中隊は飛燕一〇機で離陸邀撃した。一〇対二一〇、飛燕対グラマンの物量対精神力の空戦が展開されたのだ。

わが陸軍航空隊は、「見敵必殺!」の旺盛なる攻撃精神をいかんなく発揮した。

しかし、多数の敵機に損害をあたえながらも、下位の悪条件と、数の劣勢により、わが方も木村中隊長以下六機自爆、四機不時着大破、わずかに一回の戦闘で中隊全滅の悲運に泣いた。

その他、飛行場に着陸していた陸海軍機の大半は、炎焼または破損した。那覇市も数ヵ所が炎焼した。

このような状況が判明するとともに、台湾でも明日は我が身と、覚悟が必要であった。これが日米最後の宿命の対決の序章となろうとは、あまりにも不運な運命の開幕であった。

このころから、中国大陸より台湾方面を偵察にくるP38双発偵察機は、昼、夜間を問わず、日に数回は飛来するようになった。中国大陸に戦略爆撃の基地を整備したB29四発大型爆撃機の台湾、九州爆撃も、早や時間の問題となった。

前門の虎第三八機動部隊、後門の狼B29爆撃機と、制空、制海権の主導権を敵にゆだねた台湾は絶海の孤島にひとしく、頼みは三〇万の台湾軍と残存航空部隊のみとなった。

こうして、開戦以来日本本土の南の生命線として、補給と訓練に明け暮れた基地・台湾の平和は破れ、決戦の重圧感が、われわれを圧倒して来たのである。

米機動部隊接近す

予想される翌日からの戦闘に備えて、十日夜はぐっすり眠った。十一日午前八時を少し過ぎたころ、「部隊から電話です」と、おばさんに起こされた。熱で少し頭が重いが、前日よりましだ。

「来たなー」と思いながら、受話器をにぎった。岩本中隊長のいくらか上ずった声が聞こえた。少し昂奮しているらしい。

「田形准尉か。岩本だ。八飛師よりの作戦命令が出た。午前十時、空中勤務者全員集合だ。迎えの車を出したから、すぐ出勤するように」

と、ぶっきら棒にいってから、今度は声を和らげて、

「マラリヤは、どうだ、大丈夫か……」

と、やさしくきかれた。

「大丈夫です。ピンピンしています。すぐ出勤します」

と、答えた。側でおばさんは、緊張した表情でじっと私の方を見ていた。「心配無用です」と心の中でつぶやき、かすかに微笑みかけると、彼女は無言で台所の方へ歩み去った。

私はこのような運命が訪れることを予期していたので、四ヵ月前、屏東から妻を内地に帰して、呑気な下宿の一人暮らしを楽しんでいた。花屋旅館に地上勤務の将校六名と下宿して、三ヵ月余りだが、操縦者は私一人だから、特別によくしてもらった。航空基地の町に住むおばさんは、飛行機乗りのはかない人生を知っている。今度は自分の子供のように若い二八歳の青年、田形が、戦死するのではなかろうかと、心から案じてくれている。海山遠く離れた南国の台湾にいると、このおばさんのやさしい人情が、故郷で私の無事を祈ってくれている

慈母のような気持ちになる。

急いで洗面をして、軍服に身をかためる。熱をはかってみると三八度五分あった。しかし、気のせいか、ずいぶん調子が良い。荷物といっても、軍服と下着と、ゆかたに本ぐらいで何もないが、一応整理をして、郷里福岡県の父の住所と妻の名前をメモ用紙に書いた。

「おばさん、私物は何もいらないが、連絡先きを書いておいたので、お願いします」

と、メモ用紙を渡すと、おばさんは、私が特攻隊にでも行くように、無言でメモを受け取り、ぼろぼろと、涙を流された。私は、

「今度の出撃は決死隊で、必死不還の特攻隊ではないから大丈夫です」

と、軽く笑って、おばさんを安心させた。ふと、自分の心に尋ね、自問自答した。

「田形、本当に大丈夫か」

「大丈夫だ。いや、わからない」

この二つの答えが同時に、かえって来た。人間の生死は、戦闘に参加しようとしまいと、だれにもわからない。まして、死亡率最高といわれる空中戦において、

「生か、死か」

この問題に答えを出せというのは、無理である。このことは、運命の神のみがその鍵を握っている。我々戦士は、

「命令どおり、戦えば良いのだ」

これが出撃に当たっての戦士の真実の姿である。おばさんの涙にさそわれて、つい一瞬、

このような禅問答をくりかえしていた。

「生と死の問題を無意識の間にでも考えられるのは、生きている証拠だ」

とも思った。不死身と僚友にいわれても、俺も生きている血の通った人間だ。しみじみと生きている喜びを感じたのであった。

「食事の準備が出来ました」

と、御主人に呼ばれた。きょうは特別で、床の間を背にして上座に座った。

食卓にはスルメ、コンブ、日本酒、赤飯など、おばさんの好意と愛情の品が並べられている。まるで、出陣のようなお祝いである。御厚意を感謝して食卓につき、主人、おばさんの三人で乾杯した。

渡辺上等兵が車をもって迎えに来た。話を聞いて、近所の奥さん方数名が挨拶にこられた。皆と一緒に、二度目の乾杯をしたが、多勢集まったので賑やかな出陣の祝いになった。異郷の地でこうして暖く見送って下さる同胞の方々に感謝し、「この人たちを守るためにも戦うぞ」と、不屈の闘志が、腹の底から力強く湧き上がって来た。

いよいよ、出勤の時間が迫った。

「行って参ります」

と、心の中でお別れの挨拶をして車に乗った。日章旗を振って「万歳！　万歳！」で見送って下さったが、どの顔も涙でぬれていた。

こうしている間にも、ハルゼー大将麾下の勇将、ミッチャー中将の率いる敵機動部隊と台湾の距離は、ぐんぐんせばめられていた。こうして私と、私の運命を乗せた自動車は、飛行場まで二〇分の道を六〇キロのスピードで突っ走った。

運命の僥機を選ぶ

午前九時三十分、北港飛行場に到着、集合時間三〇分前である。

ピスト（操縦者の控所）の前には、もう飛行服に身を固めた将校、准士官四九名の操縦者と、特攻要員の学鷲、少飛の将校、下士官六〇名が、緊張して待機していた。

整備の下士官兵は宮島英夫曹長（整備学校恩賜の銀時計組）指揮の下に、荒木和鬼夫、大野秀次、笹川秀次、前屋敷清治らが、新鋭戦闘機飛燕三機の出動準備に大わらわである。私は人情戦隊長として部下の衆望を集めておられる西島少佐と岩本中隊長に、病気静養と到着の報告をした。

戦隊長は、その鋭い目をギョロリと向けて、ただ一言「よし！」といってうなずかれた。中隊長は「御苦労！　大丈夫か」と案じ顔である。

ピストで当番兵が持って来た飛行服を着用する。やがて定刻五分前に、戦隊副官小林喜一大尉の集合の号令が掛かった。

空中勤務者一一〇名は、ピストの前に将校、准士官の順に二列横隊に整列した。その日の戦隊命令は、ともすれば熱で頭がボーッとかすんでくる中で受けた。

飛百八教戦作戦命令（昭和十九、十、十二）

一、わが戦隊は第八飛行師団命令に基づき、臨時防空戦闘に参加する。
二、田形准尉は、昭和十九年十月一日付をもって集成防空隊第一隊付を命ず。僚機二名の任命は　田形准尉がこれを行なうものとす。
三、北港飛行場出発時刻は午前十一時〇分、空路台中飛行場に至り、飛行団付小林少佐の指揮を受けるものとする。

戦隊長　西島少佐

さあ大変なことになった。かねて予期はしていたが、現実に命令を受けると、責任の重大さ、任務の厳しさに肩の荷が重い。

「航空戦士の責任と戦隊の名誉にかけて戦わねばならない」

戦友の屍を越えて、戦闘機一〇年、訓練に実戦に、鍛え磨かれた心、技、体の不死身より発する不屈の闘魂が、泉の如く湧き上がってくる。ただ、気になるのは、おそらくは生還は期しがたい二名の僚機を選ばねばならないことだ。命令をする立場に立って初めて、上級指揮官の人間的苦悩が、理解出来た。そういう事を論議する時間はない。今すぐ断を下さねばならない。私はためらわず、将校以下四九名の中からニューギニア戦線において飛燕をかって奮戦した歴戦の勇士、中村曹長（操縦七十三期）と、屏東以来一年半、その戦技の練成にあたって来た弱冠真戸原軍曹（少飛七期）の二名を僚機として選び、命令した。

私は、直ちに戦隊長に申告した。

「田形准尉以下三名、集成防空第一隊付を命ぜられました。謹んで申告します」

西島戦隊長はただ一言「御苦労」と言われた。

「御苦労――」とは、「死んでくれ」「生きて帰れ」と、この短い言葉に、同じ戦闘機乗りにだけ通ずる深い意味が含まれているのだ。この戦隊長の期待に応えねばと、あらたなる決意を自らの心に誓った。戦隊本部から支給された新品の航空服に身をかためて、ピストで僚友の激励を受けて待機した。

伊藤軍医大尉がピストにやって来た。辞退する私に、無理に体温計を押しつける。熱止めの注射を打ってくれた。

まだ、熱は三八度二分あった。

平時なら当然休養のところだが、いまは、マラリヤなどにうつつを抜かしてはいられない。伊藤軍医は、西島戦隊長に私の診断結果を報告して、激務の作戦には少し無理だと意見具申しているようだ。人情戦隊長はニコニコしながらうなずき、

「大丈夫だろう？　え――」

と、目で聞きながら私を見られる。

戦士には戦士だけに通ずるあるものがある。まして、一年半仕えた上官と部下、戦隊長の心は、私にはわかりすぎるほどよくわかっている。日華事変、太平洋戦争と、各戦線でマラリヤ、デング熱などの高熱を克服しながら、我々の戦友は戦って来た。高熱を冒しても戦わねばならない時が今だ。

「君、大丈夫だろう」と、戦隊長の目はたずねているのだ。

「なあに、大丈夫ですよ、戦隊長殿」と、私も答えねばならない。

いよいよ出発五分前、出発線にある飛燕三機が整備員の手によって始動された。わが軍唯一の水冷式一五〇〇馬力のエンジンが、力強い響きをたててうなりはじめた。調子は上々だ。

私はかたわらに立つ同郷の高鍋定曹長（操縦七十五期）の肩を叩き、ポツンと言った。

「何んにもいうことはないが、頼むぞ」

これで私が戦死した時は、彼が私の父母や妻に知らせてくれるだろう。

気持ちがさばさばして少年時代の修学旅行のような気分になることができた。

「中村曹長三番機操縦」

「真戸原軍曹二番機操縦」

と、僚機より報告を受ける。つづいて西島戦隊長、岩本中隊長に出発の報告をする。戦隊将兵全員の激励と、見送りを受けて、愛機の前に立つ。そこまで送ってくれた熊谷、明野両陸軍飛行学校時代の操縦同期生、日暮吾朗准尉（後中尉）と最後の握手を交した。

そして愛機に搭乗、飛燕の操縦桿を握った。

三機編隊で離陸、高度二五〇〇メートルで北港飛行場と北港街上空を大きく二回旋回する。

思えば屏東において、四月から七月までの四ヵ月間、学鷲特攻要員（特別操縦見習士官）の主任教官として四〇名の将校学生を教育した。そして、教官として人間として、

「特攻とは何か、特攻精神とは何か」

この重大な課題と取り組み、苦悩の中にいまだ結論を出し得ず、三ヵ月前にこの北港飛行

場に転営してきた。

陣中閑ありで、毎日が、多忙と、危険と、困難と、苦悩の連続だけではない。特に北港街は日本の出雲大社と同じく、縁結びの神である「マソビョウ」がある。遠近からの、若い男女の参拝客があり、朝の二時、三時まで賑わっている。この夜の町は、私たち若い者にとっては、また楽しい思い出のひとこまであった。

ことに基地地区の街長（村長にあたる）中島伊作氏は、同村の出身であり、北港警察署の台南州一優秀といわれた山下竹重巡査部長は、隣村出身の少年時代からの竹馬の友であった。戦友たちも、皆よい人ばかりであった。下宿のおばさん一家も立派な人たちである。短い期間であったが、楽しい生活であった——と思い起こして機上より別れを告げた。最後に地上で手を振って見送る戦友に、大きく翼を振って答え、なつかしい北港飛行場を後にした。

「生か！　死か！」

運命の神が待つ戦う基地、台中へと、三〇〇キロのスピードで一路飛んだ。

出撃前夜のひととき

午前十一時二十分、台中飛行場に到着した。飛行場の準備線には、隼八機と、飛燕二機が並んでいた。それに木製の九七戦三機が愛嬌をそえている。台中戦隊の九七戦闘機、中間練習機などは、砂糖黍畑につくられた掩体壕のなかに隠されてあった。

ピストの横には、二〇ミリ高射機関砲三基が配置され、飛行旅団司令部の後方、二〇〇メートルの地点に、高射砲五門がその長い砲身をむき出しにしている。これが台中飛行場の対空火器の戦力であり、甚だ貧弱な防空陣容である。飛行場西方、六キロの高台にある海軍の孝感飛行場には、零戦と思われる一〇機が、砂煙をあげて試運転を行なっているさまが見られた。高度二〇〇メートルで飛行場上空を二周した。

飛行団戦闘司令部は、空中勤務者控所から二〇メートル程離れた野外テントのなかにあった。ここには、屏東時代一年間、同じ中隊だった高橋渡中尉（陸士五十五期）が、ニコニコしながら迎えてくれた。

「おう、田形准尉か、きたのか」

いかにも嬉しそうに、目尻に皺を寄せてまくしたてる。

「不死身だからどこへだって現われますよ」

私も嬉しく、屈託なく答える。

間もなく、岩本照男中尉（陸士五十五期故少佐）が飛燕三機を指揮して到着した。かくして、台中飛行場には飛燕七機と隼八機が、翼を並べることとなった。そしてこれが、わが飛行団隷下の教育四個戦隊から動員された新鋭戦闘機の全戦力であった。

各戦隊より選抜された操縦者一五名は、各戦隊を代表する歴戦の猛鷲たちだった。

最後に岩本中尉の到着後、直ちに中隊の編成がなされた。

中隊長東郷三郎大尉（少尉候補生出身少佐）

第二小隊長高橋渡中尉（陸士五十五期大尉）
第三小隊長岩本照男中尉（陸士五十五期故少佐）
第四小隊長田形竹尾准尉（操縦六十期）
僚機は、林中尉（陸士五十五期）、藤田准尉（操縦七十二期）、三宅曹長（少飛三期）、中村曹長（操縦七十四期故准尉）、河野曹長（操縦七十九期准尉）、真戸原軍曹（少飛七期曹長）、岩切軍曹（少飛七期曹長）、吉田軍曹（少飛八期故曹長）の他、三名の下士官で編成された。
私は第四小隊長として、中村曹長、真戸原軍曹の二機を指揮して、最も危険な後衛小隊長として戦うことになった。
だが当時、優勢なる敵機動部隊に対するわが飛行第八師団の防衛戦力は、

飛行第八師団、司令部台湾台北市
師　　団　　長　陸軍中将　山　本　健　児
第三飛行旅団長　陸軍少将　星　駒　太　郎
飛行第十戦隊　司令部偵察機　一〇機
主力台北、一部小港
戦　　隊　　長　陸軍少佐　新　沢　　勉（陸士三十七期）
飛行第十一戦隊　四式戦闘機（疾風）　三〇機
宜蘭、台北
戦　　隊　　長　陸軍少佐　金　谷　祥　弘（陸士五十一期）

飛行第二十戦隊　一式戦闘機（隼）三〇機
　　　　　　　　　　　　　　　　　　小港
戦　隊　長　陸軍少佐　山本　五　郎（陸士三十七期）
戦　隊　長　陸軍少佐　村岡　英　夫（陸士五十二期）
集成防空第一隊　一式戦、三式戦闘機　一五機
　　　　　　　　　　　　　　　　　　台中
中　隊　長　陸軍大尉　東郷　三　郎（少候出身少佐）
集成防空第二隊　二式複座戦闘機（屠龍）一〇機
　　　　　　　　　　　　　　　　　　桃園
中　隊　長　陸軍少佐　杉本　明
　　　　　（空中指揮は橋本中尉）

このように、飛行第八師団の戦力は、九五機であった。このうち、グラマン戦闘機を邀撃出来る単座戦闘機は、わずかに七五機である。これが台湾防衛力の全貌である。

海軍機も若干あったが、教育部隊で戦力としての計算は出来なかった。

かくして私たちは、少数の一五機をもって、台湾中部の防衛に当たることになった。

その主なる任務は、次の如きものである。

一、新高山の麓にある台湾唯一の発電所の防衛
二、軍事施設、都市、鉄道、鉄橋の要地防空

三、機動部隊攻撃のために、南九州に待機している陸海軍雷撃隊の間接援護

予想される一〇倍、二〇倍の敵機を相手に、少なくとも右の任務を達成するためには、私たちは全員戦死の高価な代償を払うとも、艦載戦闘機グラマン、中国大陸より侵攻するB29爆撃機を迎撃、見敵必殺の闘魂で撃滅しなければならない。私は決意を新たにした。

思えば、戦闘機乗りになって一〇年、華北、華中、華南、満州、仏印、タイ、ビルマ、シンガポールと、その大半を戦場で過ごした。

親しかった戦友の多数が戦死した。私は不死身といわれながら、今日、こうしてまだ戦おうとしている。昭和十二年の七月、初めて大陸に渡ったころは、出動した陸軍操縦者一三七名中最新参の操縦者であったが、現在は、師団配属の約六〇〇名の操縦者の中より選抜された精鋭七五機の戦闘機操縦者中最古参の操縦者となっていた。したがって階級は准尉でも、陸士四十八期生の少佐以下は皆、操縦の後輩である。

私の戦闘が総軍の士気に影響することを自覚しなければならない。このようにわずか七年の間に、一番新参から一番古参になってしまった。それは多くの先輩が、祖国に殉じて散ってしまったからだ。

操縦とは実力の世界であり、生死を賭けての闘いである。空中戦士とは、嵐に散る桜の花の生涯に似たはかないものだ。現在おかれている立場を思うと、感無量なるものがある。

このような感慨にふけっていると、隼が一機低空で、大空一杯に爆音を響かせながら飛来した。

それは戦闘を明日に控えた第八飛師隷下の戦闘機隊を激励するために、幕僚も連れず自ら操縦桿を握って飛んで来た師団長山本中将であった。嵐の前の静けさの第一線で、師団長が単身飛ぶということは、さすがに異例のことであった。

いよいよ、敵三八機動部隊の全貌が明らかになった。

米国第三八機動部隊編成

機動部隊司令官　ミッチャー中将

空母　正規九隻、巡洋艦改造八隻、計一七隻

戦艦　六隻

巡洋艦　重四隻、軽一〇隻

その他　五八隻

艦載機　戦闘機グラマン

艦上爆撃機　計約一〇〇〇機

このような、強大な機動部隊の艦載機は、戦力が低下した日本軍にとっては大敵で、その上に中国大陸の基地には、戦略爆撃機であるB29が約一二〇機、その翼の下には爆弾をいっぱい搭載して、待機している——という情報も伝わって来た。

「さあ！　どこからでも来い」

といわんばかり、肩をそびやかして大空を見上げた。われこそは選ばれた猛鷲だと、曳かれ者の小唄といおうか、窮鼠の唊呵といおうか、たしかにそうであったに違いない。

夕食には赤飯、紅白のもち、スルメ、コンブなどが支給され、一同は翌日の戦闘のために乾杯した。

夕食後、ボンヤリと寝台に横になっていると、本部からの命令が伝えられて来た。

「明朝、集合五時五十分、六時二十分離陸の予定」という。日出一五分前の離陸である。

どうせ数は問題にならない。しかし、過去と沖縄の戦訓に学び、不利な下位よりの戦闘をさけて、高空で敵を待とうというのだ。

命令と同時に、各人に一枚の紙が渡された。なにげなくその紙に目を走らせた。その末尾に書かれてある文字に、フト、いやなものを見出したのだった。それは、

「戦死後の通報先き」「戦死後の希望」

と明瞭に書かれた身上調書であり、遺言状であった。私は、目をあげて僚友の手もとをのぞきこんだ。皆が顔を上げて笑い合った。

「やるだけやるさ」

「年貢のおさめどきだ」

といった笑いもあった。達観した心からの笑いでもあった。笑いにならない笑いもある。室内には、一瞬、街のざわめきの中にしばしば見出される不気味な静けさがあった。

その晩は演芸会が催された。空中勤務者も、地上勤務者も、一緒になって歌ったり踊ったりした。それは決して狂態ではなかった。その動きの中に、さきほどの笑いのかげがひめられていることを見出すのに何の困難もなかった。ただ確かなことは、あと一〇時間足らずで、

台湾防衛の全責任をおって、決死隊として敵空軍とわたり合う戦士だということである。皆朗かに、歌い、踊っている。朗かなことと朗かな振りをすること、その本質や心情は大いに異なる。この中から必ず何人かは戦死する。こう思うと人間としての哀愁を感じた。しかし、皆は頼もしい表情をしている。すばらしい青年たちだ。力強いと思った。

午後八時、八飛師より、情報が伝達された。

「明払暁を期して、敵艦載機の大挙来襲は、必至と見られる。各隊とも戦備を万全にすべし」――

悲報あいつぐ

午前五時五十分、非常呼集のラッパは営庭に鳴り響いた。すわと飛び起き、航空服の上から拳銃をつけ、駆け足で飛行場のピストにかけつけた。台中の街はまだ静かで、ほの暗い。炊事当番の心尽くしの握り飯を三つばかり頬ばってみたが、なぜか自分が窮地に行くという感じがない。食後のサイダーを私はうまいなあーと思って飲んだ。

台湾の要所に配置されたレーダーは、その時何の情報も捕らえていなかった。師団司令部からも何の命令もない。整備員は全機の試運転を終わって、「異状なし」と伝えて来ている。

いつもは至って朗らかで、整備員を爆笑させる空中戦士たちも、あてどない自分の死に場を前にしては口をきくすべもなく、ただ黙然と煙草をふかしては、命令を待機していた。

東の空がようやく明るくなって来た。

午前六時十分、待望の第一信がもたらされた。払暁、偵察に飛び立った最新鋭の百式司令部偵察機（新司偵＝巡航時速三三〇キロ）の安倍大尉から発信されたものだ。

「空母一七隻、戦艦六隻を中心とする三八機動部隊は、台湾東方洋上二〇〇キロ海域を南下中、母艦上には約三〇〇機のグラマン試運転中なり――」

ついに敵機動部隊発見！ 待機中の気持ちの定まらない空中勤務者は、期せずして「さあこい！」と万歳を連呼した。それはあたかも、自分の死に場所を確認し得たものの喜びのときの声のようなものであった。サイパン玉砕以来、敗北、後退と、長い間反攻のかなわなかった敵に対する決戦の場と、死に場所を、同時に求め得た戦士たちの気持ちをいまさら、私は解剖する気になれない。

――さあ、グラマンとの決戦だ。

基地には、一瞬にして殺気がみなぎって行った。

今や、紅白の戦闘旗が、飛行団司令部に高く翻った。ついに待ちに待った出撃命令が下る。

「集成防空第一中隊は、東郷大尉指揮のもとに、全機出動、敵機を捕捉撃滅すべし」

飛燕七機、隼八機が一斉に始動された。一五機のエンジンの音は、暁の大空に響き渡り、決戦の空気を盛り上げて行った。

東郷中隊長は、簡単な注意と指示をあたえて、全機離陸を命じた。

私は、中村曹長、真戸原軍曹に

「やるぞ！ しっかりついてこい」

とだけいった。二人はにっこり笑ってうなずいた。中村曹長のこの微笑が最後の別れとなろうとは、この時は知るよしもなかった。

時、午前六時三十分、夜はすっかり明けていた。

中隊長機編隊より順次離陸する。第四小隊の私は殿《しんがり》をうけたまわり、暁の静かな大空に向けて離陸した。

飛行場上空三〇〇メートルで一五機の密集隊形を組む。見事な編隊である。四個戦隊の混成中隊だが、さすがは各戦隊より選ばれた歴戦の勇士たちである。中隊長を中心に、呼吸がピッタリと合って、微動だにしない。隙もあろうことか、さすがに私もこれならまず五倍の敵と争っても勝てるだろうと思った。

ところが、私の愛機の脚指示器が、赤のままで青にならない。何回操作をやり直しても半分くらいしか引っ込まない。脚が引っ込まないと、速度が四〇キロ違い、空戦の場合の性能がぐっと落ちるのだ。二番機の真戸原軍曹機も、脚があがらずに苦労している。

やむなく着陸修理することに決心し、東郷中隊長に無電で指示を受けた。

「田形小隊着陸せよ」

の返電によって、僚機に着陸を指示した。中村曹長、真戸原軍曹から「了解」の応答があって、編隊のまま高度を下げはじめた。

ところが、二〇〇メートルあたりまで降下し、飛行場上空に達した時、中村機は何を思ったか突然、翼を振って反転、中隊主力の方向に機首を向けて飛び始めた。

この突然の出来事に、索敵には誰れにも負けない私も、いささかあわてた。はてな――敵機でも発見したのかと、念を入れて索敵するが、敵影は視界内にはない。飛行場にも敵機発見の信号はない。慎重を期して、地上と無電連絡をとったが、「在空敵機認めず」の返信であった。私は、何をやっているんだと、再三「着陸せよ」の信号を送ったが、彼は全速で飛び去った。これらは、ほんの一瞬の出来事である。

必ず敵と遭遇するはずの出撃に、着陸するのが残念で、中隊主力のあとを全速で追った――と私は判断し(この判断が正しかったことは、後刻判明した)、血気にはやる中村曹長を、後でうんととっちめてやろうと思い、中隊長あてに、

「中村曹長収容頼む」

の無電を打った。

「収容した安心せよ」

との返電があり、ほっとした気持ちになった。

こうして、私と真戸原機は、着陸二〇分くらいで油圧系統の空気もれの故障も直った。小林少佐に出撃の指示を受けると、

「別命あるまで待機せよ」

とのことであった。

この頃から次々と情報が入ってくる。

――宜蘭上空交戦中

――花蓮港上空交戦中
――基隆上空交戦中
――屏東上空交戦中

さらに、司令部偵察機からの無電では、

「第二群、第三群と、数十機ずつの大編隊群が空母を発進中――」

このように敵の大攻勢を伝えてくる。

各方面とも、五倍から一〇倍の敵と交戦している。恐らく、味方も相当の犠牲があるはずだ。

この情報が入った時は、すでに、十一戦隊は戦隊長金谷少佐戦死、二十戦隊は中隊長二名戦死と、ただ一回の戦闘で二つの戦隊の過半数を失っていた。さらに邀撃離陸した対爆撃機戦用の二式双発戦闘機（二人乗り）六機が全機自爆した。このような悲報が夕刻判明した。

何かある、何か起こりそうだ――不気味な沈黙の時間が、まるで音を立てるように流れて行った。

二機ついに還らず

私はピストの安楽椅子に長くなりながら、戦闘機一〇年で学んだ教訓と、戦技と、心の整理を行なった。

「敵を知り己を知らば、百戦危うからず」

と、孫子の兵法を考え、

「天の時、地の利、人の和」

はどうかと、戦う心の準備を整える。

「いつ、どこで、誰が、何を、どうした」

の法則による戦況の情勢分析を綿密に行なった。そして、少数機で多数機に勝つためには、
一、見敵必殺の旺盛なる闘魂
二、高度な優れた戦技
三、敵機にまさる飛行機の性能
四、戦略に基づく攻撃戦術
五、圧倒的な機数にまさる団結
以上の条件のうち、四項目までは我に自信と成算がある。二人の団結も心配はないが——。数において極端に劣勢にある私たちは、容易ならざる重大な危機に追い込まれている。数の劣勢を補って戦いに勝つためには、四項目の総合力の集中発揮によって、第五項目の数を補って戦わねばならない。すべての条件が整っていても、敵機は簡単に撃墜出来るものではない。まして予想される今回の戦いは、戦史に例のない二〇対一の戦闘である。さらに戦場には不思議な「戦場心理」というものがついてまわる。これを克服するものは、祖国防衛の任務を持つ軍人としての崇高な使命観に徹することが、第一条件である。これを基本として、心、技、体の統一によって「死」を克服する以外にない。

いわば、剣聖宮本武蔵の「剣禅一致」の極意以上のものが、空中戦士には要求される。剣の勝負は、平面の戦いであるが、空戦は、立体と水平面に科学を駆使し、しかもスピードと、変化をもって戦われるのだ。空戦は、剣の勝負より厳しく、訓練にもまた、生死を賭しての猛訓練が必要であった。

だから、空中戦士には、平時と戦時の区別がない。こうして戦友の屍を越えての戦闘機一〇年の訓練と、実戦の成果として、はじめて死視界の敵が、「心眼」で見え、「殺気」をおぼえるようになる。こうなれば、戦闘機乗りも一人前であり、日本一、世界一と自他共に許す名人の域に達するのである。

また、戦闘機対戦闘機の編隊群戦闘の場合は、大空の立体内において多数の敵味方が、秘術を尽くして戦うのだから、いかに優秀な操縦者であっても、抜けがけの功名は許されない。あくまでも、指揮官の適切果敢の空中指揮により、僚機の全部が一本の糸によって結ばれている如く団結し、人機一体となって戦わねばならない。その団結の基礎は小隊である。各小隊を柱として、中隊、戦隊、飛行団、師団と、ピラミッド型に、団結心が集中されるべきである。飛行機は生きものである。撃墜するには困難な反面、戦機をつかみ得た瞬間の一撃の前には、もろくも崩れ落ちる。逆からいえば、ちょっとした油断と態勢の不利によって、名人といわれた幾多のパイロットが名もない敵に喰われた例は数多い。ここに、科学の粋を集めて作られた飛行機を人間が駆使する以上、戦技と精神の調和統一が、勝つための必須条件だということの厳しい理由がある。

こうした思いに、ふけっている時、――中隊主力一三機が、グラマン数十機の大編隊と交戦中――との無電が入った。私はふと、中村曹長の顔を思い浮かべ、なぜか、瞬間「しまった！」と思った。

なぜその時、中村曹長の顔を思い浮かべたか、はっきりと心理学による心理分析は出来ないが、それは不吉な予感として、私の胸から消え去らなかった。そして、予感が適中しないことを祈りながら、はるか東南方の新高山上空の空を見つめた。しかし、悲しい予感が適中し、彼は再び元気な姿を私の前に見せてはくれなかった。

夕刻、私は、帰投した東郷中隊長から、戦闘状況を聞いた。

わが中隊一三機は、新高上空に敵影を発見するや、直ちに急上昇に移り、高度五〇〇〇メートルより、四〇〇〇メートルで飛行中のグラマンに有利な第一撃をかけて、その五機を撃墜被した。残る数十機の敵を密雲の中に追い込んだ。日華事変、ノモンハン事件と歴戦の勇士である東郷中隊長は、密雲その他の戦況より判断して、攻撃中止の命令を出して反転避退を企てた。

攻撃中止の命令によって、一一機が再び編隊を組んだが、中村曹長、吉田軍曹の二機は、そのまま敵機を追撃し、密雲の中に機影を没し去ったという。

翌十三日の午前、私は中村曹長機自爆の現場に車を走らせて機体を調べた。そして、現地の目撃者の話を聞いた。それによれば、その日は四〇〇〇メートルから一五〇〇メートルまで密雲に閉ざされていたが、これを突破してグラマン一機が雲下に飛び出して来た。すぐその後から、飛燕一機（中村機）が追尾し、その後を、グラマン一機が追撃していた。同じ時刻に、もう一組、グラマン―隼（吉田機）―グラマンと雁行して、攻撃を加えていたという。数分間、雲下で格闘戦を演じ、敵一機ずつを撃墜したのち、自らの機も炎を発し、飛燕、隼相前後して自爆した。

――ああ二機ついに還らず。

私が出撃待機していたこの時は、すでに、中村曹長、吉田軍曹は、壮烈な戦死をとげていたのだ。

グラマン四〇機北進中

ピストに待機中、各地のレーダーからは、つぎつぎに敵大編隊の進攻を報じてくる。だが、私がいる台中方面に向かっていないので、そのまま待機をつづけていた。当日未明からの空襲において、台北、基隆、花蓮港、新竹、嘉義、小港、高雄、屏東の主要都市、飛行場などが銃爆撃を受けたむね、軍情報は伝えて来た。空戦によって彼我ともに相当の損害があったはずだが、詳細な情況は全く不明である。

そうしているうちに、台湾南端にあるレーダー基地から、

「ガラピン東南方洋上、高度四〇〇〇メートル、小型機四〇機北進中――」

と報じて来た。私はこの情報に接したとたん「こいつはくるなあ」と、多年の戦場の体験からくる直観で感じた。それで真戸原軍曹に、

「オーイ、当番兵に大至急めしを持って来させろよ。今度情報が入ったら行くぞ！」

と声をかけた。真戸原軍曹は、それに笑い顔で答えて、電話で二人分の弁当を命じた。

それから一〇分後には、

「敵機屏東上空の友軍の制空圏を突破し、直路北進中――」

との情報が入った。台中まであと二五分の航程であり、嘉義まで一五分の距離である。

朝から一回も攻撃を受けていない主要都市は、台中と嘉義だけであった。進向方向から判断して、嘉義か台中を襲うことは今や必至と見られるに至った。当番兵が、弁当を持参した。

真戸原軍曹に、

「うんと飯をたべておけよ、腹がすいては、戦《いくさ》はできぬ」

といって、私は握り飯を頬ばった。真戸原軍曹は、にこにこ笑いながら、五つも食べた。

食後の果物のバナナを食べていると、伝令が駆け足で飛んで来て、

「田形准尉殿、飛行団長閣下がお呼びです」

という。司令部に駆けつけると、星飛行団長と飛行団付小林少佐が、緊張した表情で待っておられた。

「田形准尉、お呼びによって参りました」

小林少佐は、厳しい顔で、

「田形准尉は、僚機一機を指揮し、屏東上空を北進中の小型機四〇機を迎撃、これを撃墜すべし……」

との命令である。私は復命を終わってピストに帰った。出撃まであと一〇分ある。邀撃戦闘としては、充分余裕のある出動であった、

私は微笑しながら真戸原軍曹に話す。

「おい！　命令が出たぞ。俺と一緒に死ぬか」

「はい！　死にます」

と笑いながら、いとも簡単に答える。全く純情な青年である。初陣でありながら、不敵というか、大胆というか。少年飛行兵はともかく心強い限りである。

整備班長に、あと一〇分したら、エンジンを始動するように指示して、初陣の真戸原軍曹に最後の注意を与えた。

真戸原軍曹は典型的な薩摩隼人で、少年飛行兵七期生の二一歳の若鷲である。操縦四年、飛行時間一〇〇〇時間を越え、私の部下として屏東以来一年半、常に行動をともにして来ていた。階級は軍曹でも、その実力は、若い大尉クラスの中隊長級以上の戦力を持つ猛鷲である。空戦は初陣と、経験を重ねて自信を加えてからが、最も危険である。

訓練において指揮してきたわかりきったことを念のために繰り返したにすぎないが。

一、今日の戦闘は、真戸原は初陣である。身を守ることに重点をおけ。次に攻撃だ。ただし絶対に敵を撃墜しようと思ってはならない。戦闘は二〇対一と予想される大敵である。きさまが一機撃墜する時は、味方二機が撃墜されることを忘れるな。戦闘指揮をやりながら機を見て敵機は俺が撃墜する。

二、少数機による多数機との編隊群戦闘の方法は、平常の訓練どおりで結構だ。高速度戦法を原則として格闘戦法もとる。特別に注意することはない。いかに苦戦をしても俺から絶対離れるな。俺が健在の間は、必ず救援するから大丈夫だ。不運にも俺が自爆したら、戦闘中止して、低空を全速直線飛行で後を見ずに、二〇分以上退避せよ。(グラマンより飛燕は四〇キロ早かった)

三、敵弾を受けて火災を起こしたら、横滑り急降下で消せ。どうしても消えないなら、爆発直前に落下傘降下せよ。(敵地上空では日本空軍は絶対に落下傘を使用しなかった。今回は友軍上空だから、使用を命じた)

四、離陸から戦闘開始までの注意は、

イ、機関砲の試射は、離陸直後、高度二〇〇メートルで行なえ。

ロ、俺が敵機発見を信号したら、バンドをしっかりしめて、深呼吸を三回行ない、心を静めよ。冷却器の扉(水冷式だから)は全開にせよ。機関砲の引き金に手を当てても良いが、照準と射撃に気をうばわれて一番大切な索敵と常時敵機の確認を忘れるな。索敵は後方七分、前方三分の警戒が大切だ。

真戸原軍曹は、私の注意を一言も聞きもらすまいと、緊張した表情で聞いている。

「はいわかりました」

と、元気よく答えた。小用をすまし、水を一杯グッと飲んだ。この水がすばらしく美味しい。死を賭けての決戦を前にして、心の動揺を感じない。我ながら落ち着いている。

「よし、やるぞ！」と、不屈の闘魂が全身より湧き上がる。

あとは煙草をふかしながら、二人で雑談である。真戸原が「奥さんに何か遺言はありませんか……」とひやかす。「この期に及んでは」と苦笑する。フトこの時、独身者は強く、妻帯者は弱い、という議論を思い出したが、それはむしろ反対で、妻帯者の方が強いのではないかと感じた。それは死を決しての出撃を前に、何の未練も感慨もなく、任務の前には、妻の存在が何の負担にもならなかったからだ。

出動——十時二十五分、整備員の手で飛燕二機が始動された。飛行団長以下に見送られ、私と真戸原軍曹は、愛機の操縦桿を握った。二機編隊で離陸する。高度二〇〇メートルで機関砲の試射を行なう。二〇ミリ機関砲二門、一三ミリ機関砲二門から心強い銃声を発する。僚機の調子も上々のようだ。飛行場上空を二周して、高度七〇〇メートルをとって機首を南西の北港飛行場（私の所属隊）の方向に向け、少しずつ高度をとりながら進んだ。あと一〇分から一二分後に、敵機と遭遇する予定だった。

私は、台南—嘉義—北港を結ぶ三角線上において、敵を邀撃して、台中には一歩も侵入させない方針で、情報による小型機（グラマン）四〇機を邀撃する慎重な作戦計画を立てた。

生か？　死か？　こうして、刻々と戦機は熟して行った。

新高山西方、大編隊を発見

雲量二、雲高六〇〇〇メートル、東風一〇メートルの快晴である。敵機の発見は容易である反面、気象条件を利用することは出来ない。

機関砲の安全装置をはずして、再度一連射を行なう。四門とも調子は上々。「これでよし……」と、大敵撃滅の闘魂が湧き上がる。つづいて僚機真戸原軍曹が試射して手をあげた。調子は良いようだ。（三式戦闘機「飛燕」は低翼単葉単座機であり、一一五〇〇馬力水冷式、最大速度時速六四〇キロの高速重戦闘機である。武装はエンジンの上に一三ミリ機関砲二門、両翼に二〇ミリ機関砲二門が装備され、搭載弾薬九〇〇発であった）

台中飛行場離陸後、高度二〇〇〇メートルを保持しながら、時速三〇〇キロで、五分間南に飛んだ。はるか前方に、私が所属する北港飛行場が見える。基地の戦友に大きく翼を振って、心の中で訣別の挨拶をした。一番南の方に、海軍航空隊の基地、台南飛行場が見える。右翼下には、鹿港飛行場、左下には嘉義飛行場がある。これらの飛行場には、われわれを救援してくれる戦闘機は一機もいない。

敵機との遭遇時刻が、刻々と近づく――。

私は、警戒索敵から敵機発見のための本格的索敵を開始した。目に見えない敵と、いよいよ戦闘が開始されたのである。敵機と遭遇戦を展開する場合は、索敵の良否によって、空戦における勝敗の大勢が決する。

敵機の発見が早ければ早いほど、以後の戦闘が有利なのだ。第一撃を先制奇襲攻撃に成功することは、心理的にも、現実的にも、戦闘の主導権を獲得することになる。索敵に、雲、太陽などの利用価値は大きいが、今日は快晴、予定する戦闘地区には、一点の雲もなく、晴れ渡っているので、利用出来ない。太陽も、直上なので今すぐには、余り利用出来ない。地平線と水平線とでは、地平線上の敵機の方が、容易に発見出来る。また、低位の敵より高位の敵の方が発見が楽である。

このように、気象と大自然の条件を基礎として、私は直ちに、索敵戦略を次の如く決定した。

一、太陽を背にして、東方新高山連山を結ぶ地平線上に敵機を投影せしめる。

二、予想される敵の高度は四〇〇〇メートルである。私は低位の三五〇〇メートルとする。

（高度差が多過ぎると、敵機発見が遅れた場合は、死命を制されるので、高度の決定は、慎重を期さねばならない）

私は台湾の西海岸線に近く、水平線を背にして高度三五〇〇メートル、速度三〇〇キロで、機首を北に向け、僚機を三番機の位置に移動させ、密集隊形を若干開かせた。そして、

「索敵を厳重にせよ――」

と、指示した。（指揮官機が、一番機であり、長機に向かって右が二番機、左が三番機である）

三分間北進し、ゆるやかに右旋回しながら、四〇〇〇メートルまで上昇する。まだ敵機は発見出来ない。飛行時計の針は午前十時三十八分を示し、離陸後一三分しか経過していないが、長い時間経ったような気がする。見えない敵との戦いは、シンが疲れるものだ。南へ五分間飛んで反転北に飛ぶ。その間、僚機は常に、私の機より海の側を飛んで、長機との編隊

をがっちり組みながら、東と南を重点として索敵にあたっていた。そして二分が経過した。瞬間――ふとその時、新高山西方、嘉義南方に、針でついたほどの黒点を一つ発見した。

「敵機だ――」と直観で感じた。私は全身全霊を集中して、その点を見失わないよう見守って飛行する。一五度右旋回して接敵を開始する。三〇秒ほど飛行すると黒点の前に一つ、後方に三つ、合わせて五つに増えた。しかも、北に進む私の飛行機と並行して、同方向に少しずつ進んで、移動して行くように感ずる。まだ正確に敵機とは判明しないが、全般の戦況と大陸戦線、南方戦線などの戦場の体験と、自他共に許した私の「二・五」の視力と、「心眼」に基づく索敵能力は、二〇キロ以上の遠距離のこの黒点を、「敵機に間違いなし――」と自信をもって断定した。時まさに十時四十分、

「敵機発見――」

僚機に対し、静かに翼を振って知らせる。彼の目には映じないのか、二、三回首をかしげて懸命に索敵している。私は照準眼鏡の蓋を開け、風防ガラスを手套で拭く。諸計器を点検、冷却器の開閉扉を全開にしてバンド(体を座席にしばる革バンド)をしめ、大きな深呼吸を三回して、機関砲の引き金に手を当てた。これらの処置は、索敵を中断することなく、無意識のうちに行なわれる。

僚機に対して離陸前に注意しておいた処置の一つを左手を挙げて命じた。彼は、瞬間に、私と同じ処置をした。そして、終わりの記号として、左手を高く挙げた。私は念のために、僚機の冷却器の開閉扉を点検して見たが、命じておいたように、全開にしている。これでよ

し。（空戦中は、全馬力を長時間にわたって使用するので、水冷式の開閉扉を全開にしないと過熱する）

黒点は刻々に拡大、やがて飛行機の形からグラマンと識別され、機数もおぼろげながら判明するようになった。黒点を発見してから、約一分くらいの時間が経過していた。

ついに敵の全貌が把握された！

三機、九機、九機、六機のグラマン戦闘機三六機の大編隊群が、密集隊形で高度四五〇〇メートル、新高山西方北進中、彼我の直距離約二〇キロ。私はこれを、

「十時四十一分。三、九、九、六の隊形計三六機」

と、筆記板（膝の上で必要事項を記入する小さいメモ板のこと）に記入した。

邀撃のため離陸し、哨戒飛行一六分にして、情報どおり三六機の大編隊に対し、七二の目と三六の心を完全に制圧して、まず、目と心の闘いに、勝利を収めたのである。

三六機に斬り込む

三六機の大編隊、その戦力は、優に二個戦隊に、もしくは空母一隻に相当する戦力である。それを私たちは、二機で相手にするのだ。それは世界戦史にも類例のないことだ。昭和十二年七月、当時二一歳の私は、北支に出征した。その初陣時のような武者震いではない。しかし数え切れない体験があればあるだけ、この戦いは、尋常一様なことでは、戦い抜けないことがわかる。前方のバックミラーに映った自分の顔を見た。さほど厳しい表情はしていない。

これならば大丈夫と思った。

決して勇み足ではない。我々二名には、重大なる使命がある。祖国の防衛と、栄光を担って戦うのだ。「生死一如」で「生も」「死も」考えられない。相手にとって不足はない。戦闘機一〇年の成果をこの一瞬に爆発させて戦うだけだ。瞬間に、このようなことを考えた。すでに、精神力と精神力の対決ははじまった。それは相撲の仕切りと同じで、ずいぶんと、精神と体力を消耗する。

僚機の真戸原軍曹はまだ敵機を発見していない。二〇キロの距離は、特別な訓練を受けた操縦者でないと見えない距離である。米軍の操縦者は、平均視力一・〇であり、索敵は、日本軍にははるかに及ばない。初陣の彼には、無理もないが、真戸原軍曹の顔を見ると（直距離一〇メートル）極度に緊張しているようである。私が振り返って見たので、彼は、左手を大きく振って、闘志のほどを示した。私は、

「戦闘隊形に開け――」

と命令した（距離五〇メートルから一〇〇メートル）。

直ちに、密集隊形より、戦闘隊形に展開する。私は、味方の態勢を整え、周到なる配慮と万全の準備を完了して、戦闘行動を開始した。

敵機の進行方向軸線に対して、四五度の角度で、前方を制しつつ、全速力で少しずつ高度をとりながら接敵した。二〇キロ……一八キロ……一五キロとぐんぐん近くなって行く。敵は依然として密集隊形で、高度四五〇〇メートル、速度二五〇キロで、静かに北進している。

全機盲目索敵で飛行しているので、敵機の集団からは何の殺気も感じられない。

この時、真戸原軍曹が小さく翼を振って、「敵機発見――」を報告した。彼は私の飛行機に接近し、敵の方向を指して頭をかいてにっこり笑った。「たくさんいますね」と、死闘を前に微笑している。

その初陣の晴れ姿を見て、私は心の中で、どえらい奴だと感心した。だが、敵は一八倍、感心している時ではない。口では「こいつ！」と大声で怒鳴りつけた。もちろん、爆音でなんにも聞こえるはずはない。それでも、真戸原軍曹は、私の表情で意味を感得したのか、急いで、戦闘隊形の位置に帰った。

この純情で、聖純な魂の持ち主である真戸原軍曹を「殺してはならない！」と心に誓った。しかし、人間の生死は、運命である。「人事を尽くして天命を待つ」これが、戦友であり、指揮官である私の心境であった。

ついに、彼我の距離は一〇キロ……八キロ……に接近した。高度は、私の方が五〇〇〇メートル高い五〇〇〇であった。これで、敵が私たちを発見しなければ、空中戦士として全く失格といわねばならない。私はこのころからいつ敵に発見されても、瞬間、有利な態勢に変化できるように、速度に余裕を持つため、エンジンレバーを中速に閉じて、五〇〇キロの速度を保持しながら、接敵して行った。真戸原軍曹は、競走馬が出発線に着いて張り切っているように、前に出すぎたり、上下左右に動きながら飛んでいるので、私は「落ちつけ」といって、拳を振り上げた。勘の良い彼は、すばやく、静かに正規の編隊の位置を保って飛びはじめた。

――と、敵の第一編隊九機の第三小隊、一番左の一機が、急激に数回翼を振って、私の飛行機に向かって直進して来た。いよいよ気がついたのだ。敵の編隊群指揮官が、大きく翼を左右に振り、機首を上下に動かして、また翼を左右に振った。「日本戦闘機発見」「戦闘隊形に移れ、戦闘開始」と僚機に、下令したわけである。

三六機のグラマンの大編隊は一瞬、混乱した。二五〇キロの巡航速度で、航法隊形の密集隊形では、大半の者が私たちを確認していないはずだから、どのくらいの日本の飛行機がいるのか、彼我の態勢がどのような関係にあるのかわからないために、急反転で降下する機、翼を傾けて索敵する機、急上昇する機と、一瞬全機が大きく動揺した。十数機は、爆弾を投下した（グラマンは、小型爆弾を持っていた）。

私が敵機を発見してから、五分間経過していた。空戦での一分間は、死命を制する貴重なものである。だが、さすがは米海空軍第一の精鋭を誇る三八機動部隊の艦載戦闘機隊である。総指揮官（九機の一番前の飛行機）は、急激に翼を振って、「攻撃開始！」の命令を下した。搭乗員は、決して無能でも馬鹿でもなかった。一瞬の後には、見事な戦闘隊形を整えた。

ここに、ついに、矢は弦を離れた！

不思議に、恐怖心も胸の動悸も起こらない。それは、出撃命令から敵機発見まで、充分の時間的余裕があったことが、大きな原因であると思った。彼我の距離、七キロ――私はあくまでも、第一撃は前上方から、高位攻撃を実施する方針で、エンジンレバーを全開にして、速度五五〇キロを保持したまま、大きく左旋回をしながら、少しずつレバーを閉じ、敵の態勢を見守った。

一時、立ち遅れた敵は、態勢を整え、殺気をみなぎらせて、一番前の前衛三機編隊が「おとり」として、私の直下に向かって、高度差五〇〇メートルくらいで全速直進してくる。指揮官編隊の九機は、右旋回しながら上昇する。第二編隊の九機は、ゆるやかに左旋回しながら、急上昇する。第三編隊の九機は、左急旋回後、しばらく直進して右に急旋回、全速力で、私の方に向かって上昇してくる。後衛六機は、右旋回しながら上昇している。

敵機の現在の動きに対して、私が接敵している態勢のままでいたら、七キロ、六キロと距離をつめて、第一撃を指向すれば、第一撃は、完全に成功するが、その直後、私たち二機は、三六機からすっかり、立体的に包囲されてしまうことは、明瞭であった。

さすがに、敵の指揮官はうまい――、油断は出来ない。敵の意図を察知した私は、敵の意表をつくために、戦闘の常識を破って、無理に高位を獲得しようとしなかった（この態勢で高位一〇〇〇メートルを獲得するのは無理である）。兵力の差が余りにも大きく、戦闘圏も大きいので、第一撃は、孫子の兵法、作戦要務令の真髄を発揮して、敵編隊群を大混乱に陥れることを、第一の目的として行動した。

彼我の距離は、ますます縮まる。六キロ……五キロ……四キロ……三キロ……二キロ……。

私は、思い切って、高度をとるのをやめて、エンジンレバーを全開、全馬力を出して、少し機首を下げた。速度計の指針は、五五〇キロから六〇〇キロと、飛燕の制限最大速度六四

○キロの速度になったので、機首を敵編隊群の中間上空に向け、レバーを中速にしぼって、斬り込んで行った。その時もう一回四周上下に対して、警戒索敵を行なったが、三六機の他には、敵機が視界内には在空しないことを確認した。

私は、ふと、少年時代の楽しく勇しかった川中島の遊技を脳裏に思い浮かべた。ワリと落ち着いているなーと、自分ながら思う。瞬間、私の攻撃態勢の変化に即応するために、敵機も急激に態勢を変えようとしている。

一キロ……九〇〇メートル……八〇〇メートルと敵機との距離はぐんぐん縮まって来た。一瞬の後に、敵味方の銃弾が火を吐くのである。「十時四十七分」と筆記板に記入する。

心眼と殺気と

戦闘機対戦闘機の編隊群戦闘にあっては、たえず敵味方全機の存在を意識していなければ一瞬といえども安全を保つことは出来ない。だが、死視界（エンジン、翼、胴体等のため視界がきかない範囲）の多い飛行機の座席の中から、猛烈なスピードで絶えず立体的に移動する全機を確認することは、至難のわざである。まして、二対三六などの空戦の場合は、特に、長時間にわたって戦いを交えることは難しい。人間の視界と感覚には限界がある。その上に、心理的、生理的影響によって、ますます視力のみによる確認は困難となる。さらに一機、二機、三機、というように数えていたら、三六機計算終わらぬうちに、間違いなく撃墜される。視界の限界を補うものは、むしろ名人になれば、索敵と、「心眼」といわれる心の目である。

その上に、操縦そのものが、五官の働きの他に、第六感といわれる一種の霊感が必要である。限りなき大空にあって、水平と立体の両面にわたり、見えない物体を通して見たり、目のない後方より襲いくる敵機をかぎつけたりするところは、剣道の極意にも通じている。自らの生命を脅かす敵に対しては、「殺気」を感じ、瞬間、無意識の間に、手足が操舵して、一瞬の間に、態勢を有利にする。卓越せる戦技と「心眼」が必要とされるのだ。（素人から見れば、まさに神技である）

剣の道においては、皮を切らして肉を切り、肉を切らして、骨を切ることで身を守り、敵を斃すと教えているが、人機一体となって空間に浮揚して、銃火を交える戦闘機対戦闘機の戦いでは「生か！　死か！　零か！　全てか！」である。つまり、一発の敵弾も受けずに、敵のみに命中させねばならないという厳しい絶対的なものである。

だから操縦の適性検査は、一〇〇名に一名という厳しさであり、訓練もまた死線を越えての猛訓練が必要であった。（今日の如く、自動車事故が多いのは、不適性と、スピードと、科学を無視した不注意に起因するものが大半である）

今や、彼我三八機は、完全に四つに組んだ。私の作戦変更にあわてた敵の編隊群は急激なる態勢の変化をよぎなくされて、ちょっと隊形が乱れた。私はすかさずその間隙を縫って、前下方、高度差五〇〇の低位にある第二編隊九機に向かって突進した。この時の私は、無理に敵機を撃墜しようとは考えていなかった。ただ牽制射撃によって、敵を混乱させ、上昇中の後衛六機と、第一編隊の九機を全部後方に残して、全速で一度戦闘圏外に出、その速度を利用して、一挙に全機の後上方に有利な立場を確保し、徐々に撃墜する作戦であった。射距離一〇〇〇メートルくらいから僚機がどんどん私より前方に出るので、三回ほど「後退せよ！」と注意したが、射撃可能な敵機が九機も前下方から四〇度くらいの角度で接近してくるので、初陣の嬉しさのあまり（敵機が有効射撃圏内に入った時の嬉しさは自分の危険も忘れるほどだ）時々私の方を見ながら、どんどん高度を下げて射距離をせばめ、照準眼鏡によって照準、ついに射距離一五〇メートルにおいて機関砲弾の一連射を浴びせた。そして、五〇メートル付近で離脱した。見事な攻撃振りで、敵一機はこの一撃により、キリキリ廻りながら墜落して行った。撃墜第一号である。

この時、敵第二編隊二番機を攻撃中の真戸原機に対して、左前方低位から、後衛六機が猛烈な射撃を集中している。その間、私は作戦を変更し、僚機の右一〇〇メートルくらいの上空で急上昇して来た敵最高位の後衛六機から僚機を掩護していた。一機撃墜した僚機を収容するや、はじめ企図していた全速飛行による敵中突破を敢行した。五〇メートルまで接近して来た僚機に対して、私は初の敵機撃墜をほめてやるかわりに拳をあげて「馬鹿！」とときめつけた。一機撃墜は見事であったが、初陣の真戸原軍曹はその時、他に三五機敵がいることを完全に忘れて、一対一の戦闘の態勢で突進していたからである。こいつが編隊群戦闘で一番危険なことである（名パイロットが、無名の戦士に撃墜された戦訓は世界戦史にあまりにも数多い）。

以後の態勢がどうでもよいなら、三六機もいる敵だから、どちらに機首を向けても、撃墜することは出来る。それを直ちに、攻撃出来ないところに、多数機相手の空中指揮の困難さと、危険があるのだ。

全速で敵編隊の中間を突破し戦闘圏外に脱出した私と僚機は、一挙に、敵最高位編隊より、一〇〇〇メートル高位を獲得した。敵三五機を完全に、前下方に追い込んだ。僚機が夢中で一機撃墜の長追いをしたが、こうして、再び絶対的に有利な態勢を獲得することが出来た。私は、初陣に勇み立つ若鷲の一機撃墜の時刻を「十時四十九分」と筆記板に記入した。

快心の一五分間

中隊主力の一三機はどうなったかと、ふと案じた。

私は、戦闘の原則である敵の総指揮官を最初に撃墜する決心をしていた。その企図を秘めて、前下方高度差一〇〇〇メートル、直距離一二〇〇付近を、急上昇射撃しながら（空戦においては射距離三〇〇以上では命中率は零に近い）右旋回して、私たちを前下方より攻撃しようとしてきた六機編隊に対して「攻撃するぞ！」と機首を向けて牽制すると、あわてて全機急降下して退避して行った。その間に、斜左下方一〇〇〇メートル付近から急旋回して、後方に脱出しようと、高速飛行中（五五〇キロ以上）の敵指揮官編隊に対して、私と僚機は急反転して、一〇〇〇メートル高位から深い角度で追跡に入った。敵は急激なる操作により、回避しようと焦っている。私は九機の最先頭の指揮官機に機首を指向しながら、五〇〇から三〇〇まで接近した。だが、この時、敵ながら天晴れにも、指機官機を掩護すべく、二番機が捨身の急上昇して猛烈なる射撃をしてきた。このままの態勢では衝突する。私共は今一歩という所で、反転しなければならなかった。身の危険を感じた指揮官機は、二番機の翼の陰で、急反転降下して退避した。もう少しで指揮官機を撃墜できたのに、自己をなげうって指揮官を救った勇敢な二番機のために、ついに撃墜の機会を逸してしまったのだ。それ以後の乱戦中、二回指揮官機を攻撃したが、そのつど敵機に妨げられ、ついに撃墜出来なかったのは、無念でならない。その反面には、同じく戦う戦士として、アメリカの青年の犠牲的勇気に敬意を表した。

私の方は、有利な高位から、理想的な攻撃態勢で突進している。しかも、射撃に自信がある。敵機は、三五機いるが、不利な低位からの攻撃である。操縦技術も日本軍に比較すると中程度と見えて、飛行機が右に滑っている。だから銃弾は、私の左翼端から、二機幅くらいも横に流れているため、命中の心配はない。ただ敵に体当たりするくらいの闘魂があれば、私が徹底した攻撃をすることは容易ではない。なおも喰い下がってくる二番機に一〇〇メートル付近から、必中の正確なる一連射を浴びせると一瞬、敵機は大きく動揺して、機首を垂直に上げ、反転して、キリモミ状態になって墜落して行った、これにより残る七機は、バラバラに隊形を乱して退避する。これで私が一機撃墜したわけだが、その喜びに浸る暇はない。僚機は、戦闘隊形でがっちり編隊を組み、掩護と索敵に、必死の努力を払っている。私は急降下の余力を持って、急上昇しながら、敵機全部の位置と態勢を確認し、われわれに一番不利な態勢を獲得しつつある敵最高位の六機編隊最後尾の一機に、後上方攻撃を加えるべく、最良の位置にまで一挙に上昇した。直ちに急反転して攻撃追跡に移る。

五〇〇メートル――四〇〇メートル――三〇〇メートル――。

だが敵は、一向に逃げようとしない。敵の回避が、あまりにも緩かであるので、かえって私は不審に思った。私が一機撃墜して次の攻撃を開始するまでの時間が短く、それは現在、照準している敵機の死視界内での行動であったので、僚機の方だけ確認して、私の飛行機を確認していなかったものと思われた。

射距離は二〇〇メートルに迫った。有効射撃圏内に入った。射撃開始より離脱まで、三秒から六秒くらいの短い間に、勝敗が決するのであるが、敵の操縦者は、前方と上方をさかんに警戒している（警戒は、前方三、後方七の割合といわれるのは、このような状態が起こりやすいからだ）。この場合、編隊の一番右にいる敵機が、牽制射撃を加えてくると、私は攻撃を断念せねばならない。そうなれば死の一歩手前にある敵は助かるのだが、攻撃当初は誰を狙っているのかわからないから、敵は我先きにと反転して回避するので、せっかく多数でありながら、つぎつぎに二機の私たちに喰われて行く。私は充分射距離をせばめて一〇〇メートルから必殺の銃弾を撃ち込んだ。

機関砲二門（一三ミリは撃たなかった）からド、ド、ドドドーと心強い発射音を響かせて、二〇ミリの弾丸は敵機に吸い込まれて行く。瞬間、敵機は急反転したが、もう遅い――弾丸は、機関部と燃料タンクに確実に命中した。私には自信があった。背面になった敵機すれすれに離脱すると同時に、敵機は火を噴いた。そして真っ赤な流星となって落ちて行く。残った五機は、グラマンの特徴であるズングリした、ブルドッグみたいなどす黒い腹を一斉にみせて、急反転降下して行った。これで二人で三機撃墜した。三三機の位置を確認する。一三機は我々に瞬間に、危機を与え得る体制にない。

残る二〇機が、前後左右より襲ってくる。二回の連続攻撃による二機撃墜で、高度差が、五〇〇メートルから三〇〇にせばめられたので、しばらく徹底した攻撃を中止して態勢回復を重点とした戦闘を実施する。まず後下方二〇〇メートル付近から無茶苦茶な射撃を続けながら急上昇して来た八機に対し機首を向けながら攻撃の態勢を示すと、全機あわてて左へ右へとバラバラに隊形を乱しながら降下した。

なんと脆いことだ！　まるで教官と学生の差を感ずる。もちろん一〇年の訓練と実戦で鍛え抜いた私は、四〇キロの速度差を生かした高速度戦法に出た。自ら考案した独自の格闘戦法の巧みな組み合わせにより二機の団結した編隊指揮による綜合戦闘は、私の最も得意とするところである。これを破り得る相手ならば、いつでも、師の礼を尽くして、教えを受ける――という強い自信と、誇りを持っていた。しかし、人間の力には限界がある。まして今日は、圧倒的に多い、「大敵」が相手である。心眼を開き、心は、水鏡の如く、澄みきった心境になり、全身全霊を賭して、戦っている。「生も―死も――」考える余裕はない。あるものは「愛する祖国日本」と「敬愛する父母」があるばかりだ。こうして戦っていても、味方一機も、救援には来てくれない。全く自力で、血路を開かねばならないのだ。

間髪を入れずに、左前方八〇〇メートルくらいから猛烈に一斉射撃をしながら、突進して来る敵機編隊に対し、対進の射ち合いを避けるために、しばらくまわり込みながら、急操作によって、後上方、追跡攻撃に移るためにレバーを全開にして、ちょっと機首を下げた。六〇〇キロの高速を保持しながら、レバーを中速にして、エンジンに余力を残しておく。敵が高位に出ようとあせっても、少しずつ高度を上げているので、速度は四〇〇キロ足らずで、しかも、エンジンは全開にしている。直距離三〇〇くらいで旋回戦闘に移った時は、私の方が一五〇メートルくらい低くなっていた。

この時の私には隙があった。もし敵が数に頼らなかったら、あるいは私は敗れていたかも知れない。だが、瞬間に処置した私には、敵側の優勢なる態勢も、ついに実を結ばなかった。少なくとも九機くらいの指揮官なら中隊長級である。相手方の速度と、エンジンの馬力の出し工合と、飛行機の姿勢などから、次に変化する敵機の体制を推測できねばならないはずだ。しかし、敵はそれを見逃した。

一瞬、私は「だめだ。なぜ今、全速突進攻撃しないか！」と叫びたくなった。敵に対する同情の叫びであり、闘魂の叫びでもあった。高度は低目だが、俺の方は君の方より、二〇〇キロくらい高速を保有し、しかも、エンジンは、中速以下だから、大きな力を残しているぞ、という意味合いなのだ。距離二〇〇、完全なる二対九の水平面における旋回戦闘になった。私の方は他に二四機の敵がいるので、この九機を相手に、何回もぐるぐる回ることは許されない。次々に、敵が上昇して攻撃し、あるいは、高位を獲得しようとして迫っているので、迅速なる追い落としを必要とするのだ。私は手を上げて僚機に信号した。

真戸原軍曹は「承知した」と翼を軽く振って、少し間隔を広めた。彼は、一年半私の僚機として、訓練されているので、彼我の態勢と、私の操舵、速度などから、次はどのような態勢に移ろうと企図しているか、すぐわかってくれるのだ。こうして高速度と馬力の増減、急操舵との調和によって、一挙に、敵の後方至近距離に追跡して行った。そして、この私の得意の戦法をもって、瞬間に、敵九機を前方に追い出したのである。この一瞬の態勢の急変に敵は驚き、九機とも一斉に急反転して逃げ出した。すかさず、二〇〇メートルくらいより、第二編隊の長機に一連射浴びせた。ちょっと左に滑ったと見えて、敵機の左翼燃料タンクから、ぱっとガソリンを吹き出した。敵機は、二〇〇メートルくらい急降下して、真っ白い煙を立てながら、全速水平飛行で東海岸の方向に飛んで行く。それ以上確認する余裕はない。撃墜には至らず、撃破であった。

態勢は充分有利になった。この時までに三機撃墜、一機撃破していたのである。だがまだ三二機が健在である。戦闘開始以来、まだ九分くらいしか経過していない。

全身が燃えるように熱くなって来た。バックミラーを見ると、顔が戦闘の激闘と、昂奮と、マラリヤで真っ赤になっていたことをすっかり忘れてしまっていたのだ。

それからの六分間は、二対三二の、五分五分の本格的な格闘戦、大乱戦である。

その火蓋は、真戸原軍曹の押さえ切れぬ闘魂によって、開始された。真戸原軍曹が、敵機を長追いしたことから、五分五分の態勢が崩れ去ってしまったのだ。だがそうした中にあっても、飛燕の高性能は私たちを救ってくれたのだった。性能、戦技、団結、闘魂を綜合的に発揮しての虚々実々の空戦が三〇〇〇から一五〇〇メートル付近で、展開された。（飛行場から見ていた各戦隊の戦友は、はじめて見る凄い編隊群戦闘であった、と語っていた）

真戸原軍曹は、戦闘にすっかり慣れて来た。彼は、一〇機程度はつねに確認出来るようになって来た。実戦における私の戦法も解ったようだ。しかも、たった二機に、四機撃墜されたという負い目からか、猛烈なる殺気が敵機から発散されるようになって来た。敵の戦法がぐっと、激しく、変わって来たのである。三機編隊が七群、五機と六機が各一群に編成を変えた。五機と六機が、私の直下五〇〇メートル付近を、横一〇〇〇メートルの間隔をとって、平行し、四〇〇キロくらいの速度で、北に向かって、進行しはじめた。そして残りの三機編隊七群は、思い思いに、私たちから一キロ以上の距離をとって、各個とも、分散して急上昇している。

この隊形の変換を見た私は、

「ハハーン、俺たちを立体的に、完全包囲して追い落とし、五機と六機が相互に、救援しあうと同時に、七群は、各方面から集中攻撃を加えようとしているなあー」

と判断した。今の態勢なら楽に戦闘離脱は可能である。飛燕はグラマンより四〇キロ速いのだが、私は、戦闘離脱しようとはまだ考えていない。

我々には要地防衛の、重大な任務があるのだ。敵は航続距離の関係で、三〇分から四〇分くらいしか、戦闘は持続出来ないはずだ。その時間歯をくいしばって頑張れば、任務を完全に果たすことが出来る。それまでは、一歩も引かないぞ！　とあらためて、自らの心に誓っ私は、三二機の敵機を確認しながら、上昇反撃してくる敵機をいつでも攻撃出来る態勢で、敵に圧力をかけながら飛行した。

三機編隊の七群が迫って来た。その中で、一番早く高位を獲得（敵はなお三〇〇メートル低位）した敵機に、斜め左前方攻撃を行なう。敵は、急激なる左旋回で回避する。私は、その遅れた一機に正確なる照準をつけて、一二〇メートルから、五〇メートル付近まで突進して、一連射浴びせかけた。あえなく敵機は墜ちて行く。残りの二機は急降下全速で敵最下位編隊の下まで逃避する。その一機に対して、僚機が執拗に追跡して行く。私は攻撃止めの信号を連発したが、懸命に追っている僚機は、攻撃を止めずに、ぐんぐん高度を下げてしまった。私は、その側面上空五〇〇メートル付近で、敵機を警戒しながら、僚機を掩護しなければならない。

果たせるかな、右前方の三機が、猛烈なスピードで、僚機に向かって突進して来た。射距離は、七〇〇メートル以上あるが、敵の銃弾は僚機に集中する。

僚機が危ない！　掩護しなければ！

救援するために、直上より、垂直降下で接近して行った。この時、僚機は一機撃破（ガソリンをふく）して急上昇に移った。そして五〇〇メートルの後方に接敵中の三機に気づいたらしく急激なる操作で射弾回避動作をはじめた。私は他の二群が、私の上位に迫りつつあるのを、確認しながら、一挙に前方の敵を追った。その敵は僚機の後方二〇〇メートル付近まで迫っているのだ。一瞬の遅延も許されない。私は三〇〇メートル以上の射距離より牽制を兼ねた射撃をしながら二〇〇メートル付近まで接敵して行く。やがて敵の一機がエンジン付近からドス黒い煙を吐きながら、急反転降下して逃げ去った。弾丸は命中したが、射距離が遠くて、息の根を止めることはおぼつかない。撃破であろう。他の二機は、はじめて、私が後方から救援しているのを知って、あわてて僚機の攻撃を断念し、回避を急ぐ、まさに危機一髪、救援に成功したのだ。

僚機を救援し得て、ホッとした途端に、私の飛行機の周囲に、無数の火の玉（焼夷弾）が飛んできた。後方は、充分警戒していたので、危険は瞬間に回避することが出来た。

僚機が私を追ってくる。その側方上位から、次の新たな三機が、僚機に迫っていた。だが、このころには僚機も、警戒索敵が非常にうまくなっていた。僚機は、急操作で射弾回避しながら、敵を前方に追い出している。うまい。全くうまい。私は、その見事な戦闘振りを見て、ほっとした気持ちになった。

後上方から攻撃して来た敵を、軽くかわした私に、ひきもきらず、左上位から三機が突進してくる。一〇〇〇メートルもの遠距離から、無茶苦茶に乱射しながら、突っ込んでくる。そんなへッピリ腰では、弾が命中することは絶対にない。私は余裕をもって、速度を増加しながら、次の態勢の挽回に努力する。僚機との距離が三〇〇メートル以上離れているので、距離を一〇〇メートル以内にせばめねばならない。そうでないと、僚機を救援出来ないからだ。必死の努力で、やっと僚機との距離を、八〇メートルくらいにせばめることに成功した。

編隊群戦闘の場合は、つねに、敵全機を、確認していなければならぬ——ということが鉄則である。だが、気がついてみると、五、五、六、三、三、二、二の、二六機は、確認出来るが、三機が見たらない。四周を見廻したが、必殺の攻撃を行ない得る敵機は見えない。

それだのに、殺気だけが、ひしひしと感じられる。背筋が、寒くなるような一瞬だ。なぜだろう?

殺気——そいつは全く恐ろしい。少なくとも、一〇年前後の、老練なる者のみが感ずる空戦の極致である。それは、同期生の日暮吾朗、此本芳春、久保了、須藤久、石井武夫、清水三郎らの老練、親しかった一年後輩の萩原三郎中尉、橋本辰美中尉、少飛一期の川田一大尉、樫出勇大尉、梅木隼人准尉、渡辺台三郎少尉、少飛三期の露口明雄大尉、木内春雄少尉、神谷義雄准尉、赤松勇三准尉、三宅一郎准尉、二年後輩の渡辺義定准尉、少飛四期の田谷徳三郎准尉、前畑禎二准尉など、また先輩の荒川功少佐、深牧安雄大尉、平田梅人中尉、古川豊大尉、田中林平中尉ら、飛行時間三〇〇〇時間を越える、歴戦の、数少ない生存者が、ひとしく現実に体験した。空戦の奥儀であった。

このころの私は未熟ながらも、戦隊長が記録される操縦技倆明細書には、「闘志旺盛にして、技倆成熟の域に達し、如何なる任務に服せしめるも差支えなし」と、最高の認定をいただいていたので、「心眼」が、敵機を見ることも、「殺気」を感ずることも、出来るようになっていた。

私は「殺気」を感ずると同時に、「前下方だな」と直感した。翼を傾けて見ると、やっぱり前下方から三機、さらに、後上方から三機、左側上方から三機が、まさに突入しようとしているではないか。敵九機から、戦闘圏七〇〇メートル以内の小さい空間で、完全に三方より包囲されていたのであった。僚機もまた、二機と三機に、包囲攻撃を受けている、私たち二機は、今や絶体絶命である。だがこの場合、包囲中の敵が、編隊単位による攻撃だったということが、逆に我を救ったのである。これが一機ずつの連続三方攻撃だったら、全く助る見込みはない。三機編隊の、三方からの編隊攻撃というところに、死中に活を求め得るチャンスがあったのだ。

私は、長い訓練と、幾多の実戦の経験で、危機回避の方法を知っていた。まず、殺気を感得した前下方の死視界の敵を、安全なる視界に移動させ、後方からの銃弾を、軽くかわしつつ、エンジンレバーを全開にし、少し機首を下げ気味にした。六〇〇キロの速度のまま、エンジンを中速に落として余力を残し、三方から飛来する射弾を回避しながら、安全度の限界ギリギリまで、敵を引きつけた。敵弾は翼端から、一機幅付近に集中する。

敵は味方撃ちの恐れと、高速度のための友軍衝突の危険とで、思い切った処置が出来ないでいる。そして充分の余力を残してじっと敵が近接するまで持っている私の企図を察知せず、恐るおそる功名争いをつづける恰好である。敵機が限界点に迫って来た瞬間、私は右と左に急激なる操作をもって、射弾回避を行なった。この戦法は、格闘戦において私が最も得意とする、独得の戦技なのである。一口でいえば、三六〇度を、九〇度くらいしか廻らない間に、敵を完全に前方に追い込む戦法と、急上昇反転を高度なものとした八〇度くらいの急上昇

（エンジンの余力を保有している高速度）の急操作、高速度戦法によって、瞬間に攻守立場をかえる結果となるのだ。

このような、高速度を利しての急激な態勢の変化に驚いて、フラフラと前方に、旋回しかけた敵機に、六〇メートルから五〇メートルくらいの近接射撃を敢行した。あっけなく敵一機が、火煙を噴く。

説明すれば、長い時間のように思われるが、敵九機に包囲されてからわずかに一分前後の出来事である。僚機を振り返ると、もう一歩で危機を脱出せんとしているので、急反転降下で、前上方より後方に廻り込み、僚機の後方に喰いついた三機に牽制攻撃を加えて救援する。これで真戸原機を追い込み得ないでいた敵五機は、バラバラになって降下して行った。

残る敵機は、二八機である。場所は、嘉義西方二〇キロ、高度三五〇〇、翼下には、数ヵ所に飛行場があるが、新鋭機は一機もない。地上の各基地から、無念の涙を流して見守っている猛鷲たちも、翼なき悲しみを味わっているであろう。空中戦士にとって、翼がないほど残念なことはない。飛行時計の針は、十一時五分を指している。

絶体絶命の二〇分

敵も急速に態勢を整えて来た。

空戦一五分間に八機もやられて、我々が、簡単に撃墜出来る相手でないことを悟ったようだ。以後の戦闘は、実に慎重になり、巧妙であり、執拗となってきた。さすがは、米国一の精鋭を誇る機動部隊の艦載戦闘機であると、その強さを、いやというほど味わわされた。敵の有利な面は、数が圧倒的に多いので、包囲集中攻撃が出来る。不利な面は、敵地上空に侵攻している、ということである。

私の方の有利な面は、速度が四〇キロ早く、二機の団結した力は、数倍の敵に勝る戦力を持っている。しかも、友軍上空であるという有利な心理状態にある。不利な面は、ただの二機であるということだ。

このように、もう一度戦局全般の把握と情勢分析を行なって、作戦を練り、「勝って、兜の緒をしめよ」と、長期戦に備えて、戦いの方針を定めた。

敵味方が再び態勢を整えるまでに、一分間ほど時間の余裕があった。私は確保していた五〇〇メートルの高度差と高速をもって敵の後方を狙って廻り込みを開始した。この私の行動開始が、その後の文字どおりの悪戦苦闘二〇分の、口火を切ることになったのである。

まず第一撃は、最後尾上位の三機に指向した。私が機首を向けると、こっちの気魄をのみ込んだものか、敵機は、反転降下していった。次は、右方下位から、急上昇中の三機に照準をつけ、六〇〇キロの高速で、突進肉迫した。その中の一機に、わが銃弾が命中、敵機は右翼から、ガソリンを吹いて、戦闘圏外に逃げ去った。私が、この一機を撃破した時、反転降下した残りの二機に対して僚機が、逃げる兎を追う猟犬の如く、五〇〇メートル下位の敵主力付近まで追撃して行った。「しまった!」と思った時、その後を追っかけて、左側同高度付近の三機が、一斉に銃弾を浴びせかけた。射距離が遠いので危険はないが、そのまま放置すれば危ない。私はその後の体制が不利になることを承知の上で、この二機に対して、掩護攻撃を敢行した。

ここに、またもや私たちは、絶対的不利な体制に追い込まれた。それから数分間は、敵の巧妙執拗なる、二七機の連続集中攻撃に、ほんろうされた。私たちは、歯を食いしばって、体力、気力、戦技の全力を尽くして、射弾回避につとめるだけである。幸いに、敵は射撃が下手であり、射距離が遠かったので、どうにかこうにか、かろうじて、この危機を切り抜けて、一機を撃墜してやっと戦闘圏外離脱に成功した。

だが、敵は、戦闘を中止して、帰還する気配はない。私たちの任務はまだ終わっていない。もうしばらく何としても戦わねばならない。二機では無理だ、生命を粗末にするな、と第三者は恐らくいうであろう。これが戦争であり、戦士の道なのだ。

戦闘圏離脱の体制は、有利で安全な体制でなく、辛うじて、撃墜の危機から、脱出したに過ぎないのだ。海岸線から、六キロくらい沖の台湾西海岸（嘉義西北方）の海上にあった。高度は一〇〇〇メートルしかない。私たちの後方七〇〇メートルくらいの所を一二機が競走馬のように張り切って追撃してくる。その上空に五機、一〇〇〇メートルほど海岸線寄りに九機が、高度をとりながら、私たちの陸地帰還を制圧している。このままの体制で海上で決戦したら、撃墜されても死体の収容は出来ないと考えた。

海行かば水漬く屍

山行かば草むす屍

ふと、軍歌の一節を思い出し、苦笑する。

――相手は、空母搭載の海軍機である。私たちは、陸軍機であり、海上より、陸地上空の方が得意だ。いずれにしても、一刻も早く、陸地上空に帰還しなければならない。

海上における戦闘は専門の経験者であるが、私たちは、陸軍機であり、海上より、陸地上空の方が得意だ。

こうして、私は体制回復を目的とした、超低空戦闘に移るべきだと考え、僚機に左手を挙げて合図した。好機を見つけて海面すれすれ（五メートル）に降下し、超高速水平飛行で五六〇キロを突破しながら、陸地上空へと急いだ。敵全機が包囲の輪をせばめ、猛烈な銃弾を浴びせながら、執拗に迫ってくる。

僚機の真戸原軍曹も、ようやく疲労の色が濃くなって来たようだ（操舵行動によってわかる）。飛行時計は、十一時十五分ちょっと前で、戦闘開始以来三〇分に近い長時間の激戦である。敵は、落とされても、戦闘を断念しない。あくまでも我々を撃墜する方針らしい。

負け嫌いの私も、いささか疲労し、少々苦痛を覚えるようになった。

私たち追いつめられた二機がとるべき最後の道は、超低空で長時間戦うことだけである。

悪戦苦闘の末ようやく陸地上空にたどりついた。高度は、一一メートルから五メートルくらいの超低空である。僚機に「地上に衝突するな」と注意を与えて、海岸線と直角に一〇〇〇メートル間隔に一列に植えてある樹木（五～一〇メートルほどの高さ）を真ん中に、僚機と五〇メートルの間隔をとって、時々入れかわり、相互に救援し合いながら、敵機の猛烈な射弾を回避した。

こうして、追い込まれた危機を、超低空戦闘と樹木の利用により、一時的にしても、逃れることに成功した。

僚機、離脱せよ

私たち二機は、敵の執拗にして巧妙な連続攻撃を受けて、刻々と追い込まれて行く。五メートル以下の超低空飛行と、地上の樹木を利用しての戦いであるために、辛うじて、九死に一生を得ているのだ。僚機と、すれ違うとき、顔を眺めると、一瞬間で、明瞭ではないが、いかにも苦しそうである。私の苦痛もまたひどい。口の中が乾いてしまって、一滴の唾も出てこない。喉がカラカラで、胸が張り裂けるように痛む。時々目がくらみそうにさえなる。今までの空戦で、体験したことのない苦しさと、極度の疲労を覚える。

速度は四五〇キロから、五五〇キロ、全馬力を使って、二〜五メートルくらいの超低空で地上に激突しないように、僚機の状態を監視しながら、ますます執拗なる攻撃をくり返してくる二六機に対して、索敵警戒と、数機ずつ至近距離まで肉迫攻撃をしては避退する敵機の猛烈な射弾を回避せねばならない。この態勢から、生還を望むならば、神業と思われる特別な離脱方法をとるより他に手はない。生殺与奪の権を敵に握られるまで追い込まれていたのだ。

敵機発見以来、二五分間の真剣勝負において、数えきれない何十回かの激しい攻撃を受けながら、私も僚機も、敵弾一発も受けていない、という矜持だけが、我々を、支えているのだった。

　では、私と、真戸原軍曹の生命は、「風前の灯」であるか。断じてそうでない。戦いは、最後の五分間である。いや死の瞬間までは、大丈夫だ。瞬間私は考えた。なるほど形の上では、われわれは、完全に死へ一歩だ。だが私には、体力、気力、戦技において戦う余力が残されている。飛行機の調子も上々である。闘魂は、いささかも、衰えてはいない。現在の状況と態勢なら、僚機さえ健在であれば、危機を脱出して、二六機を制圧し、態勢回復の自信はある。しかし問題は、僚機の動向如何にある。今ならば、指揮官の責任として、僚機真戸原軍曹を確実に助ける力はまだ残っていると。

　私は、最後の決断を下した。

　僚機に対して、

「戦闘を離脱せよ！」

「全速力で、早く行け！」

と猛烈なる敵の射弾を、回避しながら命じた。その意味を了解した真戸原軍曹は、左手を高くあげ、それを左右に振って「嫌だ」と答える。私と最後まで戦い、最後には、大地に激突する覚悟なのだ。

　私は大きな声を出して、バカ、バカ、バカ……死んではならない。戦闘から離脱して生き延びてくれと絶叫した。もちろん、私の声は爆音で消されて、聞こえるはずはない。私は、「死んではならない」という、最後の命令に従わぬ若鷲に腹が立って仕方がなかった。

両眼より涙がボロボロと頬を伝って流れた。

「真戸原のバカ、どうして、戦闘を離脱しないのだ。ああ！　ついに彼を殺してしまうのか——一緒に死のうという戦友愛は有難い。一緒に死んでくれる部下をもった私は幸福者だ。しかし、殺してはならない」

と心に誓った。二人共戦死すれば、全軍の士気にも影響するだろう。どうしても、彼だけは助けたかった。

しかし、彼の疲労は限界に来ていた。後上方に敵五機が、ピタリと喰い付いてしまった。射撃距離は、五〇〇、四〇〇、三〇〇メートルと、あっという間に接近する。彼は射弾回避する気力さえも、失ったかに見えた。銃弾は真戸原機の四周に集中する。まさに、危機一髪のところである。僚機から斜め左前方、八〇メートルを飛び、敵六機の射弾を回避中の私は、思わず、

「あぶない！　もっと回避せよ！」

と無意識のうちに叫び、僚機を追撃している五機の敵機と対進しながら、僚機と敵機の間三〇〇メートルに飛び込みながら、五機の指揮官機に、先制の一連射をくわえた。運よく私の弾丸は、その敵機の右翼燃料タンクを射ち抜いた。「パシッー」という、手応えと共に、ドッと、燃料が吹き出した。

だがその瞬間、敵機の銃口一〇〇メートル付近を右旋回して通過した私の愛機にも、数発の敵弾が命中してしまった。命中弾によって機体が、ガン、ガン……と、にぶい音を発する。

承知で「火中の栗」を拾ったのだ。

「ついに、やられた――」

と直観した時、愛機の、右翼タンクが火を吹いた。火焔が座席に流れ込んで来た。横滑りで消そうにも、高度は、三メートルくらいしかないので高度を下げずに、横に飛行機をすべらした。

「爆発するな」と思ったが、翼上面が畳一枚ほど、爆風で吹き飛び、急激に機体が振動しだした。このまま四〇〇キロ以上で飛べば、空中分解の恐れなしとしない。

「僚機の救援は、間に合った」

と、自信を持って確認すると、私が無意識の間に飛び込んだ救援によって真戸原軍曹は、全速で一直線に低空で南下している。私との距離五〇〇メートル、そのあとを、三機のグラマンが、追撃しようとしている。離陸前に注意した如く、真戸原軍曹が、全速で直進飛行する限り、四〇キロの速度差によって、無事脱出することが出来ると判断した。これで僚機は良し。今度は傷ついた俺の番だ。

後刻、台中基地で真戸原軍曹と喜びの再会をした時、真戸原軍曹はこう語った。

「私は、追い込まれた時、疲労その極に達していたので、駄目だ、と観念しました。幸い、田形准尉殿が捨て身の救援をしてくれましたので、こいつは助る、と思いました」

涙をボロボロ流しながら、

「田形機が、パーッと火を吹いたので、田形准尉殿は、駄目だと思いました。」

「瞬間、自爆を決意しましたが、離陸前の注意を思い出したので、屏東飛行場に胴体着陸したので、おかげで助りました」

彼は、私の飛行機が火を吹いた時から、私が自爆したと信じていた。

不時着した屏東飛行場の指揮官には、

「田形准尉殿が、自分の身代わりになって、自爆して、助けてくれました」

と報告「田形准尉に、申し訳ない」と泣いて、泣き狂ったそうだ。真戸原軍曹とは、このように、魂の聖純な男であった。

彼の飛行機には、座席に二発、左翼に二発、エンジンに一発、計五発の命中弾があり、油圧装置を射ち抜かれていたので、胴体着陸をしたのだった。

奇蹟の不時着

真戸原軍曹機救援の代償として、私は、右翼前方燃料タンクに二発、左翼胴体結合部に二発、座席に一発（左足から二寸ほど左）、座席後方に一発（背中から五寸ほどの後方）と、合計六発の機関砲弾を浴びた。だが、幸運にも身体には、一弾も浴びなかった。

右翼前方タンクは、燃料を使用してしまった後であり、底に少し入っていたのが、爆発しただけで、大事には至らなかった。

後方燃料タンクは、燃料満載であったが、タンクから二寸ほどずれていたので、私の生命まで奪うことにはならなかった。だが、三〇〇メートル上空より六機が攻撃の好機を狙っている。前方には、一二機が、一五〇メートルくらいの高度差で、虎視眈々として、愛機を窺っている。さらに最も危険なのは、後方一〇〇メートルに、四機が、私の後方に滑り込むべく、急激に機首を向けている。

一難去って、また一難、死闘の連続である。

愛機は傷つき、無理がきかない。

火焰の臭気は、座席までしみ込んできた。

極度の疲労で、耳が鳴りめまいがする。

二五機に、完全に包囲された。

翼の上面が、吹き飛んだいま、私の得意とする高速度戦法も、格闘戦法も、駄目である。これ以上は、体力、気力の限界が来て、無理だ。僚機が助ったと思う安心感からか、全身が痺れるように痛い。

二機で、三六機を相手に、三十数分間も良く戦い抜いたという満足感が、心の片隅にあることを意識する。

「もう駄目かな……。いよいよ年貢の納め時か」

と弱気になろうとした時、ふと私の脳裏に故郷の母の面影がチラッとよぎって過ぎた。幻ではない。後で聞けば、この日、父母は、福岡県の霊場、英彦神社で、水ごりを取り、私の武運を祈っていたという。偶然にしては、余りにも、不可思議な、親と子の縁である。

その幻でない幻がいうのだ。

「竹尾！　大丈夫だ。男なら、最後まで頑張りなさい」

と、今まさに、私の生命の火が、消えようとする時、母が励ましてくれる。

「そうだ！　生命ある限り、戦わねばならない。負けてはならない」

「九仭の功を一簣に欠く！　そうだ」

離陸以来、自分の生死の問題も、父母、兄妹、妻子のことも考えず、ただ戦って来た私だったが、

「生か？　死か？」

絶体絶命の立場におかれた時、最後に、激励してくれたのは、他ならぬ、優しい母の面影であった。

　　親思う心にまさる親心
　　　今日のおとずれ何と聞くらん
ふと、吉田松陰先生の歌が頭に浮かんだ。

「お母さん！　有難う」

「女は弱し、されど母は強し」

このやさしく、しかも雄々しい母の愛情を生死の関頭にあたって、しみじみと味わった。

私の母は、世界一に素晴らしい母である。

この母の愛情によって、救われた。この思い出は、私の生涯を通じて、忘れ得ぬものの一つである。

ハッ——と、思って気を引き締めた。最後の五分間ではない。飛行機の場合は、最後の一分間、いやもっと短い一瞬が大切である。

「そうだ！　俺は、台湾防衛戦闘機隊の、最古参の操縦者だ。負けてはならない。死んではならない。ついに、不死身といわれた田形も死んだかといわれては、若い連中の士気に影響する。俺は何のために、一〇年間も、操縦桿を握ったのだ。この一瞬の戦いに勝つためではなかったか。よし！　不時着だ！」

敵二五機の完全なる包囲攻撃下に、あえて不時着しようと決心した。翼の右下方は水田、左は砂糖黍畑である。不時着時の衝撃を柔らげるために、右方の水田を選んだ。

前方の対進中の一二機に対して、機首を向け、照準なしの乱射を、一連射浴びせながら、体当たりするくらいの勢いで、突進する。敵一二機からの一斉射撃で、敵弾は私の周囲に雨のように集中するが、私は度胸をきめ、運を天にまかせて、衝突寸前まで肉迫していった。敵は、これを、体当たりと勘違いして、全機一斉に、全速で急上昇した。敵は、完全に裏をかかれた。

私は、この一瞬の好機を逃がさなかった。決意と同時に不時着の準備を完了した。その時の時速四六〇キロ、高度わずか三メートル。敵機が五〇〇メートルくらいの高度をとって反転急降下してくるまでに、危険な不時着をして退避しなければ、射殺される。私は瞬間にスイッチを切り、火災を防ぐために燃料コックを閉鎖した。着陸速度を減じ、浮力を大にするために、フラップを全開にした。さらに、接地の衝撃を緩和するために、車輪を半分出した。こうしておいて、機首を上げて速度を殺す。四三〇キロになった。一秒の何分の一の時間しかない。早く着陸しないと、生命がないが、四三〇キロの速度は、新幹線の二倍のスピードだ。普通の要領で不時着したら、衝撃と惰性で、だいたい仏になってしまう。運がよくても、重傷となる。転覆する恐れもある。惰性をとめ、転覆しないようにしなければならない。

「さあ、どうするか——」

考える時間はない。勇気をもって、実行するだけだ。私は考えると同時に、実行していた。四三〇キロで、飛行機を地面に押さえつけ、接地と同時に、キリモミの舵を使った。接地直前に、腰にあてていた木綿の座布団を顔に当てた。

勘と、体験で行なった着陸は、我ながら見事であった。四三〇キロの高速の惰性が、計画どおり、ピタリと止まった。飛行機は、六〇度くらい、右旋回しながら、接地した地点に止まった。大きな革のバンドが、プツリと切れて、体がボーンと、座席の上まで飛び上がり、そのままの姿勢でまた座席に落ちた。落ちる時、計器板に顔をぶっつけたが、座布団のおかげで顔に負傷はなかった。ただ頭の中程を、五針縫った程度の負傷ですみ、内出血も打撲傷もない幸運に恵まれた。

しかし、四三〇キロが、接地した瞬間、一点に静止したので、一時気が遠くなりかけた。だが、身体近くを、銃弾が通過する音で、ハッ！　と、意識をとり戻した。その時の対地銃撃が、何機だったか、意識がうすれていた私には、解らなかった。

愛機は傷つき、しかも、二五機に銃撃されながら、再び繰り返すこともないであろう無謀な不時着に見事成功した。

これで、昭和十四年五月五日、福岡県大刀洗において、甘木市西方二キロの水田に、当時の新鋭機九七戦によって、夜間不時着し、重傷危篤となり、牟田弘国中隊長（元陸軍中佐）に助けられ、九死に一生を得て、

「二三歳にして、天命を悟った」

と感じ、軍人としての私の運命を大きく変えた。階級が何だ。本当の軍人の価値は何だろうと——この問題で、感ずるところがあった。さらに今日また、第一回の夜間不時着におとらぬ危険な、第二回の不時着で、九死に一生を得たのである。

「二八歳にして、再び生命の尊さを知った」

「天命と、生命の問題は、共に、愛機の操縦を通じて、戦争が教えてくれた。生命の尊重は、世界平和の原理となる哲学の基礎であると」

不時着で、戦闘が終わったのではない。この不時着は、第一回の夜間不時着成功の経験と、多くの事故に学んだ操縦者の勘によって救われたのである。座布団を顔に当てたのも夜間不時着に学んだ処置であった。機体は大破、片車輪は二〇メートルほど飛んだ。プロペラも、三枚とも曲がってしまった。奇蹟というほかはない。当の私でさえも、同じ方法で、二度不時着して、安全であるとの自信は全くないのだ。

人間というものは、訓練をし、勇気を持ってやれば、大変なことが出来る、という信念が

強く、心に刻み込まれた。

空戦三十数分、敵機一一機撃墜破、味方二機大破、操縦者は無事——という結果だった。

それからも空中と、地上の戦いが数分間続いた。

私は、上空を警戒しながら急いで座席を出、水田に飛び降りた。その私めがけて、三機が頭上すれすれまで降下して、銃撃して来たが、弾丸は、私の体から三メートルくらいのところに集中された。稲が実って、刈り込み一ヵ月前である。私は、落下傘を開いて、胴体に直角の方向に引いた。上空から見たら、その方向に逃げたと、誤断させるのが目的である。それは、ある程度成功したようだ。

私には、六年半前の、昭和十三年五月、華中戦線において、落下傘降下した敵を攻撃した経験があった。

当時、昭和十二年七月、華北戦線に出動した私は、二一歳の若鷲であった。なつかしい先輩の指導下に、天津、北京、南苑、保定、石家荘、大原と、三国志に出てくる「邯鄲の夢」にみる栄枯盛衰の歴史の地が、初陣の地であり、昭和十三年一月には、華中、南京に転戦し、このころから、いくらか、戦闘の役に立つよう成長しつつあった時代の、一こまである。中隊長は、杉浦勝次大尉（故中佐）、中隊付には西川清大尉（故少佐）、沢村源六中尉（大尉）、江藤豊喜中尉（少佐）、古賀貞曹長（故大尉）、藤永巌曹長（故中尉）、川田一軍曹（大尉）、秀島政雄軍曹（故大尉）、岸田喜久治軍曹（故少尉）、吉田軍曹（故少尉）、木村軍曹（故少尉）、私は曹長であった。

このように、陸士、少飛を主力に、操縦者の精鋭が覇を競っていた。しかし、大半が大空に散華され、今は会うすべもない。

昭和十三年五月、徐州大会戦の時である。南京北方二〇〇キロの地に「ホウフ」飛行場があった。私の中隊は、この飛行場を、前進基地として展開していた。

空の軍神加藤建夫少将も、当時は中隊長として参戦され、その中隊には、なつかしい明野陸軍飛行学校時代の教官、沢田貢大尉（故中佐）、先輩の田中林曹長（中尉）、同期の日暮曹長らも在隊していた。

除州作戦開始直後のある日、加藤中隊は当時の新鋭九七戦三機を駆って、飛行場哨戒飛行を行なっていた。その時、ソ連製エス・ベー爆撃機七機が来襲した。私の中隊は、旧式九五戦五機をもって迎撃離陸した。そして両中隊協力のもとに、二機を撃墜、二機を撃破した。二名が落下傘降下した。一名はたちまち空中で射殺された。他の一名は着陸に成功したが、落下傘を引きずって、同一方向に、真っ直ぐに逃げたので、白い落下傘が目標となって射殺された。

私は、この経験をここで逆用したのだ。

「因果はめぐる」とはよくいったもので、今日は、攻守、ところをかえて、私が、二五機より、連続集中攻撃を浴びている。私は、敵の目を落下傘の方向に向け、その直角の方向に稲田の中を、泥だらけになりながらも、少しずつ、田の外に向かって移動して行った。その何回目かの銃撃では、三機の軸線が、ピタリと、私の体に合っていた。動いたら、地上すれすれまで降下して、私を捜す敵にすぐ発見されるので、動くことは出来ない。

「天命すでにつきるか」

と観念した私は、水田に仰向けに寝た。腰から拳銃を取り出し、右手に握って両腕を組んだ。そして急降下中の三機を見守った。

不思議に恐怖感も、生命への執着も湧いてこない。

「戦うだけは悔なく戦った。潔く死のう」と、一度覚悟を決めたとき、死の恐怖も、生への未練も、死の苦痛も感じない。今日もまた、何人かの敵の生命を奪った。個人的には、何の恨みも、憎しみもないアメリカの青年だ。先の世とやらでは、仲良くしよう。共に愛する祖国に殉じたのだと、ふとこんな思いをはせて、安らかな「明鏡止水」の心境であった。死んで行く身に、虚心はない。ただ、日本の戦士、武人としての誇りに死にたい。

私が、腕を組み、拳銃を握って、大空を見上げたまま死んでいたら、立派な最後であったろう。特攻隊の教え子たちが、

「さすがは、教官の最後だ」

と喜んでくれるであろう。そうすれば、特攻隊員の、あの聖純な魂に、いくらかでもあやかることが出来る。一無名の航空戦士に過ぎない私には幸福な最後であると感じた。

銃弾は、猛烈な勢いで火を吹いて、飛んでくる。しかし、全機とも、軸線は私に、ピタリと一致しているが、右と左に滑っている。折角、私に照準して射った弾が、全部私の左と右の、それぞれ一メートル付近に集中している。弾丸による水煙で、私の航空服は、ずぶぬれ

になった。不思議に、一発も私に命中しなかった。だがその間、私は、何という地獄の思いをしたか。如何に覚悟を定め、静かな心境とはいえ、人間として、未熟未完成の私である。やっぱり、死への恐怖はあったようだ。ただ、この場合、

「武士道とは、死ぬこととみつけたり」

の、葉隠武士道に、いくらかあやかろうという心境によって、割り合い落ち着いていた。合計七〇回以上の銃撃を受けた。結果的には、事実は小説より奇なりで我ながら良く助かったと思う。

やっと水田の外に出て、高さ一メートルくらいの石垣にたどりついた時、はじめてああ助かると思った。文字どおり蘇生の思いであった。

石垣の陰で、銃弾を避けた。敵は私の姿がよく判らないので、稲スレスレまで降下して捜しながら、無茶苦茶に水田全部を射ちまくった。

石垣の陰に退避しながら、

「畜生、とうとう、俺を射ち落としてしまった」

九死に一生を得た敵攻撃下の危険な不時着であったが、まだまだ闘志は失っていない。次次に急降下射撃してくる敵機に、拳銃で、五発を護身用に残して四五発射った。

こうして、地上と空中の戦いの、幾分かが過ぎた、私の肉体は、三〇分を超える空戦と時速四三〇キロの不時着の衝撃で、疲労その極に達していた。

敵機の攻撃はあくまでも執拗だった。

真戸原機には見事に戦闘離脱され、火災を起こして、高速で不時着したが、私が、失神もせず、重傷も受けず、元気で座席から飛び出して、退避する姿を見た敵の怒りと無念さが、この残酷執拗極まりない、銃撃となったものであろう。だが、私は、天命というのか、悪運が強いというのか、不死身の異名どおり、ついに無事であった。

私は、真戸原軍曹の無事を信じていた。私も助かった。そういう、安心感から、疲労がドッと押し寄せ、フラフラと横になって寝込んでしまった。

どのくらい時間が、経過したことであったろう。

私は、ふと目をさました。側の筆記板には、「十一時三十五分」と乱れた字で書いてある。腕時計を見ると、十二時を少しすぎていた。私は、三〇分程、失心状態で寝ていたらしい。敵二五機が編隊を組み、高度をとりながら、台湾東方洋上に向かって飛び去る姿を眺めて、失心状態になったようだ。この時刻を記入した記憶が、私にはなかった。これは、訓練の成果による、無意識の間の記録だった。

目をさまして、ここはどこだろうと思ったが、さっぱりわからない。

頭から出た血が、左頬に流れて固くなっている。航空服は泥だらけである。

フラフラしながら、起き上がり、

「愛機よー、よく戦ってくれた。有難う」

愛機飛燕に対して、感謝と、別れの挨拶をして、たんぼの畦道を一五分ほど歩いた。民家があった。台湾人の家である。

そこには、鹿港飛行隊の将校夫人が、十数名、家族と共に避難していた。

将校夫人たちは、私の、空戦と不時着から銃撃まで、約一キロ離れた防空壕の中から、見ていたという。まだ恐怖で、どの顔も真っ青であった。将校夫人たちに頭の傷を治療してもらいながら、冷たい水をもらって飲んだ。むさぼるようにして飲んだ。長時間の戦闘から解放された安堵と、乾き切った喉をうるおしてくれた一杯の水——その味は、生きている私の生命の確認であり、格別なものがあった。

航空服のポケットの中では、お守りと非常用の金として、一〇円札で一〇枚の一〇〇円が、泥水でぬれ汚れていた。（当時、少尉の給料は七〇円であった。死んだ時、一銭も金がなければ、武人の恥であり、この金は、武人のたしなみとして大切にしていた）

札を水で洗い、日光によって乾かし、煙草をのみながら、それを見ていた。その時、一陣の風によって、全部吹き飛んだ。私は、あわてて、

「おい、逃げるな！」

と笑って、拾い集めた。その恰好が、ついさっきまで、鬼神となって戦った私と違って、まるで子供のように、童心にみえたらしく、皆がドッと腹をかかえて笑った。

この笑いで、どの顔からも、恐怖の表情が消え去っていた。

鹿港憲兵隊の車で、鹿港飛行隊に行った。臨港飛行隊に到着して、はじめて、飛行場南方三キロの水田に不時着したのだということを知った。（超低空戦闘のため、正確な地点が不明であった）

戦隊本部で休憩していると、戦隊付の猛鷲十数名が飛んで来て、

「田形さん。戦闘見せてもらいました。救援に駆けつけたかったが、新鋭機が一機もなく飛べなかった。許して下さい」

と言って、堅い握手を交し合った。翼なき戦士の悲しい涙の握手であった。

中村！　なぜ死んだ

鹿港部隊の幹部将校に、戦闘状況を報告。救援を謝して、私の中隊の基地、台中の飛行団司令部に緊急電話をかけた。飛行団付小林少佐が、電話に出られた。私はさっそく、大要を報告した。

「田形准尉です。田形准尉は、真戸原軍曹を指揮して、二機で彰化（嘉義西北方二〇キロ）上空において、グラマン三六機を捕捉し、これと交戦の結果、六機撃墜、五機撃破、僚機の戦闘離脱援護中、敵弾を受け火災のために不時着、軽傷、機体大破、真戸原軍曹は、戦闘離脱に、成功したと思います」

「よし、御苦労」

「真戸原軍曹は、無事でしょうか」

「中村曹長は、どうでしょうか」

「貴様は自爆したと、真戸原軍曹が報告したので、案じていたところだ……」

と、小林少佐の返事だった。真戸原軍曹が無事とは――信じたことが、そのとおりだった

ことが、嬉しかった。つづいて、小林少佐は、

「無事でよかったなあー、第一撃は、はるか台中の南の空であったが、小さく見えたよ。真戸原は、今自動車で台中に帰還中だ。あと一時間もしたら、到着するだろう。中村曹長と吉田軍曹は戦死した……。

田形准尉も、鹿港部隊の車を借りて、台中にすぐ帰って来るように」

私は、「はい」と答える元気を失った。

出撃離陸直前の予感が、的中してしまったのであった。中村曹長は、私の三番機であり、愛する部下であった。それが、突然、翼を振って飛び去っただけに、

「中村を殺してしまった」

と残念であり無念でならない。私の悲しさもまたひとしおであった。真戸原軍曹の生還と中村曹長の戦死で、胸中は、悲喜交々で複雑だった。これが戦争であり、戦士の辿るべき道だと感じた。

軍医が、看護婦を二名連れて、診断にやって来た。私は「大丈夫だ」と診断を辞退したが、軍医の厚意で、全身検診してもらった。結果は、内出血もなかった。頭部裂傷も五針ほどの軽傷だった。熊本県菊池飛行隊時代に共に過ごした同年兵、山本正美准尉の心尽くしの昼食を頬ばっている時、一名の伝令が飛び込んで来た。

「田形准尉殿。ただいま嘉義近くの水田に自爆していた飛燕一機の操縦者の死体を収容して来ました。心当たりがあるかどうか聞いて来いとのことです」

私は、飛燕と聞いた瞬間、ハッとして、中村だ。中村曹長に違いないと感じたので、
「操縦者の名前はわからぬか?」
とせき込んで聞いたが、判らないという。その私は伝令を突き飛ばすような勢いで戸を開け、死体を乗せて戦隊本部前に停車していたトラックに飛び乗った。土と埃で、真っ黒く汚れた落下傘で全身を包み、顔だけは、軍医の情けで消毒した真っ白なガーゼで覆ってあった。顔半分は砕け、頭は半分ほど亀裂が入って、見るも無惨な姿だった。私は、じっと、無言で見ていた。

中村曹長の変わり果てた姿を「中村曹長に、間違いなし」と判断した。落下傘の縛帯を手に取って見ると、泥水で汚れてはいるが「中村曹長」と書いてある。

私は、無意識の内に、死体に抱きついた。そして、軍人としての誇りも、恥も忘れて、大声をあげて泣いた。

「中村! 貴様はなぜ死んだ。死ぬ時は、三人一緒だと誓って、北港の母隊を、飛び立ったのではないか。なぜ、俺が着陸せよと言った時、着陸しなかったのだ。真戸原も生きているぞ。貴様だけ、なぜ死んだのだ」

私の手に抱かれて、無残な姿で、永遠に私のところにも、郷里山口県に残した愛する妻子のもとにも帰らない中村曹長の顔を見ていると、何者に対するとも知れない憤怒の感情が、胸の底から湧き上がって来た。

部下の死体をトラックに乗せて、鹿港飛行場から、運転手と下士官一名と共に三五キロの

道を台中飛行場へと急ぐ私は、涙さえ出ない悲しみを味わっていた。九死に一生を得た私が、救援された鹿港部隊に、死体となって収容されねばならなかった中村曹長――そして、収容の任務を持っていなかった私の手に、偶然にも委ねられ、戦友の待つ台中飛行場に帰還するのだ。

目に見えぬ奇しき因縁の糸に操られる私と部下とのめぐり合わせ――これは生と死が、背中合わせにある空中戦士の宿命なのかも知れない。

午後三時過ぎ、台中飛行場に着き、私の生還と、中村曹長の戦死によって、喜びと悲しみのうちに、戦友の出迎えを受けた。私は、飛行団長星少将、飛行団付小林少佐、中隊長東郷大尉に、任務の報告をした。その後方で私の報告が終わるまで、待っていた僚機真戸原軍曹が、涙をボロボロ流して報告を終えて、振り返った。そして私に抱きついて来た。私も部下の元気な姿を見て感極まり、真戸原軍曹をしっかり抱いて、二人で心ゆくまで泣いた。

「おい、真戸原、苦労をかけてすまなかった。無事で良かった。良く戦い抜いてくれた」

「田形准尉殿、御心配かけました。先に戦闘を止めて、すみませんでした。許して下さい……」

と言って、お互いに、労をねぎらった。

私は、部下の真戸原軍曹が、指揮官の私の身を案じてくれる戦友愛と、その純情に心から泣かされた。周囲にいた戦友のどの目にも涙が光っていた。これは戦う戦士の心にのみ通ずる、祖国愛と、戦友愛の、尊い涙であった。

私と真戸原軍曹は、死体安置所に置かれた故中村准尉に、深く頭を垂れて合掌し、最後の別れの対面をした。

宿命の記念写真

午後四時過ぎ、飛行場のピストに落ち着いた。頭に真っ白い繃帯を、ぐるぐる巻いているので航空帽が被れない。ピストに落ち着くと解放感が手伝って、またどっと苦痛が襲って来た。不時着の衝撃で受けた打撲傷と頭の傷で、全身が痺れるように痛む。軍医の意見もあり、飛べる飛行機もないことから、中隊長の命令でしばらく休養することになった。

次々とレーダーが敵機の侵入を報じてくるが、敵の攻撃重点が、台北方面と高雄方面に集中されているようで、中部の台中方面は警戒警報程度である。

私が所属する集成防空第一隊の戦闘状況は、中村曹長、吉田軍曹戦死、田形准尉軽傷、飛行機自爆二機、大破二機計四機の損害であった。これに対して戦果は、撃墜一一機、撃破七機、計一八機である。一日の戦闘で中隊が挙げた戦果は大きかったが、二名の戦死者を出したことは、無念でならない。こうして、激しかった戦闘第一日は静寂の中に、不気味な殺気をはらんで暮れて行った。

十月十二日――戦闘第二日の夜は明けた。今日も台湾全土にわたって彼我の戦闘機が交戦、さらにこの日は、九州南部の各基地に陸海軍の最新鋭の雷撃隊数百機が好機をつかんで三八機動部隊に空中魚雷の猛攻を浴びせるべく、待機していた。敵側では、これらの雷撃機が台湾に着陸したら、地上において、一挙に爆破すべく、中国大陸基地より飛来した戦略爆撃機B29一〇〇機以上の大編隊が、一日中、台湾全土を八〇〇〇メートルの高空で哨戒飛行を行なっていた。この敵爆撃機に対して、攻撃する余力のない味方の立場が、いかにも無念であった。（大戦末期に、海軍機の戦力低下を補うために、世界で初めての陸軍雷撃隊が編成された）

そんなわけで、私の搭乗機として、飛燕一機が、北港の原隊より、午後一時までに、後藤曹長（逓信省依託学生出身）によって、台中に空輸されることを、北港からの電報で連絡を受けとった。この時は、全く嬉しかった。空中戦士が、飛ぶ翼を持たぬほど、寂しいことはないのだ。

東郷中隊長は、一一機を指揮して、常時哨戒飛行を続けていた。私は午後一時を楽しみにしながら、昼寝をしていた。午前九時ごろ嘉義憲兵隊よりの連絡を、伝令が伝えて来た。「昨日の戦闘で、田形准尉が撃墜した敵の死体を収容した。午後二時に火葬するが、都合ついたら、来てもらいたい」

というのである。私は、東郷中隊長の許しを得て、嘉義と台中の中間、自動車で往復四時間程の、台湾人ばかりの小さい村に向かって車を飛ばした。

私は、真戸原軍曹と同年の二一歳の昭和十二年七月十五日、福岡県の大刀洗飛行隊より、華北戦線に出動して以来、華北、華中、華南、仏印、タイ、ビルマ、マレー、台湾と幾多の航空撃滅戦に参加してきた。その間、私がこの手で発射した銃弾あるいは投下した爆弾（爆弾を戦闘機からも投下した）によって、幾人かの敵兵の生命を奪って来た。しかし、自らが殺した敵の顔を一回も見たことがない。今日が初めてである。落ち着かない心のときめきを覚えながらも、戦闘の疲れで、いつしか車の中で、深い眠りに落ちて行った。

――私は、「山紫に、水清く」と、豊岡小学校歌に歌われている、南北朝時代の、南朝の忠臣、菊池一族と共に最後まで戦った、黒木氏の古城跡のある、福岡の片田舎、黒木町に、軍服を脱いで帰り、なつかしい父、母、妻子と共に、山また山の大自然の平和の中で、好きな百姓に返っていた。私は生まれて三ヵ月目の長男、寛文を抱きながら、平和で楽しい家庭で父母兄弟たちと愉快に語っていた――。

「田形准尉殿、到着しました」

と、運転手の山口上等兵の声がして、私は楽しい夢を破られた。

「何だ、夢だったのか」

もっと夢を見ていたかったのに、空襲警報が鳴り渡る厳しい現実の世界に引き戻された。

「よし、御苦労」

といって、車を降りた。出迎えてくれた憲兵と警察官の案内で、死体が安置されていた部屋の入口に立った。

一瞬ためらった。部屋の中から、憲兵隊が供えた線香の匂いがしていた。深く考えないで軽い気持ちで飛んで来たが、淡い後悔の念が湧くのをどうすることも出来なかった。

「来なければよかった」と思ったが、いまさらどうにもならない。戸を開けて部屋の中に立った。正面の祭壇には、憲兵隊が、日本武士道の精神に則って、質素ではあるが、三段の棚を造り、果物や米、日本酒などを供え、線香とローソクも供えて、

「愛する祖国、アメリカのために――」

勇敢に戦って、散って行った若い敵将の霊を弔っていた。私は、祭壇の前に進んで、線香を上げ、その敵将の冥福を心から祈った。

祭壇の前に台を置いて、その上に遺体は安置されていた。私は、憲兵の説明を聞きながら、顔を覆った純白の白布を取った。全身きれいに消毒されて、純白の綳帯がそれを包んでいた。墜落の衝撃で、全身がクタクタに、くだけていたという。顔の上のガーゼを取って、顔を見た。顔の大半は砕けているが、鼻から上は原形のままだった。その顔は、安らかな表情であり、私と同年の二八歳くらいの年齢であることを語っていた。

もう一度、全身を眺めてみると、胸部のところが血で染まり、綳帯が真っ赤になっていた。

憲兵に尋ねた。

「ここは、どうしたのか？」

「胸のところを機関砲弾で、射ち抜かれている、と軍医殿が、語っていました」

と、憲兵は答えた。私は静かに目をつむり、激しかった前日の空戦を思い出した。

「はあ、そうすると、一〇メートルくらいまで接近して射ち込んだ、二番目に撃墜した飛行機だな」

と思った。

その時の感情を語る言葉を私は知らない。一歩の差で、私がこのように、死体となって安置されていたかもしれぬのだ。「殺さなければ、殺される」これが、戦争である。私は個人的にはこの青年には、何の憎しみも恨みもない。

「この殺人の罪は、誰の責任か？」

私は、どう考えるべきか、誰も教えてくれない。私にもわからない。憲兵軍曹に、

「丁重に、葬って下さい」

と頼み、白布で死体を覆って敬礼をして、その部屋を出た。

昭和十一年、操縦桿を握って以来、日華事変、大東亜戦争と、親しかった多くの戦友の悲壮な最後を、目のあたり見て来た私――そして、昨日はまた部下と戦友を失った悲しみを持つ私が、自らが撃墜した敵将を見ても、厳しい戦争の現実のためか、悲しくもなく、涙も出なかった。あるのは奇妙な後悔だけだった。説明出来ない複雑な気持ちでいっぱいであった。

そして、

「いつの日か、私もこのような、最後を遂げるであろう」

と思いながら、もう一度、

「丁重に、葬って下さい」

と、憲兵将校に告げ、航空服の中の、非常用の金から一〇円札を一枚出して「何か買って供えて下さい」と頼み、深く頭を垂れて、部屋を出た。そして、

「これは、奇妙なことだろうか？」

と自問した。私の後から、ついて来た憲兵将校が、

「遺品を見ませんか」

と言って隣の部屋に案内した。

そこには、地図、拳銃、手帳、万年筆、サイフ、救急箱、浮舟、携帯用航空糧食などが置かれてあった。これらは、大体私たちの携行品と大差なかった。

私が、驚いたのは、地図であった。日本全土の地図である。地図には、攻撃目標として大都市、軍需工場、飛行場などの他に、鉄道の鉄橋、その他の大きな川の橋、従業員一〇〇人ぐらいの工場に至るまで、「×印」がしてあった。敵に徹底した本土攻撃の意図があると強い印象を受けた。

敵将は、中尉であった。ただ、いずれは、私も死ぬ身と覚悟していたので、その氏名を記憶せず、今日、遺族に連絡出来ないのが、私の生涯の痛恨事であり、米国の遺族の方に申し訳けない。

私は、最後に一枚の葉書大の、最近撮ったと思われる写真を手に取ってみた。写真には、四人写っていた。向かって左に本人が、生後一年ほどのかわいい子供を抱いていた。その横には、二三歳前後の美しい婦人が座っていた。その後方の中央には、五〇歳前後と思われる上品な婦人が立っている。恐らく、戦死した人の母であろう。

この出征記念写真と思われる写真を右手に持って眺めていた私の頬は、いつしか涙で濡れていた。なんだか急に悲しく淋しくなって来て、こらえようとすればするほど、せきもあえ

ず涙が流れてくる。

死体を見た時は、一滴の涙も流れず、さほど悲しくもなかった私が、なぜ一枚の写真を見て、涙を流したのだろう。ただ無性に、悲しかった。

「くれぐれも、よろしく頼みます」

と、頼んで部屋を出た。

憲兵将校は、最後に突然に、泣き出した私の顔を、不思議そうに見、言葉のかけようがなかったと見えて、何にも言わなかった。

来る時は想像もしなかったような複雑な気持ちになって、車のところに帰った。この一枚の写真が、それからの、私の生き方を運命づける結果になろうとは、神ならぬ身の知るよしもなかった。車に乗る時、もう一度振り返った私の眼に、落下傘と繃帯が映ったが、純白の落下傘が血で真っ赤に染っていた。そしてそれがいつまでも、私の脳裏から消えなかった。

ああ、戦争と戦士と

台中に向かって、六〇キロのスピードで車は進む。私は座席で腕を組み、目をつぶって、静かに考えた。涙が頬から航空服に伝って、とめどなく流れる。それが、何の涙かわからない。

「今お参りしたアメリカの将校は、昨日の空戦で、私が撃墜したのだ。俺は、尊い人命を奪った殺人者なのか？」

「いや、祖国防衛の責任を持つ軍隊の至上命令によって、死を賭して、部下と共に戦った、殊勲者だ」

「戦争においては、個人的に、何のうらみも、憎しみもない、敵国の青年を、多数殺傷するのが、戦闘の目的である」

「私が、体験しただけでも、日華事変以来、米、英、ソ、中、四ヵ国の敵によって、数え切れない多くの、日本の青年が殺された」

「この敵味方の、聖純なる魂をもつ青年が死んだ。その殺人の責任は、一体、誰が、負うべきものであるか」

このように「戦争と、戦士と」の問題について、自問自答する。

戦争は、多くの生命財産を破壊する。すべての人間が戦争を否定し、平和を願っているが、人類数千年の歴史は、人間がつねに、平和を愛しながらも、治乱興亡、栄枯盛衰の戦争の絵巻図を描いている。

「なぜ、戦争が起こるのだろう――」

「なぜ、平和が保たれないのか――」

私が、軍隊を志願したのは、飛行機が好きだからだけではない。限りなく愛する祖国日本の平和と、アジアの平和を護りたい。この純粋な気持ちから、軍人となったのだ。だから戦争は否定する。

このような人類の悲願ともいうべき、戦争と平和の問題について、繰り返し繰り返し考えているうちに、いつしか深い眠りにさそわれて行った——。

「田形准尉殿、空襲です」

と、山口上等兵の大声で、仮眠の夢を破られた。

グラマン十数機が、高度六〇〇メートルで上空掩護しながら、他の三機が私の車めがけて、猛烈な銃撃を加えつつ、急降下してくる。危機一髪、瞬間に退避しなければ生命が危ない。

「車を止めろ、飛び出せ！」

と、運転手に命じた。その直後に、銃弾は車の周囲に集中する。その一発が、車輪に命中した。車輪パンクと急停車で、左急旋回したので、前車輪が道路からはみ出して水田に入り、車が突っ込んだ。私と山口上等兵は、傾いた車から飛び出して三〇メートルほど離れた村の家に向かって駆けて行った。やっと家の陰に辿りついた時、また二回目の銃撃を受けた。私は、山口上等兵に、

「危なかったね、なぜもっと早く知らせなかったのだ」

「何回も知らせたが、よし、と言って何も指示されなかったのです」

そういわれると、起こされたような気もする。

「そうか、それはすまなかった」

と、笑いながら詫びた。山口上等兵は、頭をかきながら笑っている。その表情には、危険に直面した、という恐怖がない。この兵隊さん、割にしっかりしていると、感心した。六回ほどの銃撃で、敵機は、東の空に向かって飛び去って行った。

突然の銃撃で、車はパンクする。水田に飛び込んで、航空服はずぶぬれになり、危ないところを助かった。村の台湾人の協力を得て二〇分くらいで、出発出来た。

ついさっきまでは、平和の問題を真剣に考えていたが、その思索は、六回のグラマンの銃撃によって、泡の如く、消え去って行った。今や祖国日本は、米国の圧倒的な物量による総反攻によって、喰うか喰われるかの死闘を展開している。私たち、戦士に与えられた道は、

「操縦桿を握って、戦わねばならない」

という厳しい現実の要求に応えることだった。

「戦争は、いかなる犠牲を払っても、否定しなければならない」

「だが、民族の生命の安全保障は、青年の犠牲によって実行せねばならない」

と、これが、長い戦争によって学んだ理想と現実に対する認識である。

車が、台中基地に近づくにつれて、

「よし、戦うぞ」

という不屈の闘魂が、泉の如く、心の底から湧き上がって来た。

午後三時、台中に帰隊した。中隊には師団命令によって十二時に、一機が台中から台北飛行場に移動していた。私は、翌早朝（一機で昼間飛ぶのは危険だから）台北に飛来せよ、との中隊長命令が伝えられた。北港より、代機として飛燕一機が、後藤曹長によって台中に空輸されていた。乗る飛行機を失っていた私は、飛燕を見た時は、恋人に逢った時のように嬉しかった。

さっそく、敵機の空襲の合い間を見て試験飛行を行なった。調子は上々だ。こうして、翌朝まで待機することになった。

夕刻、中国大陸より来襲したB29機から、一〇〇キロ爆弾数十発が台中飛行場に投下された。格納庫一棟が爆破炎上し、飛行機（旧式の練習機）若干が大破し、十数名が重軽傷を負った。私も至近弾を浴びたが、幸い無事であった。

こうして戦闘第二日の日が暮れた。

十月十三日午前六時、東の空が、ようやく明るくなったころ、私は単機、台中飛行場を離陸した。高度二〇〇メートル、低空飛行で台北に向かう。払暁飛行で飛んでいる間に、新竹上空ですっかり夜が明けた。ふと駅の方を眺めると、鳥が飛んでいるように数機が新竹駅に銃撃を加えている。その上空一〇〇〇メートル付近に、九機が旋回している。さらに三〇〇〇メートル付近に二〇機余りのグラマンが飛んでいる。

「この野郎、朝早くからやって来たなあ。地上攻撃している六機をやっつけるか」

と、機関砲の安全装置を取った。しかし、六機、九機、二〇機の三層に配置され、私は高度二〇〇メートル、今度は完全にやられると判断したので、残念ながら敵の哨戒圏内を五メートルから一〇メートルの超低空飛行で突破することにした。樹木や丘、建築物などの合間を縫って、四〇〇キロの速力で一気に飛び抜けた。幸い敵機に発見されず、無事に台北松山飛行場に着陸した。

松山飛行場には十戦隊、二戦隊、二十戦隊と私の中隊など、約四〇機が集結していた。これが、戦闘第三日における台湾防衛の戦力であった。

その日も、各地に激しい空からの攻撃が続けられたが、我方は台北上空を重点として、つねに三〇機程度の編隊群をもって迎撃を行なった。第一日、第二日のような徹底的な決戦は行なわず、軽く遭遇戦を展開した程度であった。

十月十四日、戦闘第四日目、日本の陸海軍雷撃隊の敵機動部隊攻撃により、大きな損害を受けた敵の台湾に対する攻撃は、急に低調となった。

夕刻、中国大陸より五十九戦隊の四式戦闘機二三機が作戦参加のために飛来したので、台北基地も、急に賑やかになった。

それから一週間くらい、毎日少数の敵機による台湾攻撃は続けられたが見るべき戦闘は行なわれなかった。私たち操縦者は、台北市郊外にある北斗温泉に泊まることになり、毎晩温泉で戦いの疲れを癒すことが出来て、大喜びであった。

こうして激しかった台湾沖航空戦も、三八機動部隊の比島への南下によって終わりを告げた。

十月十二日からの三日間における来襲敵機は、グラマン延べ三〇〇〇機以上、B29三〇〇機以上と、まるで台風の襲来による暴風のような厳しさがあった。

敵機撃墜破二〇〇機以上、味方は自爆約三〇機、大破若干、戦死傷四〇名を越える尊い犠牲を払った。

こうして、世界の空中戦史に類例のない、二対三六の戦闘を経験した。そして一一機を撃墜破して二人共助かった。この戦闘を通じて、念願の新戦闘法にも開眼した。日本の戦闘機の優秀性も実証した。さらに日本の青年が、アメリカの青年に劣らないという民族の優秀性についても、誇りと自信が持てた。

しかし、心の中は空洞である。少しも嬉しくない。むしろ悲しさとむなしさを感ずる。それは、なぜだろうか？

この激しい空戦によっても屏東時代の特攻隊教官以来、人間として軍人として、悩み求めて来た「特攻精神の真髄」はついにつかむことが、出来なかった。それは「決死隊」と「特攻隊」の相違であろう。

日華事変以来、長い戦いの体験を通じて学び得たものは、

「烈々たる戦争否定の精神――」

「民族を護るものは、その国の青年である――」

という「戦争と戦士」の問題であった。

崇高な人間愛と、永遠の世界平和を実現するために、唯物論と唯心論を越えて平和の原理となる、新しい哲学を学ばなければならない。こういう認識は、敵将のポケットの一枚の写真が、直接の動機となったのである。

台湾沖航空戦における十二日より十四日までの三日間の激戦において、第八飛行師団の戦死傷者数は、七五名の操縦者中半数を越えた。この尊い戦死者の芳名を発表し、あわせて、この戦いにおいて祖国アメリカのために散って行った二〇〇名を越えるであろう敵国の青年

の英霊の冥福を心から祈りたい。（階級は戦死後進級した階級を示す）

戦死操縦者名簿

飛行第十一戦隊

中佐　金谷　祥弘（陸士五十一期）盛岡市上田西縄手一一
少佐　大沼　国夫（陸士五十三期）山形市緑町二ノ五ノ四
大尉　松本　三郎（陸士五十五期）和歌山県
大尉　佐野　均（陸士五十五期）香川県丸亀市
大尉　小林国太郎（陸士五十六期）東京都杉並区方南町五四七
曹長　滝沢　了　宇都宮市小幡町三〇七〇（東京都台東区山伏町九）

宜蘭を基地として、台北州で戦死

飛行第二十戦隊

少佐　小林　貞和（陸士五十四期）東京都葛飾区豊町四ノ二六二
准尉　前橋　利夫　長野県筑摩郡山口村
曹長　鈴木　茂　福島県東白川郡棚倉町棚倉
曹長　榎本　桃介　愛知県幡豆郡福地村平口
曹長　田淵　隆二　岡山県邑久郡宸掛村虫明

曹　長　村田　儀八　滋賀県蒲生郡玉緒村下仁俣
曹　長　前田　政次　和歌山県那智郡川原村大字野上
軍　曹　中村　重郎　三重県多気郡明星村上野
軍　曹　藤田　輝雄　千葉県市川市中山若宮三七五
軍　曹　佐藤　延己　山形県飽海郡西荒瀬村藤塚
　潮州を基地として、高雄州で戦死
少　佐　山県　清隆（陸士五十四期）広島市仁保町（広島県高田郡井原村）
桃園を基地として、台北州で戦死
　飛行第二十九戦隊
少　尉　長谷　謙卓（操縦六十八期）福井県遠敷郡鳥羽村長江
小港を基地として、高雄州で戦死
　集成防空第一隊
准　尉　中村　国臣（操縦七十三期）山口県阿武郡吉部村吉野
曹　長　吉田　義人（操縦七十六期）大分県直入郡津野村有氏
台中を基地として、台中州で戦死

第三練成飛行隊（陸士五十五期）

大尉　橋本　保善　長崎市池本町三九七
准尉　中沢　健治　長野県南安曇郡梓村大字梓
准尉　斉藤　公照　鹿児島県薩摩郡宮之城町屋地
准尉　岸川　明光　佐賀県小城郡北多久村大字多久原
軍曹　橋本　彰　鹿児島市高麗町一三二
軍曹　幾角　弘海　鹿児島県日置郡東市来町長里一五
軍曹　戸川　重二　鹿児島県熊毛郡上屋久町
軍曹　二宮　重明　愛媛県喜多郡宇和川村宇田川甲
軍曹　岡田　篤磨　広島県沼隈郡松永町三三二
軍曹　山本　格康　東京都中央区銀座一の五
軍曹　奥村　清計　大阪府泉北郡和泉町大字塩本
軍曹　小野瀬博郎　茨城県久慈郡金砂村上宮河内
軍曹　小林　勇夫　新潟県古志郡上組村曲新町
軍曹　近藤　勘二　埼玉県入間郡所沢町北野二一四
軍曹　瀬田川康三　秋田県平鹿郡角間川村下中町
軍曹　天堂　内寿　滋賀県坂田郡東黒田村堂谷二四八
伍長　平岡　一企　広島県御調郡沢田村大字深

桃園を基地として、新竹州で戦死

第三練成飛行隊は、二人乗り双発戦闘機に搭乗、迎撃に離陸した八機が全機自爆、操縦者八名、機上射手七名が戦死した。

さらに台湾全土で敵機の銃爆撃によって地上で二〇名余りの将兵が戦死した。

第二章　きょうよりは、かえりみなくて

憧れの陸軍航空兵

涯てしなき大空を自由に飛び廻る鳥の群れを眺めては、人間も鳥の如く、大空を自由に飛び廻りたい。この夢は、人類の幾世紀かの悲願であった。

日本には、昔から、天女の羽衣、天狗仙人などの話に空想の飛行が、いい伝えられ、さらに、忍術による人間飛翔の姿が、興味深く描かれている。

しかし、科学的価値が裏づけされるのは、凧、落下傘、滑空機、軽気球などの発明利用によって、はじめて、神秘の大空への扉は開かれ、人間飛行の歴史の第一ページが綴られた。

日本における人間飛行の最初は、表具屋浮田幸吉が羽ばたき式滑空機で飛んだことを記録している。また、日本の機械科学者の始祖といわれる平賀源内は、宝暦三年（一七五三年）に竹トンボでヘリコプターの原理を実証した。これはざっと二〇〇年前の古い話である。

現代における初飛行は明治四十三年（一九一〇年）の十二月、陸軍気球研究会のフランス

帰りの徳川好敏大尉が、アンリ・ファルマン複葉機で、ドイツ帰りの日野熊蔵大尉は、グラーデ単葉機で、日野大尉は同月十四日、徳川大尉は十九日に、代々木練兵場で、それぞれ初飛行を行なった。米国のライト兄弟の世界最初の飛行から、七年目の出来事であった。

日本の飛行機が、はじめて実戦に参加したのは、大正三年（一九一四年）の第一次世界大戦のときの青島攻略戦であり、それは、私が生まれる二年前のことであった。

やがて、大正六年には、中島飛行機製作所、つづいて三菱内燃機製造株式会社、川崎造船所飛行機工場などによって、国産機の生産が開始され、第一次世界大戦から第二次世界大戦へと、急速の進歩をとげ、あっという間に、人工衛星による宇宙時代へと、人類の夢は果てしなく伸びていった。

このような、航空発展の歴史の中で、成長した私が、少年の童心に、描いた夢は、「大空を飛びたい」「飛行機乗りになりたい」強い憧れと夢で、小さい胸が一杯であった。

当時、日本は、世界三大強国の一つに数えられ、国家が隆々たる発展をとげている時代で、青少年の夢も、また、大空の如く、広く大きかった。

日の丸の旗を立て、七つの海を制覇したい。

日の丸の銀翼で、世界を制したい。

満州へ、アメリカ大陸へ、雄飛したい。

末は、大将か、大臣か。

青少年のすべてが、このような夢をもっていたその一面には、人間として、日本人として、男は、男らしく……。

女は、女らしく……。

という、内省の強い面もあった。

満州事変下の昭和七年の秋、隣村の先輩、田代伍長の縁で親しくなった大刀洗出身の白川義則軍曹が「軍曹白川義則氏、満州承徳に於て、特務機関長と共に壮烈な戦死を遂ぐ」と、大きく報ぜられた。

氏は、福岡県田川郡大任村出身である。この新聞記事を読んだ瞬間、

「よし、陸軍に入ろう。敬愛する白川軍曹の遺志を継ごう――」

と、一六歳の少年、田形の進む道が決定したのである。

　ここは、御国を何百里
　離れて遠き満州の
　赤い夕日に照らされて
　友はのずえの石の下

勇壮な中に哀愁の詩情をそそる「戦友の歌」が、全国に愛唱されていた満州事変の直後、昭和九年一月十日、現役志願兵として太刀洗飛行第四連隊（福岡県）に入隊、第三中隊（戦闘隊）に配属された。それは、一七歳の正月のことであった。

入隊当日は、三〇年振りといわれる大雪であった。六〇万坪の飛行場も、兵舎も営庭も、雪で化粧し、背振りおろしの十数メートルの寒風が頬をさす厳しさの中で、営庭において、

一三六名の私たち初年兵の入隊式が厳かに行なわれた。

「諸君は、選ばれた精鋭であり、本日より名誉ある帝国陸軍軍人である。大元帥陛下より賜わりたる五ヵ条の勅諭の精神を守り御奉公に励むように……」

連隊長の訓示が行なわれ

皇軍は、代々天皇の股肱なり
立て立て、神州男子
空の王者、我が大刀洗は
宮殿下、迎えしところ
銀翼、サンタリーサンタリーサンタリー
飛行第四連隊

連隊長以下千有余名の将兵が、声高らかに合唱した連隊歌は、憧れの陸軍航空兵二等兵の軍服を着用した少年時代の感激の一こまとして、私の脳裏に深く刻み込まれた。

入隊式に参列した父（昭和四十年に死亡）も、感激の涙を流していた。

第三中隊編成（昭和九、一、十）

中隊長　大尉　猿渡　篤孝（操縦陸士三十六期大佐）
将　校　大尉　江山　六天（操縦陸士三十七期大佐）
〃　　　中尉　杉浦　勝次（操縦陸士三十六期故中佐）

〃　中尉　沢田　貢（操縦陸士四十四期故中佐）
〃　中尉　黒石　正男（操縦少候出身故大尉）
〃　少尉　西川　清（操縦陸士四十五期故少佐）
〃　少尉　沢村　源六（操縦少候出身）
見習士官　松村　俊助（操縦陸士四十六期故中佐）
下士官特務曹長　藤永　巌（操縦少候出身）
〃　曹長　牧野　操男（操縦少候出身）
〃　特務曹長　塚田　正（操縦昭和十四年兵大尉）
〃　特務曹長　草場　巌（庶務昭和十五年兵）
〃　曹長　山下　仁司（整備昭和二年兵中尉）
〃　曹長　深牧　安雄（操縦昭和三年兵大尉）
〃　軍曹　山下　節男（操縦昭和四年兵故准尉）
〃　軍曹　仮屋　文天（整備昭和四年兵）
〃　軍曹　北野　成一（整備昭和五年兵大尉）
〃　軍曹　雪野　孔士（整備昭和五年兵大尉）
〃　伍長　野口　満（操縦昭和六年兵故中尉）
〃　伍長　古賀　貞（操縦昭和六年兵故大尉）
〃　伍長　平田　梅人（操縦昭和六年兵中尉）

下士官　伍長　田口　秀雄（整備昭和六年兵少尉）

二年兵（昭和七年兵）には下士官候補者として、操縦者には、古川豊上等兵（少候大尉）、藤原辰美上等兵、およびその後操縦者になった嘉村武秀上等兵（故曹長）、青木茂上等兵（故准尉）、その他連隊一の優秀兵として満期伍長で除隊した吉田淳一上等兵など二八名で、優秀な人物が多かった。戦友は中隊一好人物の中島一等兵（大分県出身）であった。

同年兵（昭和八年兵）には、上野松祐（整備准尉）、山崎正典（操縦故少尉）、瀬戸口倉助（操縦故中尉）、井上光次（整備准尉）、塚本繁人（整備准尉）、上等兵から少年飛行兵二期生に転出した玉利盛孝（操縦大尉）などの他に山口政吉、高尾清、団野勤、伊藤文正、立花実、坂留三郎、高木、荒平、内田、寺師など二九名であった。

午後一時より、中隊講堂で宣誓式と会食が行なわれた。

中隊長猿渡大尉は、鹿児島出身の古武士の風格を持つ日本一の中隊長であり、中隊付の将校、准士官、下士官は、一騎当千の猛鷲ぞろいで、日本一、世界一の戦闘中隊と自他共に許していた。それは、ソ連軍（赤軍）より派遣された飛行将校、イワノフ少佐が一年間中隊付として勤務した事実が、如実に裏付けしていた。

中隊長以下八〇余名が、第一種軍装に身をかため、講堂に集合した。

一、軍人は忠節を尽くすを本分とすべし

一、軍人は礼儀を正しくすべし

一、軍人は武勇を尚ぶべし
一、軍人は信義を重んずべし
一、軍人は質素を旨とすべし
……」旨の宣誓書に署名捺印をして式は終了した。

軍人勅諭の斉唱と中隊長の訓示が終わって、「上官の命令に服従し、祖国に忠節を尽くす

班長は山本軍曹、班付下士官は野口伍長に平田伍長、班付先任上等兵は古川上等兵で、初年兵掛教官は松村見習士官、助教は仮屋軍曹、助手は嘉村上等兵であった。入隊第一日は、第二日以降の一ヵ年間の厳しさ辛さが、想像も出来ないほど、やさしく暖く、兄貴分の上等兵、一等兵が、戦友愛を示してくれた。

第一期三ヵ月間の軍事教練が終わって、嘉村上等兵より、同年兵二九名の指揮を命ぜられた時は嬉しいやら恥ずかしいやらで、ボーッとした気持ちで号令をかけた。そしてそれからの半年間、イワノフ少佐の当番兵として、お茶を汲み、仕えたことは忘れ得ぬ貴重な体験であった。

桜の花が咲き乱れる四月、大刀洗より二日市（二〇キロ）まで徒歩行軍をやり、後は中隊全員がトラックに分乗して、福岡市郊外の津屋崎海岸に行軍した。一日、胸一杯オゾンを吸って愉快に遊んだ。その折り、日露戦争の戦利品であるロシヤの廃艦が一隻、係留されていた。その軍艦を人の群れから離れて、静かに眺めているイワノフ少佐の横顔は、淋しい表情をしていた。それから、一一年目には、敗戦によって、私たちがすべてを失うなど、この時

は夢にも考えなかった。

軍隊生活にもすっかりなじんだ八月一日、訓練を終わって夕食の準備をしている時、九二戦六機が超低空飛行で、飛行場一杯に爆音を轟かせて進入して来た。

「何かある?」

と不吉な予感が胸をよぎった。兵のどの顔も一瞬、不安な表情に変わった。中隊主力は、一週間前に、長崎県大村海軍航空隊へ空中射撃演習のため出張中であった。

まもなく、黒石中尉の殉職が知らされた。この犠牲は、入隊以来連隊で六人目の殉職であり、身近な中隊における初の犠牲者であった。直ちに、悲しみの中に棺前祭、連隊葬の準備が静かに進められた。この通夜、翌日の盛大な連隊葬の体験が、それから数え切れないほどの空の戦士との涙の別れの悲しい記録の第一ページに記録された。

ことに、夫、黒石大尉の霊前に頭を垂れ、頬に涙が伝わって流れている喪服姿の夫人の横顔は、大空をめざす私の若き魂に強烈な印象を与え、三〇有余年を経過した今日も、なお、消えることなく、脳裏に刻み込まれている。

それから、連隊では、月平均一人くらいの割合で、操縦者が死んで行った。大空への道がいかに厳しいかは、肌を通して生々しく知らされた。

――南国九州にも秋風が吹き、筑後平野に黄金の波がゆれる初秋の九月二十日、

「田形一等兵、八八式偵察機同乗」

操縦者の山本軍曹に報告して搭乗した。

「よし、バンドをしめよ」

山本軍曹は指示して、東方甘木市に機首を向けて離陸した。五五〇馬力水冷式のエンジンは、全馬力を出して離陸する。アッという間に高度二五〇メートル、甘木市上空で第一旋回、高度三〇〇で水平飛行――六〇万坪の飛行場が、小学校の運動場のように小さく見える。旅客機と違って胸から上は強い風圧にさらされている。生まれてはじめて、地上を三〇〇メートル離れて、空中を二二〇キロで飛んでいる。スリル、スピード、立体的に見るパノラマはまるで夢の国をさまよっているようだ。生命の恐怖感もつきまとう。

「お母さん……私は、今飛んでいます」

心の中で第一番に母に感謝の報告をした。

飛行機が、機首を下げた、と思ったら、もう着陸していた。

「飛行七分――昭和九年九月二十日、一八歳」

これが私の記念すべき初飛行の記録であった。

十一月には、栃木県太田原飛行場に、特別大演習で出張、立川飛行隊にも一泊、初めて東京の町を見物したが、人が多いのと建物が大きいのに驚いた。この演習がなつかしい二年兵との最後の楽しい別れの旅行となった。

十二月一日には、下士官候補者となり、さらに厳しい猛訓練を経験しなければならなかった。

こうしている間にも殉職者は、次から次へと出たが、私の大空への志望は、そのつどますます強くなって行った。

昭和十年の南九州特別大演習には、佐世保より軍艦に乗り組み、一週間の海軍の生活を体験し、鹿児島沖で、御召艦「比叡」と遭遇した光栄は、若き私の血を躍らした。

同年の八月には、北海道特別演習で福岡より札幌に出張したが、日本が細長いのにいまさらながら驚いた。北海道に一〇〇機以上の陸軍機が集結したが、二〇機以上が不時着、中には殉職者もあった。このように事故が多くては、生命がいくつあっても足りない。操縦者が可哀想だ、とつくづく感じた。

このころの大隊長は、立山武雄少佐から加藤俊雄少佐に代わっていた。第一中隊には、板井福一軍曹（南京で殊勲を立てた。故大尉）、塩月三市伍長（大尉、ニューギニアで戦死した）、同郷の同年兵、田島勇（故少尉）、第四中隊には山口二男（少尉）、原口鉄男（大尉）、整備隊には河辺虎雄上等兵（大尉）、栃原辰秋（准尉）などの親しい戦友がいた。

私が所属した第三中隊は、戦闘機中隊であり、当時、新鋭の九二式戦闘機、一五機を主力に、甲式四型戦闘機五機、サルムソン（乙式）偵察機二機、八八式偵察機二機が配属、猿渡中隊長以下八〇名足らずの少数で、訓練また訓練に明け暮れ、「日暮らし中隊」の別名で呼ばれる如く、体力、気力の続く限り働いた。さすがのイワノフ少佐も驚いて、

「日本軍は、いつ休むのか？」

と感心していた。この戦闘中隊は訓練の激しさ、軍紀の厳しさ、上官と部下の愛情の強さ等に裏付けされ、世界一といって決して誇張でも、観念的でもなかった。

「実力は、厳しい訓練によって、つくられる」

この中隊で連隊同年兵中、最年少者であった私が、兵として二ヵ年間、徹底的に先輩から、「闘魂」をたたき込まれたことは、それからの戦闘機一〇年はいうに及ばず、長い人生の生涯を貫く男の根性として生きている。今は亡き多数の先輩の英霊に、心から感謝の念を捧げたい。

昭和十年十二月一日、陸軍航空兵伍長に任ぜられ、内務班付と、初年兵掛助教を命ぜられた。それは、一九歳の暮れであり、大空への道は、厳しく、はるかなる道であることが、次第にわかって来た。

初年兵（十年兵）には、窪山（中尉）、宮本、塚原、椋本など優秀な兵三〇名がいた。

昭和十二年の七月七日に、日華事変がおこった時の陸軍の操縦者は約五〇〇〇名、そのうち戦闘機のパイロットの総数は、わずかに二〇〇名を越える程度であった。当時、陸軍士官学校出身は四十七期、下士官学生出身は私たち六十期、少年飛行兵出身は二期生までが、飛行学校を卒業していた。そして、それ以後に、戦局の要求につれて、急速に大量養成がなされ、学鷲の愛称で呼ばれた特別操縦見習士官は、これから六年後の昭和十八年に創始されたのである。

飛べたぞ、おかあさん

「陸軍伍長田形竹尾は、第六十期操縦下士官学生第二次試験受験のため、七月二十五日、所沢陸軍飛行学校に、出向を命ず」

少年時代より、大空に憧れ、現役志願兵として二ヵ年間、血のにじむ猛訓練に耐え抜き、大空への道が一歩前進したのだ。

四月一日より三日間、操縦学生の第一次身体検査と、学科試験が、連隊で行なわれた。軍曹、伍長、上等兵（下士官候補者）約一〇〇名の受験者より、二四名が合格した。そして三ヵ月後には、所沢において、厳重な第二次試験の結果、この難関を突破するものは五名程度である。それにしても、この命令を受けた時は、おいしい昼食も喉を通らないほどの嬉しさであった。

七月二十二日、大刀洗を出発、姫路駅で途中下車して、同郷出身の松浦淳六郎中将を姫路城外にある師団長官舎に訪ねた。階級絶対の軍において、一介の伍長の私が、中将閣下に面会を申し込んだので、副官の少佐が、警戒的態度で取り次いでくれた。

「操縦は生命がけだ。合格を祈る」

慈愛の眼差しで、暖い激励の言葉を背に受けて、所沢陸軍飛行学校長徳川好敏中将あて、託された手紙と土産を持って、官舎を辞した。

七月二十五日より二十九日まで、日本一にむずかしい航空適性検査を受けた。目、耳、鼻、口、心臓、肺等、五官の機能から内臓まで、徹底的にと、五日間検査を受けた。医学と心理学と科学の綜合的な検査に、この難関を突破した者は、全国の飛行隊から選抜された六〇〇有余のうち、わずかに六〇名であり、大刀洗から来た二四名中、伊藤正義、青木茂、久保亨、山崎正典、法本芳春、塚本繁人と私の七名が合格した。

「視力左右一・五。感覚鋭い。平衡神経正常、反射神経鋭い。内臓強健。その他異状なし」

これが、青年一〇〇名に一名しか合格者がないといわれる操縦適性検査の、私の栄ある合格の診断書であった。

「男の本懐、健康児」日本一難しい身体検査に、六〇名の合格者中、一位合格の光栄に浴した。

このように、完全無欠な身体を父母より受けた私は、祖先と父母に、

「有難うございました。必ず祖国のために役立つ飛行機乗りになります」

と、身体完全な一人前の男に生まれた幸福をしみじみと味わい、いつしか頬に伝って流れる涙と共に心から感謝を捧げた。またその反面には、

「いつ飛行機で死んでも――」

と、合格の喜びは、生命の恐怖をはるかに上回るほど大きく、飛行機乗りになれる期待で胸が一杯であった。

合格の発表があった夜、所沢陸軍飛行学校長徳川好敏中将邸を訪問した。校長は、男爵、華族様であった。さっそく応接間で徳川中将に面会した。盛夏にもかかわらず、羽織袴姿で礼儀正しく、正面に着座された。

「大刀洗飛行第四連隊付、陸軍航空兵伍長、田形竹尾であります。松浦中将閣下よりの御依頼の手紙を持参致しました」

緊張で喉がからからになり、思うように声が出ない。閣下は、

「わたしが、徳川だ。そう堅くならずに、楽にしたまえ。松浦閣下は、御元気だったか」

と言って、松浦中将よりの封書を開封された。そして、

「君は、操縦の試験を受けに来たのか」

「はい、おかげで合格しました。試験前に、来れば良かったのに……」

「そうか、おめでとう。八月一日、熊谷陸軍飛行学校に入校致します」

この時は、若い私には、徳川中将のこの言葉の意味が解釈出来なかった。あとで気が付いたのは松浦中将より「田形をよろしく」と、手紙に書いてあったのだということであった。

それからいろいろと、御馳走が出た。

「陸軍少年飛行兵制度は、軍が大きな期待をかけた制度だ。君の部隊には、恩賜の田宮上等兵、秀島上等兵、荒谷上等兵らが配属されたが、その成績はどうだ。部隊の上等兵との関係はうまく行っているか」

「私の中隊には、川田一、秀島政雄の二人が配置されましたが、二人共優秀です。他の兵とも、うまく調和しています」

と、報告すると、徳川中将は、さも満足そうに二、三回うなずかれて、

「五十八期の下士官学生には平田軍曹、嘉村軍曹、五十九期には柳田伍長、藤永伍長が大刀洗から来ているね」

これには、私は、驚いた。校長ともなれば、教育は教官、助教がやるので、おそらく学生

の一人一人について御承知ないと思っていたのに、さすがに、偉い人は違うとつくづく思った。一時間ばかり懇談した。

「飛行機乗りは、平時と、戦時の区別がない。いつ死ぬかわからない。武人としての覚悟をもって、操縦桿を握るように」

「太平洋の波は荒れている。アジアの空も風雲急だ。欧州の空も同様である。君たちが卒業するころには、不測な事態が起こらねば良いが……」

と、述懐するような態度で操縦者の心得を暖く指導された。「よし」「やるぞ!」と、決意を新たにして、徳川邸を辞した。

徳川中将の訓示の如く、操縦という華やかな栄光の陰には、犠牲と涙があった。

昭和十一年八月一日、熊谷陸軍飛行学校に、第六十期操縦下士官学生として、光栄の入校が出来た。

午前十時より、同期生六〇名の、入校式が行なわれた。校長は、音に聞こえた長沢少将、三〇名ずつの二教育班に分けられた。

第一教育班編成(学生三〇名)

教育班長　田　淵　大　尉(故中佐)
教　　官　山　田　大　尉(中　佐)
〃　　　安　済　中　尉(故中佐)

教官　井上中尉（故中佐）
助教　三好曹長（故准尉）

私の班は、助教三好曹長、班員は津野軍曹、青木軍曹、久保伍長、此本伍長、塚本伍長に私の六名であった。

第二教育班長は、桜井大尉（少佐）、助教は垣見曹長、青木軍曹など、約二〇名であった。当時、異色の学生として、航空本部より派遣された茂呂軍医中尉ら、軍医学生（航空医学研究のため）中・少尉五名と、現在も女流飛行家として有名な、銀座風月堂の横山秀子女史などが、共に、操縦桿を握って大空に挑んでいた。

入校第二日より、学科と飛行訓練が、半日ずつ行なわれた。学科は操縦学、気象学、発動機学、飛行機学から、落下傘、酸素、無線、電気、地理学など一二課目に及んだ。

操縦は、初等練習機（初練）によって、離着陸、特殊飛行、編隊飛行、野外飛行、夜間慣熟飛行など、日毎に進度を高めて、六ヵ月間、基本操縦の猛訓練が行なわれた。

飛行訓練三日目の午前十時ごろ、校舎が急に騒がしくなった、「飛行機が墜落するぞ！」と誰かが大声でどなった。ふと見ると、格納庫上空、高度八〇〇メートル、九一式偵察機が一機、背面キリモミで墜落してくる。私たちは「助かってくれ」と心の中で祈った。私たちの祈りも空しく、第二格納庫に激突、格納庫の中で炎上した。操縦者は、少年飛行兵二期生の学生であった。真っ黒に焼けて、土人形のようになっていた。

入隊以来、数え切れないほど先輩が殉職したが、今回ほど、死を身近に感じたことはなかった。それは、私が同じ運命にある操縦学生だからだと思った。

さっそく、学生全員集合が命ぜられた。

どの顔も、恐怖と、緊張で、頬が引きつっている。教官、安済中尉は六〇名の学生に、

「諸君たちは、今日の事故によって心が動揺している。入校する時はすでに、いつ死んでも良いと覚悟をきめて操縦桿を握ったはずだ」

「操縦者の寿命は、長くて一〇年といわれている。まして、アジアの戦雲急なる時、安済中尉も学生も、長くは生きられないのだ。生命が惜しい者は、即刻、経理部に行き、旅費をもらって原隊に復帰せよ」

教官の目に、涙が浮かんでいる。

「日本は、貧乏国だ。金のかかる航空予算は、国民の血税であるからもらえない。諸君を一人前の飛行機乗りに仕上げるのに、一〇万円（現在の数億円）はかかる。だから、数よりも、質だ。殉職もやむを得ない。不適性のものは、どしどし退校を命ずる」

「教官の安済中尉と共に、祖国のために、大空に死のうという者は、午後一時、ピストに集合せよ。決して、強制はしない。死にたくない者は、飛行訓練に参加せず、静かに何日でも良いから、考えよ」

教官の訓示のとおり、なっとくして、入校したのだ。同じ運命にある操縦者だから、死を身近に感じて、心が動揺したのだ。

この安済中尉も、それから三年後には、私たち学生に訓示したとおり、大陸戦線で戦隊長として、勇敢に散って行かれた。

飛行演習は、午前中の暗い、悲しい事件で、学生全員が心の落ちつきを失い、どの班も、教官、助教より、鉄拳の気合を入れられていた。私も例外ではなく、三好曹長から大きいのを五つもらった。

八月二十一日、いよいよ単独飛行だ。一回、教官の同乗による離着陸飛行を行なって、

「さあ、一人で飛んで来い」

と言って、井上中尉は、飛行機から降りられた。胸のどうきが早くなり、体に力が入らない。覚悟をきめた。

「田形伍長、中練操縦単独離着陸」

教わったとおり、操作して、離陸する。見る間に、飛行場が、後方に移動して、愛機は、浮揚し、速度を増して、五〇――一〇〇――二〇〇メートルで、熊谷市を右に見て、右第一旋回する。続いて、三〇〇メートルで第二旋回、一七〇キロで水平飛行に移る。飛行場が小さく見える。いつも前方席に搭乗している教官がいない。一人で飛んでいるのだ。嬉し涙で眼鏡が曇ってきた。

「お母さん、万歳」

と、思わず、大声でどなった。

こうして、無事着陸、連続二回、単独飛行を実施した。同乗飛行二二回、飛行日数一五日

目の快挙であった。

「田形伍長、単独飛行終わり、異状なし」

「よろしい。単独飛行の気持ちを生涯忘れないように」

と、井上中尉、三好曹長より、それぞれ注意があって、感激の一日が終わった。

それから、操縦、学科、内務と、初年兵など想像もつかない厳しい訓練が続いた。

入校後二ヵ月過ぎた十月一日、二三名が操縦不適で退学を命ぜられ、残るは三七名となった。うんと頑張らねばと、自分の心を励ます。

ある日、助教室に、内密に呼ばれた。部屋には三好曹長一名だった。

「田形伍長、君は、恩賜候補者（五名が選ばれていた）として、特別訓練するので、俺に負けないように、頑張れ」

「はい。努力します」

この日より、訓練は、さらに厳しくなった。ついに大きな失敗をした。

はるか西方に望む霊峰富士山や赤城、榛名、浅間の山々が、雪で白く化粧した十月の二十二日、背面キリモミ（少飛学生が殉職した課目）の停止に失敗、高度一二〇〇メートルより高度五〇〇メートルまで、キリモミで墜落状態で降下、九死に一生を得て助った。三好曹長が、ボロボロと涙を流して「馬鹿、馬鹿……」と、二〇くらい鉄拳をくらったが、教官、助教に申し訳ない、助かった、という気持ちから、

「ああ、生きている。二度と失敗しないぞ」

と、心に誓って、心よくそれを受けた。これこそ、愛情豊かな三好曹長の愛のむちであった。この日を記念して、初めて煙草を吸いだしたのが、私の煙草の歴史である。

これで、恩賜候補の夢は破れた。第一歩からやり直しである。

この日より一週間目、当時陸軍少佐の秩父宮様が、私たち同期生の飛行訓練を御視察に来校され、雪の中で外套も召されず、二時間、田淵大尉の説明を聞かれた。私は三好曹長の同乗にて高等飛行の御前飛行の光栄に浴することが出来た。これが恩賜(天皇陛下より銀時計を下賜さる)を逸した、せめてもの慰めとなった。

十二月一日、軍曹に進級した。

十二年の一月十日、熊谷―平塚―静岡―名古屋―岐阜(着陸)岐阜―日本アルプス―熊谷と、卒業飛行の想い出は、いまなお楽しい青春の一こまとして記憶に残っている。

一月二十七日、卒業が、あと三日に迫ったとき、山下軍曹の墜落殉職は同期生の初犠牲として、悲しい想い出となった。

八月一日に六〇名も入校したのが、卒業する時は、三六名であった。偵察七名は下志津陸軍飛行学校、重爆八名は浜松陸軍飛行学校、私たち二一名の戦闘学生は明野陸軍飛行学校へと、二月一日、それぞれ入校が決定した。

卒業式は、一月三十日午前十時より、学校講堂において行なわれた。そして教官、助教に見送られて、半年間訓練を受けたなつかしい熊谷飛行学校を後にした。校門前まで見送ってくれた教官、助教が、

「死ぬなよ。長生きせよ」

と、握手して、別れ、主任教官田淵大尉、安済、三好曹長は、この日から二年から三年後には、華々しく大空に散って行った。この日の別れが、永遠の別れになろうとは、知るよしもなかった。

アジアの風雲急を告げ、日中両国が一触即発の危機をはらむ、昭和十二年の二月一日、私は二〇名の同期生と共に、戦闘機の操縦技術習得のため、明野陸軍飛行学校に第二回召集下士官学生として入校した。

明野学校は、陸軍戦闘機の総本山で、さすがに基本操縦の熊谷校と違って、校門を一歩入ると、何かピーンと、肌に感ずる闘魂のような厳しい空気を感じた。

午前十時から、校長若竹又男少将以下、戦闘機隊の至宝といわれる教官、助教数十名の将校、准士官、下士官が参加して、同期生二一名の入校式が厳かに行なわれた。九一式戦闘機班八名、九二式戦闘機班一三名に分かれて、五つの班に編成された。

私は、此本軍曹、塚本軍曹、鈴木軍曹、川北軍曹らと、九二式の第一班に編入された。

教育班長　大尉　武　田　金四郎（陸士三十六期故中佐）

主任教官　中尉　沢　田　貢（陸士四十四期故中佐）

教　官　中尉　岩　橋　譲　三（陸士四十五期故中佐）

担任助教は、剣持曹長（故准尉）であった。教育班付助教には森田准尉、鈴木曹長、八木曹長などの猛鷲たちがいた。さらに、学校には、陸軍の親鷲、寺西民弥大尉（故大佐）、石川大尉などが在校されていた。タイ国、中国、ドイツなどの留学生の将校も真剣に訓練に励んでいた。当時木村清中尉（陸士四十三期故中佐）、沢田中尉（故中佐）、岩崎中尉（故中佐）が、青年将校の陸軍三羽烏といわれていた。

私は、大刀洗時代の中隊付将校であった敬愛する沢田中尉を教官として、操縦訓練を受けることが、何よりも大きな喜びであった。

沢田中尉は、明野校の教官、第一線部隊の中隊長、戦隊長として、文字どおり陸軍航空の親鷲として、つねに陣頭に立って、戦った。その、十有三年の航空に捧げた人生は、すべての戦士が歩いた道が、そうであったように、血と涙の中で、戦友の屍を越えて綴られた闘魂の歴史であった。

豪快にして大胆、神技とたたえられた高度な戦技、千万人といえども、我往かんの烈々たる闘魂、自らが撃墜した敵将に、花輪を捧げる武人の情、部下のために涙を流す情愛、まさに日本戦闘機隊きっての典型的な名パイロットであった。五尺八寸五分の長身に、長い軍刀を帯びて、独得の敬礼と口調、つねに童顔に微笑をたたえながら、激しい訓練を指導された三〇年前のなつかしい想い出が、今もなお、私の顔前に彷彿として浮かんで来る。

二月二日、操縦訓練第一日。

「沢田中尉は、日本一の戦闘機乗りである。日本一は、つまり世界一である。学生の諸君は、少数精鋭主義の日本空軍の将来を背負って立つ一人である。すべての点で、教官に勝る操縦者にならねばならない。学生が、教官に勝るようになった時、はじめて、諸君は、日本一、

世界一の戦闘機乗りとして、完成されるのだ」さらに、

「操縦とは、学ぶほど、難しいものである。うぬぼれと油断は死を意味する。このことを忘れてはならない。戦技の修練と共に、心の練磨を怠ってはならない」

烈々たる闘魂と、不動の信念をもって、訓練第一日に訓示された教官の言葉は、戦闘機一〇年つねに大切な教訓として私の魂の中に、強く刻み込まれていた。

九二戦による離着陸、特殊飛行、編隊飛行、野外航法など、四ヵ月間、教官、助教の闘魂と学生の闘魂が火花を散らし、心と心は、絶対的な戦友愛と祖国愛の強い絆で結ばれていた。全く、これこそ、体力気力の限界をためす猛訓練であった。

私たちより二ヵ月遅れて四月には、陸士四十八期と幹候一期の将校学生一六名が入校して来た。その中には、空軍の至宝となった三浦正治少尉（少佐）、江藤豊喜少尉（少佐）、山口栄少尉（少佐）、藤本少尉（故少佐）らがいた。

二ヵ月先輩には、第五十九期操縦下士官学生の柳田重雄軍曹（故准尉）、藤永巌軍曹（故少尉）、清水軍曹（准尉）ら九名がいた。

日曜日には、伊勢の皇大神宮参拝と映画をみて、喫茶店でコーヒを飲む、この繰り返しであったが、青年時代の楽しい想い出でもあった。

五月二十九日、午前十時より、一九名（一名退校、一名病気で卒業延期）の卒業式が行なわれた。

成績順に、卒業証書をもらい、教官より、

「おめでとう！」

と言って、少年時代から憧れた操縦者の名誉を表象する操縦記章を胸につけてもらった。この日の感激は、生涯忘れ得ぬ二一歳の青春の楽しい想い出となった。

風雲の大陸戦線へ

五月三十日、同期生一九名と共に、私は一〇ヵ月振りに、なつかしい大刀洗に帰隊した。第二次試験に上京した時は、連隊から二四名、そのうち合格入校したのは七名であったが、熊谷校、明野校を卒業して、連隊に帰隊したのは私と伊藤軍曹の二人であった。各連隊から派遣された、日置、川北、日暮、清木、笠井、北山ら一八名は、連隊本部に起居し、私は第三中隊の曹長で先輩の平田梅人曹長と同居することになった。中隊長も、猿渡大尉から杉浦大尉にかわっていた。中隊の見るもの、聞くもの、すべてがなつかしく、ふるさとに帰って、くつろいだような、落ちついた気持ちであった。

教育期間は四ヵ月、訓練課目は、編隊飛行、単機戦闘、編隊戦闘、基本射撃、戦闘射撃などで、第四中隊で教育を受けることになった。

教育班長吉岡洋大尉（中佐）、教官は谷村正武大尉（故少佐）、岡沢五郎中尉（陸士四十七期故少佐）、松本強中尉（少佐）、助教は大坪正義曹長（大尉）等であった。

五月三十一日、中隊講堂で入隊式があり、六月一日より、また学生に早変わりして猛訓練を受けることになった。

しかし飛行学校を卒業しているので、「自覚して行動せよ」ということで、操縦教育は、ずいぶん厳しいが、内務の方は、下士官として身分を尊重された待遇であった。

こうしている間に、日本と中国の関係は日を追って悪化し、文字どおり、一触即発の危機をはらんで七月を迎えた。華北、華中に戦雲乱れ飛べば、日本国内も開戦前夜の様相を呈し、だれの目にも戦争はもはや時間の問題となった。

ついに、華北の一角より、火を噴いた、

昭和十二年七月七日の払暁、蘆溝橋において、豊台駐屯の河辺正三兵団（故大将）の牟田口部隊（故中将）と、中華民国第二十九軍第三十七師団が銃火を交えた。

この武力衝突が、日中全面戦争となり、ついには、祖国日本の無条件降服の第一歩となろうとは、この時は、幾人が想像したであろうか。

いよいよ、宣戦布告なき、戦争が始まった。ラジオは、次から次へと、臨時ニュースで、大陸の戦況を報道している。

戦争は、尊い人間の生命を奪う。

さらに貴重な財産を炎上破壊する。私も、

「人間としては、戦争を否定する。しかし軍人としては、東洋の平和と祖国防衛のために、喜んで第一線で戦う」

事変発生と同時に、このように、戦士の道を自覚した。

連隊には出動命令は下っていないが、

「まるで戦争のようだ」

という言葉がピッタリするように、上を下への大騒動になった。

七月八日、連隊に動員令が下令された。

連隊編成（昭和十二、七、十）

飛行第八大隊第一中隊　戦闘機一二機

〃　第二中隊　同

第一中隊の編成

中隊長　大尉　杉浦勝次（陸士三十六期故中佐）

将校　中尉　西川清（陸士四十五期故少佐）

〃　中尉　沢村源六（少候出身）

〃　中尉　松村俊輔（陸士四十六出身故中佐）

下士官　曹長　古賀貞（少候出身故大尉）

〃　軍曹　嘉村武秀（操縦五十八期故曹長）

〃　軍曹　藤永巌（操縦五十九期故少尉）

〃　軍曹　田形竹尾（操縦六十期准尉）

〃　伍長　川田一（少飛一期大尉）
〃　伍長　秀島政雄（少飛一期故大尉）
〃　伍長　吉田佐一（少飛二期故少尉）
〃　伍長　岸田喜久治（少飛二期故少尉）
〃　伍長　木村哲大（少飛二期故少尉）

第二中隊の編成

中隊長　大尉　吉岡洋（陸士三十七期中佐）
将校　大尉　谷村正武（陸士三十六期故少佐）
〃　中尉　岡沢五郎（陸士四十七期故少佐）
下士官　曹長　大坪正義（大尉）
〃　曹長　福田一保
〃　軍曹　伊藤文義（操縦六十期故准尉）
〃　軍曹　柳田重雄（操縦五十九期故准尉）
〃　伍長　田宮武夫（少飛一期故少尉）
〃　伍長　荒谷秀治（少飛一期曹長）
〃　伍長　本間実（少飛二期故少尉）
〃　伍長　李根哲（少飛二期准尉）

操縦者は、合計二五名、飛行機は九五式戦闘機であり、戦場は華北であった。偵察機は二個中隊、九四式偵察機一八機であった。

動員下令された七月八日午後一時、連隊全員、第一種軍装に身をかため、飛行場に整列、まず、東方に向かい、はるか福岡の地より宮城遙拝を行ない、連隊長佐々大佐より、

「七月七日、日華事変が発生した。わが、飛行第四連隊に、光栄ある動員の大命が下令された。連隊将兵は、日ごろの訓練の成果を戦場において充分に発揮する機会に恵まれ、武人の本懐これにすぐるものはない……」

旨の訓示があった。全身の血が逆流し、身の引き締まる思いであった。全将兵の目に涙あり、それは、感激と、愛する祖国に殉ずる決意の尊い涙であった。

続いて、以上の如く、戦闘二個中隊、偵察二個中隊の編成が発令された、その中に、自分の名前を聞いた時は、嬉しさで胸が一杯になった。

(飛行学校を卒業して三ヵ月目の修業中の私は、戦場に行くには早すぎた)

華北の天津、華中の上海に、第一次出動した陸軍機の総数は、戦闘機、偵察機、爆撃機の一三七機であり、私は、一番新参の未熟な操縦者であった。しかし、自分の双肩に、祖国の運命と、アジアの空の護りの重任が課せられているという責任感に、闘魂を燃やしていた。

きょうよりは、かえりみなくて
大君の　しこのみ楯と

いでたつ　われは

いにしえの万葉歌に歌われている敬愛する祖先の防人の歌の心は、そのままに、昭和の御代にも生きていた。華北戦線（戦闘）、華中戦線（偵察）に出動の動員下令を受けた私たち青年の心は、この万葉歌、そのものであった。

出動準備期間は一週間、この間に、召集兵の入隊、飛行機の整備その他で、昼夜を問わず準備が進められた。

七月九日、嘉村軍曹（華北で戦死故曹長）と二機編隊で、二時間の時間飛行（飛行機の調子をならすため）を命ぜられた。高度三〇〇〇メートル、天候は日本晴れ、エンジン快調である。おそらく戦場に行けば、生きて再びなつかしい祖国へ、さらに祖先の霊が静かに眠る故郷へ帰ることはあるまい。大刀洗飛行場から、五分の航程の南方には、郷里の山々がはるかに望まれる。故郷。それは、磁石の針がつねに北を示す如く、私たち、人間の心も、また、そこへと向かっているのだ。

「私が出征することは、父も母も、兄も姉も、弟も妹も知らない……」

「お母さん。竹尾は、戦争に行きます。体を大切にして、長生きして下さい」

私は機上より、故郷に向かって頭を垂れて、心の中で、お別れの挨拶をした。

一時間ほど飛んだころ、福岡市上空より久留米市上空に、機首を向けて飛び出した。久留米市を過ぎて、八女上空より東に向かって飛ぶ。この時「おやっ」と思って、編隊長の嘉村軍曹の顔をよく見てみた。何だか微笑しているようだ。二分間過ぎたら三〇〇〇メートルの翼下になつかしい郷里、黒木町が、あたかも五〇万分の一の地図の如く、浮き上がって目に映じた。

「そうか……」

嘉村軍曹は、私の郷里を知っていた。私に、

「郷土とお母さんに、別れの挨拶をせよ」

人情豊かな先輩は、軍紀上、郷土訪問飛行が許可出来ないので、自然の形で、飛んでくれたのだ。

「嘉村軍曹殿、有難う」

少年時代より大空を憧れて数ヵ年、操縦桿を握って一ヵ年、はじめて戦闘機で郷土の空を飛ぶ。この感激は、筆や言葉で表現出来ない。編隊長の嘉村軍曹に翼を振って、三〇〇〇メートルより急降下、地上すれすれの低空飛行をやった。

なつかしい豊岡小学校の校庭に、町に、人が一杯出て空を見上げている。家の前では母が、日の丸の旗を盛んに振っている。

「この母と、この郷土、そして日の丸の旗に象徴される祖国日本……」

この限りなく愛するものを護るためには、喜んで二一歳のこの生命を捧げよう。このような感慨と新たなる決意と闘魂が、腹の底から燃え上がって来た。

私を生み、私を育ててくれた郷土、福岡県八女郡黒木町——はるか南北朝の時代より菊池一族と共に、九州勤皇の地としてその名を知られ、黒木氏（黒木大蔵大輔および側室待宵小

侍従は六八〇年前、高野山に本覚院を創建す）の黒木城跡。昭和五年、秩父宮様の御親拝により世の脚光を浴びて来た御西征将軍良永親王の御陵。御醍醐天皇より賜わった錦の御旗に象徴される旧五条男爵家あり。一〇〇年前の明治維新には、戦国時代の末期、羽柴秀吉と明智光秀が、天下分け目の一大決戦を展開した京都山崎の要衝、天王山において史上高名の新選組に追われ、筑後勤王の総帥、真木和泉守（久留米水天宮宮司）と共に、その幕僚長として、幾多春秋に富む二九歳を最期に、壮烈な自刃をされた松浦八郎寛範志士をはじめ、多数の先覚者を生んだ。さらに明治から大正、昭和と仁田原重行陸軍大将、松浦寛威陸軍中将、松浦淳六郎陸軍中将はじめ日華事変当時、南京攻撃において武勲を立てた海軍一の名戦闘機乗り、海軍三羽烏といわれた古賀清登故海軍少尉など、数え切れない人材が出た。ことにこの太平洋戦争において三〇〇〇名を越える、尊い戦死者を出した。

この歴史と伝統の町は、ダムと堀川バスの町ともいわれ、一四〇〇年前、中国より茶が輸入された所といわれる。霊巌寺の奇石、さらに日向神の奇石、樹齢八〇〇年を越える天然記念物の藤と楠。風光明媚な観光の町、歴史の町として、あるいは地力豊かな土に支えられて、八女茶、梨、ブドウ、みかん、竹などの特産物に恵まれ、四面、山また山にかこまれた静かな山村である。

「すぐれた自然から、すぐれた人物が生まれる」

といわれる。私たちの郷土が生んだ先覚者の遺志をつぎ、私も愛する郷土と祖国に殉じよう。そして、敬愛する祖先が静かに眠るお墓に骨を埋めよう。

「悠久なる民族の歴史上、未曾有の国難にあたり、日本男児として、田形家の子供として、無名の戦闘機乗りではあるが、先輩の親鸞に守られて、限りある生命を祖国と郷土に捧げられる」

「俺は、日本一に幸福な青年だ」

郷土訪問飛行の一瞬間に、このような感慨に浸った。この心境は、生涯を貫く私の人生の指標となった。

先輩に心から感謝して、無事着陸した。

部隊より各留守宅に、電報が打たれていたので、多数の面会者がどっと津波のように押寄せて来た。私にも父春吉、兄の寅次（海軍主計兵に召集さる）、姉のリエ、静枝、弟の盛男（ビルマにおいて二一歳で戦死、武勲により二階級特進故准尉）、茂（海軍予科練に入隊、特攻隊編入待機中終戦、三等航空兵曹）、妹のトラノ、道子、瑳智子らが、車を飛ばして面会に来た。

私は、

「母は、なぜ、来てくれないのか？」

と、母と祖父、祖母に逢いたかった。

永遠の別れになるのに、父、兄姉、弟妹に逢えて嬉しかったが、母に逢えないのは寂しく、心の中で、泣けて泣けて、どうしようもなかった。兄が母の言葉を伝えた、

「高良神社のお守りだ、武運を祈る。お母さんの胸には、竹尾は、永遠に生きている」

この言葉が、戦場に送る私の母の最後の言葉であった。母は、別れが辛いから、見送りに来なかったそうだ。

武運を祈る。これは、武勲を立てて、生きて帰って来い。竹尾は、母の胸の中に生きている。またそれは、祖国のために、立派に戦死せよということだと、しみじみと母の言葉を魂の奥深く刻み込んでおいた。

「決して、家名や父母の名を辱しめるようなことはしない。長生きをして下さい」

私は、父と、母に、この言葉を残して別れた。もう何の思い残すこともない。二一歳まで、私を育ててくれた父母と、郷土と、祖国に殉ずる決意は固まった。

七月十五日、私は、操縦が未熟なため空中輸送を中止して、下士官二名、兵一八名の輸送指揮官を命ぜられ、先発隊として、

「万歳！　万歳！」

の歓呼の声と、旗の波に送られて、なつかしい大刀洗に別れを告げた。七月二十二日、門司港を出港、門司―釜山―京城―安東―奉天―山海関―天津へと、船と汽車の一〇日間の戦場への旅を続けた。私の部隊が、内地よりの出征の第一陣であったので、駅ごとに大歓迎を受けた。日、鮮、満の三民族の激励を受けるたびに「アジアの平和を守らねば」という責任感を、さらに強めていった。

私たち二一名が便乗した奉天発の軍用列車が、兵員、弾薬、燃料を満載して、夢に見た天津駅に到着したのは、七月二十七日の夕刻であった。日華事変発生後二〇日目に、私は、第

一線に到着したのだ。

すでに天津市より六キロ離れた飛行場には、杉浦中隊長以下、全機無事到着していた。

飛行場からは、沢村中尉が迎えに来て、中隊命令を伝達された。

「田形軍曹は、渡辺上等兵以下、兵一一名を指揮し、停車場衛兵司令となり、部隊の燃料、弾薬、器材の警備に服せよ。塚本軍曹は、山崎上等兵以下、八名を指揮し、飛行場に到り、直ちに作戦準備に参加せよ」

私は、輸送指揮官の任務をとかれ、新たな任務に服することになった。

天津には、日、米、英、仏、伊、ソなどの租界があり、各国の軍隊が駐屯していた。天津駅で接する中国人、西洋人、すべてのものが、私には珍しかった。

午後十時、北京行きの国際列車が、天津駅を発車して、天津の駅の混雑も急に静かになった。駅四周は、静けさの中に殺気が感ぜられる。天津駅は、札幌駅くらいの大きさである。駅には独立守備隊の歩兵一個分隊三〇名、停車場司令部勤務の将兵三〇名、ほかに航空隊二〇名、私の部隊一二名合計一〇〇名余りがいたが、実力ある戦闘部隊は、歩兵三〇名のみであった。

私は、予感がしたので、特に、厳しく、敵襲に対する対策を示し、二名の不寝番を配して、他は仮眠せしめた。私は、午前一時三十分にガソリン箱を枕に、拳銃を抱いてホーム上に寝た。

「田形軍曹殿！　敵襲です」

前田一等兵の緊迫した声に、仮眠の夢を破られた。私は、拳銃の安全装置を脱して、飛び起きた。兵隊も同時に、全員がホームに立った。ホームの上に三〇名ほどの敵兵がいる。線路上には、何百名という敵兵が伏せて、私たちを射っている。駅全体が、敵の集中攻撃を受けている。一刻を争う。

「電燈を消せ！」

私は、大声で叫ぶと同時に、身近な電燈を二個、拳銃で射った。この後、停車場司令部より一斉に電燈が消された。敵兵が三人で、飛びかかって来た。この時、ホームの上で、幾組も、敵味方入り乱れて、殺し合いをやっている。まるで、西部劇そのものだ。私は、一人を拳銃でなぐり、一人を足で蹴飛ばした。もう一人を、前田一等兵が銃剣で刺した。こうして、奇襲から救われた。約五分間、肉弾戦が行なわれた。敵は駅四周の民家まで退避した。私は一一名の戦闘配置を確認して、まず毛布を敵正面のホーム上にある弾薬、燃料にかけて、水を充分に浸して爆発と引火を防いだ。

こうしている間にも、敵の銃弾は、雨あられとわれわれに集中する。私たちも、必死で応戦する。さすがに歩兵隊は強い。三〇名が、数百名の敵を相手に一歩も譲らない。こうしている間に、情況が判明した。敵は十九路軍と便衣隊（義勇兵）三〇〇〇名以上で、駅を完全に包囲している。

奇襲の最初の五分間で、我が方は停車場司令青木大佐戦死、重傷三名、軽傷六名、敵は約三〇の死体をホームと線路上に残して退却、二〇〇メートルの距離より猛烈な攻撃を加えてくる。
夜明けまで沈黙を守っていた敵は、東の空がようやく明るくなって来た払暁、一斉に総攻撃を加えて来た。このころには、地上戦闘に不慣れな航空兵も、歩兵隊と力を合わせて、必死の戦闘を展開した。激戦、二時間に及び、我が方は全滅の危機に追い込まれたが、そのつど、歩兵隊の勇敢な行動によって救われた。この戦闘の損害と戦果は、味方の戦死歩兵三名、重傷歩兵六名、軽傷は私と前田一等兵の二名であった。燃料、弾薬、器材異状なし。
敵は、戦死二〇名、相当の負傷者があった模様だ。
このような一〇〇名対三〇〇〇名の激しい攻防戦が、三七時間に及んだ。
二十九日の午後、前線より歩兵一個大隊（六〇〇名）の救援と中隊の戦闘機および軽爆隊の銃爆撃により、敵は包囲をといて総退却。こうして私たちは、奇跡的に九死に一生を得たのだ。
この攻防戦を通じて、味方は、
戦死　将校二名　下士官二名　兵一四名
重傷　将校一名　下士官三名　兵三名
軽傷　将校なし　下士官二名　兵二名
合計戦死傷二九名であった。敵は一二〇名の死体を残していたが、負傷者も相当あったと判断される。
私の部隊は、幸い、私と前田一等兵が軽傷で、他は全員無事であった。これは、ひとえに、天津駅防衛の責任を持つ独立守備隊の渡辺軍曹（重傷を受けた）に指揮された歩兵一個分隊三〇名が、半数以上死傷するという犠牲を払って、勇敢に戦ってくれたからであった。私は戦い終わって、あらためてこの戦士たちに敬意と感謝の念を捧げた。

日本の歩兵隊は強い。空軍の私たちも地上部隊に負けてはならないと、心に誓った。三七時間、水だけ飲んで全員戦い抜いた闘魂の勝利であった。私は拳銃弾五三八発を射った。一一名の部下は、三八式歩兵銃で三八三六発射っていた。戦闘機乗りの私には、この地上戦闘は、貴重な体験であった。戦い終わって、敵味方の死体を収容して、丁重に葬った。驚いたことには、敵の死体の大半が、一六歳より一八歳くらいの紅顔の少年兵であった。「祖国中国のためにと」抗日、排日のために銃をとった青少年たち……。この現実に接した私は、この戦いが、容易ならざることを肌で感じた。

部隊に到着後、杉浦中隊長より慰労の言葉があり、功績名簿には、

「田形軍曹は、天津停車場衛兵司令として、重大任務を遂行した。よって殊勲甲とする……」

私の功績名簿の第一ページは、こうして綴られ、不死身といわれる幸運の、これが第一歩であった。私は、強運と生命運に恵まれたようだ。

七月より、華北一帯には豪雨がやって来た。飛行場も町も田も畑も、一面の泥海に没した。全機、満州国の鞍中飛行場へ八月二日、退避した。

連日、単機戦闘の訓練を受け、修業中の私にとっては、予期せざる嬉しい毎日であった。

「陣中閑あり」ロバによるリンゴ畑への行軍や川の魚釣など、楽しい思い出であった。ある一日、コウリャン畑の中で、「大日本帝国永利陸軍曹長……戦死の地」と書いた墓碑を発見した。

私は、「アッ話に聞いた、三中隊の先輩だ」と叫んだ。

永利曹長は、昭和七年、大刀洗第三中隊より出征して、壮烈な戦死を遂げたのだ。生前に会ったことはないが、中隊の先輩の墓にめぐり逢ったのは、偶然というには余りにも奇しき因縁であった。土地の満州人の有力者にお金を託して、墓のおもりを頼んで帰った。

八月も中旬を過ぎて、華北の天候も回復し、空地共に、戦いは日増しに激化し、戦火は華北から華中へと燃えひろがって行った。

八月下旬には、北京市外の南苑飛行場に進駐した。点と線の占領といわれた如く、北京—保定—石家荘へと地上部隊は猛進撃を続け、私たちも、南苑を根拠飛行場として、華北を南下して行った。

私の初陣は、保定城攻略戦であった。飛行場上空の哨戒任務しか命ぜられない私は、一日も早く航空撃滅戦に参加したいという気持ちで毎日を過ごしていた。

初年兵時代から仕えた西川中尉が、

「田形軍曹、今日は連れて行くぞ」

「ハイ、お願いします」

私は中隊一の新参のホヤホヤで、初陣の緊張で喉が乾いて、心が落ち着かない。待ちに待った出撃だ。全く嬉しい。ちょっぴり生命の恐怖感を意識する。これがだれもが経験する武者震いという奴である。

九五戦三機の翼下に、一五キロ小型爆弾二発が搭載された（開戦当初は、戦闘機に爆弾を装備した）。一斉に三機が整備員の手によって始動された。

「田形軍曹、二番機操縦」

「古賀曹長、三番機操縦」

西川中尉に報告する。

「西川中尉以下、三機は、戦場上空の制空、および保定城周辺の敵地上部隊の銃爆撃を敢行します」

西川中尉は、杉浦中隊長に報告の後、

「田形軍曹は初陣だから、敵機と遭遇したら、俺から絶対に離れるな。爆弾投下は二〇〇メートル以上、銃撃は一〇〇メートル以上で離脱せよ。特に、索敵に注意せよ」

愛機に搭乗、操縦桿を握った。下腹に力が入らない。大きく深呼吸を二回行なって、いくらか落ち着いて来た。

三機編隊で離陸、高度三〇〇〇メートルで南苑飛行場を後に直路保定に向かって飛ぶ。エンジンは快調、天候は快晴、朝日を浴びて、三機編隊は進む。三〇分ほど飛んで、戦闘隊形に移る。編隊長機がゆるやかに翼を振る。いよいよ、地上部隊が死闘を展開している戦場だ。「索敵を厳重にせよ」という命令である。急に全身が緊張する。覚悟はしていても、不思議な戦場心理で、心が少し動揺する。その反面、「俺は名誉ある戦闘機乗りだ」と思うと、急に自分が頼もしくなって来た。

やがて、前方に保定城が見えて来る。市街が見える。市街の数ヵ所から火煙が空高く吹き上げてくる。やがて城壁がはっきり見えるようになった。保定上空を大きく三周する。上空に敵機なし。編隊長より「爆撃せよ」の命令が下った。古賀曹長は上空掩護に残った。西川中尉と私は、三〇〇メートルまで高度を下げて、地上を見た。いるいる、敵兵が何千名といる。トラック、乗用車など約三〇台が、町から南方に向かって退避している。直ちに急降下、西川中尉は五〇メートルくらいまで突進、爆弾を投下。猛烈な銃撃を浴びせた。私も、一〇〇メートルくらいで爆弾を投下、銃撃する。西川中尉はさすがに見事、トラックに命中、爆破炎上した。私のは残念ながら畑の中で命中しなかった。一回の爆撃と銃撃で、二回目には我ながら落ち着いて来た。二発目はトラックに命中、爆破した。

飛行時間、一時間五三分、こうして私の初陣は無事に終わった。

華北戦線にぼつぼつ秋風が吹きはじめる九月下旬、保定飛行場に前進した。保定は、蔣介石が学んだ軍官学校（士官学校）で有名な、政治、経済、軍事的に重要な町であった。

進駐した翌日の正午、部隊本部から、

「敵機、来襲。迎撃戦闘開始」

の緊急命令が下り、飛行場は一瞬にして殺気が漲った。杉浦中隊長を先頭に、九五戦五機が全速で離陸して行った。高射機関銃五基が、戦闘準備を完了、敵機の来襲を待機している。

私は、操縦新参のため、迎撃戦闘には参加出来ない。

防空壕から、索敵していると、はるか南方の空に、針で突いたほどの黒点が、一ツ—二ツ—三ツ—四ツ—五ツ—発見された。一分ほどたつと、敵機はソ連製イ15型戦闘機、日本軍は、加藤中隊（軍神加藤建夫少将）の九五戦二機であった。それは、なつかしい明校時代の教官沢田大尉と森田准尉の日本一の猛鷲であることが判明した。高度三〇〇〇メートル、二対三の壮烈な格闘戦を展開している。敵一機が火ダルマになって流星の如く墜落して行く。続いてまた一機、キリモミになって墜落する。残る一機は全速で南方に高度を下げながら退避した。

「さすがは、教官と助教だ……」

見事な空戦であり、鮮やかな撃墜ぶりであった。私は自分が撃墜したようにうれしかった。敵機と空戦を見たのは、これがはじめてであった。加藤中隊には、同期の日暮吾朗軍曹と先輩の田中林平軍曹がいたが、飛行場が違うので、まだ一回も逢っていない。

この日から、四、五日に一回くらい、敵機の来襲があり、我が方も戦機をとらえては敵の根拠飛行場の攻撃を行なった。

こうして、日中の空の攻防戦は次第に激しさを加えて行った。

十月初旬には、三国誌の「邯鄲の夢」に出て来る、北京につぐ華北の要衝、石家荘に前進した。その直後、北支派遣航空兵団長、徳川好敏中将の巡視が行なわれた。

徳川中将は、兵団幕僚を随行して空中勤務者の検閲を行なわれ、私の前に止まって軽くうなずいて通られた。

「田形、来ているな、しっかりやれ」

一年三ヵ月ぶりで、戦場で再会したのだ。一下士官に過ぎない私を、記憶にとどめて案じて下さる兵団長の暖い愛情に接して、若い私は感激した。ぐっと、こみあげてくるものがあった。

山西省における新たなる戦線の拡大にともない、中隊主力六機が大同に前進、破竹の進撃を続ける地上部隊の掩護にあたることになった。

中隊長　杉浦大尉（ニューギニアで戦死故中佐）
二番機　嘉村軍曹（華北大同で戦死故曹長）
三番機　川田伍長（大尉）
第二編隊長　沢村中尉
二番機　秀島伍長（華北で戦死故中尉）
三番機　古賀曹長（ニューギニアで戦死故大尉）

十月中旬、大同に六機が前進した。

残留部隊は、西川中尉（華中で戦病死故少佐）、藤永軍曹（戦後病死故少尉）、田形軍曹、吉田伍長（ビルマで戦死故少尉）、岸田伍長（ビルマで戦死故少尉）、木村伍長（台湾で戦死故少尉）。

敵機は、山西省の重鎮、太原飛行場、大谷飛行場を前進基地として、蘭州、成都、華中の徐州などの根拠地と結び、日本空軍の制空権下を巧みに縫って、猛烈な空の攻勢を展開している。日本の陸軍航空隊も戦闘機、爆撃機を総動員して、地上部隊の掩護に、航空撃滅戦に、連日果敢な攻撃を加えた。

私の部隊は、次期作戦目標が太原攻略にあったので、九五戦の耐寒装備（太原は零下三〇度）の目的で、残留六機は北京郊外の南苑飛行場に帰還を命ぜられ、作戦準備を急いだ。飛行機の整備期間中は、戦力回復の目的で、空中勤務者に休養が与えられた。

華北戦線三ヵ月――戦場の生活にも慣れ、生命の恐怖に結びつく不思議な戦場心理にも、さほど動揺を感じなくなり、戦争と戦場を楽しむ心の余裕も出てきた。華中戦線も、上海から、杭州、南京へと次第に戦線は拡大されつつある。

戦闘準備完了と同時に、太原攻撃の命令を受けた。

日本アルプスを思わせる華北山西省の山は、十二月に入ってすっかり雪化粧していた。高度は四〇〇〇メートル、機内は零下一五度以下、指揮官は西川大尉、私は二番機、秀島軍曹が三番機。軽爆六機を戦闘機三機で護衛しての太原飛行場攻撃であった。

石家荘飛行場を離陸して五〇分。前方に太原飛行場と、太原の市街がはっきりと視界に入って来た。爆撃機は三〇〇〇メートル、私たちは一〇〇〇メートル上空の四〇〇〇メートルで太原飛行場に侵入した。三〇門ほどの高射砲から発射する弾幕に爆撃機も戦闘機も包まれている。爆撃目標は飛行場と停車場だ。飛行場には小型機六機と大型機六機が着陸していた。イ15戦闘機三機が弾幕をぬって、急上昇して来る。二〇〇〇メートル西方には、同じく、イ

15戦闘機二機が接敵してくる。

西川大尉は爆撃機が任務終わって、全機帰還飛行に移ったのを確認して、

「戦闘開始」

翼を振って攻撃を下令された。私は上空掩護に残った。西川大尉と古賀曹長は、急降下によって上昇中の敵機を攻撃した。敵三機はあわてて高度を下げて西方に遁走する。二機は、急上昇で四〇〇〇メートルにおいて戦闘隊形をとり、接敵中の二機に戦いを挑んだ。距離一〇〇〇メートルで、何を思ったか敵機は急反転、全速で大谷飛行場に向かって退避した。

これらは、一瞬の出来事で、初陣の私は激しい心の動揺と武者震いにおそわれた。これも一連射の試射によって平静にかえった。ふと下を見ると飛行場数ヵ所から黒煙が三〇〇〇メートル付近までのぼっている。駅も二ヵ所から出火している。たいした爆撃の戦果だと思った。

高射砲の弾幕に包まれ武者震いした。

敵機を初めて空中で発見接敵した。

これが、私のいわば初空戦というものであった。飛行時間二時間三〇分。西川大尉、古賀曹長は頼もしい上官であり先輩である。と、あらためて畏敬の念を深めた。

十二月中旬、太原飛行場に前進、十二月末には華中戦線へ転進の命令が伝達された。敵機の主力がいる華中戦線への転進は、将兵一同、

「万歳、万歳」

よし、やるぞと、喜び勇んで心は早くも南京、上海の空に飛んでいた。

南苑飛行場に帰還直後、

「田形軍曹は、兵五名を指揮して、汽車および船舶輸送によって南京飛行場に前進すべし」

このような中隊命令によって、二度目の先発である。（飛行機は、華北から華中へ空中輸送する）

十二月二十九日、北京を出発した。三十一日朝、大連に到着、大連に二泊する。親友の田代又次氏、松尾一郎氏、赤十字看護婦の従姉加藤アヤノ氏ら、なつかしい旧友に再会した。一月二日、大連港から田代夫人の見送りを受けて大阪商船の輸送船で門司港に向かった。北九州の沖から水平線上に現われた祖国の姿を眺めた時、嬉し涙がとめどなく流れた。

「祖国、日本という祖国」

これこそ私たちの心のふるさとである。一度祖国を離れると祖国の有難さがひしひしと感じられる。それはイデオロギーや理論ではない。人間の本能である。

一月三日、門司港着、郷里に二日ほど帰って、先祖の位牌に別れを告げて、一月五日、輸送船に便乗して門司出港、一月八日朝、待望の揚子江をさかのぼって、上海港に到着した。

上海は、国際都市、歓楽都市らしいざわめきをもち、退廃した風潮は戦後の大東京と全く同じであった。

上海から、軍用列車で目的地南京へ。昭和十三年一月十二日、南京陥落後一ヵ月目であった。この時は、全機無事到着、南京郊外大校場飛行場に銀翼を休めていた。

翌十三日より激しい空の攻防戦が展開された。飛行場には、陸軍は九七戦二四機、九三式重爆一二機、九三式軽爆一四機、海軍は九六戦（新鋭機）三〇機、九五戦二〇機および、台湾、内地から長駆渡洋爆撃で上海、南京を攻撃、一躍全世界にその名を知られた中攻隊の精鋭四〇機が、鵬翼を休めていた。

私たちの任務は南京防空と地上部隊、水上部隊（揚子江）の上空掩護であった。

陸士四十八期の新進気鋭の江藤豊喜中尉（少佐）が中隊付として、内地部隊より着任されたのはこのころであった。

私と藤永軍曹が曹長に進級したのは、孫文を祭る中山陵の桜の花がつぼみはじめた三月一日の陽春であった。私にとっては二二歳の初春。

それから二日目の三月三日、戦闘機一〇年の間ただ一回の大失敗をやってしまった。

午前十時を少し廻ったころ、

「空襲！　空襲！」

と、本部のサイレンがけたたましく鳴り響いた。当日は、私の中隊が、警戒任務に服していた。杉浦中隊長を先頭に、

「プロペラ、廻せ！」

一二名の操縦者は一斉に飛行機に向かって駆け出した。私も、負けずに愛機に飛び乗った。

当日は、雲量七、雲高二〇〇〇メートルで、視界は不良であった。突如、三〇〇〇メートルの雲の切れ目からソ連製エス・ベー爆撃機が一一機、大校場飛行場に侵入、爆撃を開始した。

第一弾は飛行場外水田に、第二弾は海軍の中攻機に命中した。この時、哨戒飛行中の海軍の九六戦三機が、第一撃をかけた。敵機一機がキリモミで墜落して行く。爆弾は、私の機より一〇〇メートル付近に投下された。続いて、海軍の九五戦が三機で攻撃に移った。この時は、もう敵機は頭上を飛んでいる。これは、時間的にはほんの一瞬の間であった。中隊の飛行機は、一斉に離陸する。私も全開で離陸操作に移った。尾部が上がり、まさに離陸しようとした瞬間、「バーン」という強い衝撃音と同時に背面となり人事不省になった。意識を失う直前、

「しまった……衝突した」

中隊長機に追突したのだ。爆弾の雨の中を二〇メートルおきに、三列に分散された一番後方から離陸する悪条件ではあったが、

「前方確認を怠った不注意」

これ以外に理由は成立しない。ちょっとした油断で二機大破、汚名を衆の前にさらしてしまった。杉浦中隊長も、私も、無事であったことは不幸中の幸いであった。

杉浦中隊長より、

「馬鹿野郎！　どこ見て離陸しているか」

二〇ほど強いビンタをもらった。事故が起こりやすい状況にはあった。しかし、大切な飛行機をこわしてしまった。その責任は重い。

西川大尉と古賀曹長が、上官として先輩として、操縦者の心得を指導され、

「失敗は、成功のもと」

と、慰め激励された戦友愛は終生忘れぬ思い出となった。

敵機を見守り爆弾の合い間をぬっての離陸。しかも分散された一二機の一斉離陸と、操縦二年の私には、技術的にも無理があった。しかも、中隊長機の離陸が土けむりで見えなかった。このころは、心眼で見る力もなかった。このような条件があったにせよ、本質的には前方確認の不注意によることはなんとしても免れない。

「二度と、不注意による事故はおこさない」

このことを、神と自らの心に誓った。幸いこの事故を教訓として、それからの八年間、不注意と油断による事故が全くなかったのは、これもひとえに、杉浦中隊長の厳しい愛のむちのおかげであると今は亡き中隊長に生涯をかけて、冥福と感謝の祈りを捧げたい。

「一度失敗したことは、二度とくりかえさない」

これは、私の鉄則として自らを戒しめた。

この日の空襲で、中攻六機炎焼、七機大破、その他死傷若干名を出した。敵機撃墜三機、撃破三機の戦果であった。

午後には、上海より中攻一二機が補充され、夕刻、中攻機の大編隊で、重慶夜間空襲が強行された。新鋭機が欲しい。飛行機さえ優秀なら、と、全員が陸軍の新鋭九七戦の補給を一日千秋の思いで待望した。

必死の夜間不時着

昭和十四年の春に、ノモンハン事件が発生した。ノモンハン事件は、五月二十日から九月十九日まで四ヵ月間、日ソの空と陸の精鋭が同地において激突した。

わが陸軍航空隊とソ連空軍が、ホロンバイルの大空で死闘を展開し、新鋭九七戦が、一躍世界の傑作機としてクローズアップされた。

陸軍の戦闘機隊は、一戦隊、九戦隊、十一戦隊、二十戦隊、二十四戦隊、三十二戦隊、五十九戦隊、六十四戦隊など、主力を結集し、文字どおり一騎当千の猛鷲たちで戦った。即ち、五八機撃墜破で日本のリヒト・ホーヘンといわれ、ノモンハンの撃墜王として世界にその名を轟かした篠原准尉（栃木県宇都宮市出身故少尉）をはじめ、島田大尉（故少佐）、可児大尉（故少佐）、吉山曹長（少飛一期故准尉）、東郷三郎准尉（少佐）、田中林平曹長（中尉）などと覇を競った第六十期操縦下士官学生の同期生、五三機撃墜破の古郡五郎曹長（比島で戦死故少尉）、四七機撃墜破の闘魂の鬼、川北曹長（比島で戦死故少尉）、同年兵の中司竜三曹長（比島で戦死故少尉）などがノモンハンで赫々たる武勲を立て、のちに比島の空に散華した。

ノモンハンの戦果は撃墜破一二〇〇機、味方の犠牲は二〇〇機であった。

ノモンハンの死闘は内地部隊にも肌を通じて伝わり、戦闘意識は非常に盛り上がっていた。

私も操縦四年目、学生時代のように誰も教えてくれない。「教えながら学ぶ」これが私の立場で戦場の体験と先輩の遺訓から私は、次のことをまとめた。

「戦場とはうその通らない世界。戦争とは真実の実力が必要な世界。戦闘とはエゴイズムの対決の世界」

もちろん人生に運不運があるように、戦争にも次の基本があることを学んだ。

戦運に強い人　弱い人

命運に強い人　弱い人

武勲に強い人　弱い人

がある。特に指揮官によってはこの三つの条件の有無で戦局を左右された実例が数多くある。基本はあくまでも研究と訓練と実力がものをいうのだ。あくまでも基本は、人間の問題が一番大切である。戦争も人生も全く同じ法則で回転していると思う。

私は学校卒業と同時に、第一線に出征した戦士中一番の新参の未熟な腕で危険な作戦任務に参加したが、これは実力のある先輩には、わからない貴重な苦しい体験であった。

戦場の実戦一年は内地の訓練三年に勝る。私の場合は、戦技よりむしろ精神面で「戦場心理」といわれる不思議な生命の恐怖感を克服し、まず心の練磨がなされたことが大きなプラスであった。

航空の特性上、私は、自らの訓練と後輩指導の重点を次の如く、結論づけた。

一、精神面

1、綜合的な判断力

大局から部分を見る。部分から大局を見る。物事を正しく綜合的に見る優れた判断力。

2、旺盛なる闘魂
戦闘機隊の生命は千万人といえども我れ往かん、見敵必殺の旺盛なる攻撃精神であり、それは不屈の闘魂である。

3、健康な肉体
健全な精神は、健康な肉体に宿る。人間の幸福の第一条件は、健康で長生きすることである。現在は戦争中だ。私たちは長生きは許されないが、少なくとも至上命令の任務を完全に果すためには、強健な肉体が必要である。

二、戦技面

1、優れた索敵能力
空中戦における戦勝の第一条件は、絶対に奇襲攻撃を受けないのみか奇襲攻撃が最も有効な攻撃法である。特に実戦においては視力と、心眼で索敵する能力が戦闘機乗りの生命である。

（人生においても物事がよく見えることが、大切である）

2、正確な航法能力
天候気象などの悪条件を克服して目的地まで安全、確実な飛行を行なわねばならない。計器と感覚の調和による航法能力は、操縦、戦闘射撃などを一人で行なう戦闘機乗りにとって、これまた生命である。

（人生においても、理想や、目的に向かって直進することは大切なことである）

3、卓越した戦技

精神と肉体と技術が一体となり、さらに人間と飛行機の一体的調和によるいわゆる綜合的な「心技一体」「人機一体」の優れた戦技が戦闘機乗りの生命である。（人生においても職業や趣味等で、一芸にひいでしかも名人となるものは全人格の形成にも大きな努力をしている）

この私の独自な精神三原則、戦技三原則を基本として、尊敬する教官、助教の遺訓を守り「日本一」「世界一」の戦闘機乗りを目標に血のにじむ研究と訓練を積み重ねて行った。

空中戦は、外国の精鋭である青年たちとの戦いだ。だから「世界一」にならねば敵機の撃墜も戦いに勝つことも出来ない。

私たち戦闘機乗りには、「日本一」「世界一」という目標が、誇張でも思い上がりでもなく、生命を賭しての至上命題であり、当然の目標であった。

四月二十九日天長節の観兵式は、東京代々木上空で行なわれた空中分列飛行に牟田中隊長以下九名が参加した。新鋭九七戦六機、九五戦三機が二十八日、立川飛行場に到着、一泊して観兵式終了後、立川―大刀洗間八〇〇キロを一気に飛行し、全機無事大刀洗に帰還した。

豪快な中隊長牧野大尉は、このころまで入院療養中であった。中隊長代理の牟田大尉は、愛情豊かな個人的には、やさしい将校であったが、教育訓練は人が変わったように厳しく徹底していた。

その年の正月から、月のうち一週間は払暁飛行。一週間は薄暮飛行、一週間は夜間飛行、この間昼は毎日、戦闘訓練が行なわれた。残りの回数は、空中実弾射撃と空中戦闘の訓練が行なわれ、昼夜を問わず激しい訓練が続けられた。

五月五日の午後七時より夜間飛行が開始された。牟田中隊長は、

「只今より夜間飛行を開始する。課目は九七戦による離着陸、搭乗区分は別に示す」

搭乗区分（昭和十四、五、五）

1　田谷伍長（少飛四期准尉）
2　前畑伍長（少飛四期准尉）
3　飛田伍長（少飛四期）
4　林伍長（少飛四期）
5　関少尉（陸士五十一期少佐）
6　中司曹長（操縦六十七期故少尉）
7　荒川准尉（少候出身少佐）
8　藤本中尉（幹候一期故少佐）
9　森中尉（陸士四十九期故少佐）
10　田形曹長（操縦六十期准尉）
11　牟田大尉（陸士四十三期中佐）

払暁飛行は古参から、薄暮飛行、夜間飛行は新参からと、つねに若い者を危険より守る配慮がなされていた。

六〇万坪の大刀洗飛行場は緑一色に覆われ、五月の春風を心地よく肌に感じながら飛行場の中央よりやや東方に設けられたピストの椅子にかけて、若い操縦者の夜間離着陸を観察する。一六万燭光の大スペリーは着陸地帯を照明し、昼のように明るい。

離陸する飛行機、着陸する飛行機、燃料を補給する飛行機と華やかな大空の陰に咲く花、整備兵が純白の作業服を油と土ぼこりで、真っ黒く汚しながら黙々と働いている。私も現役時代の二年間は整備兵であった。それだけに整備兵の苦労はだれよりも理解している。

飛行隊は将兵を代表して、操縦者が戦うのだ。

ことに先頭は将校、准士官、下士官と、階級の上の者が陣頭指揮をとる。兵隊は、第一線に立たない。次に整備の将校准士官も第一線に出ない。

しかし、戦争になれば敵機の空襲を受ける。試運転から地上滑走など危険な状況の中での作業が多い。つい一ヵ月前に、中隊の島本上等兵が整備作業中プロペラに頭をはねられ、即死した。島本上等兵には妻と生まれたばかりの男の子供があった。告別式の時、

「武志ちゃん！　お父さんだよ。大きくなっても忘れないよう、しっかり顔を見ておきなさい……」

妻子との最後の対面の折り、夫人が幼い子供の脳裏に、父の面影をしっかりと焼きつけて

おこうとされている。夫婦、母子の美しくも悲しい愛情に、戦友一同心から泣かされた。

このような整備兵の犠牲は数え切れないほど私たちは体験した。整備兵に感謝しながら、なぜ思い出したか分らないが、ふと島本上等兵の悲しい殉職の姿を思い出した。

それから、一時間後に、私が九死に一生を得ようとは、不吉な予感もなく、神ならぬ身の知るよしもなかった。

「林伍長や関少尉殿もだいぶうまくなりましたね」

「まだ駄目だ。三点姿勢が高過ぎたり低過ぎたり、安心出来ないね」

森中尉と、こう語り合った。

「森中尉殿バウンド（着陸で）すると、罰金とりますよー」

「大丈夫だ」

負け嫌いの人一倍強い森中尉は、大きな笑い声を残して離陸して行った。

いよいよ私の搭乗だ。午後八時二十分、

「田形曹長、九七戦二七三号機操縦夜間離着陸」

この飛行が、私の生涯を大きく変えた。運命的な飛行に、いよいよ飛び立つのだが、普通の日と何も変わったことはない。

牟田中隊長に報告して、九七戦に塔乗、愛機の操縦桿を握った。

六五〇馬力の空冷エンジンは、心強いうなりを夜の飛行場一杯に轟かせて、暗夜の空に向かって一七〇キロのスピードでぐんぐん上昇して行く。エンジン快調、機体異状なし。高度二五〇メートルで第一旋回、高度三〇〇メートルで第二旋回、水平飛行二七〇キロ——一六万燭光のスペリーの光線が夕立後の虹の如く、魅惑的な光を放っている。藤本中尉、続いて、森中尉が着陸した。牟田中隊長が第二旋回を終わって、私の後に続く——さあ、私の着陸の番だ。甘木市郊外で第三旋回を終わり、甘木市上空で第四旋回に移った。飛行場まで、三キロ——高度三〇〇メートル。レバーを閉じ機首を下げて旋回する。突然「パーン、パーン」という鈍い爆音と共に、体に不規則な震動が伝わって来た。直感で、

「しまった。燃料系統の故障か?」

瞬間、判断したとおり故障だ。高度二五〇メートル、真下の甘木警察署（署の前に下宿していた）を通過して甘木川の上空だ、諸計器を点検したが、油圧計以外は異状なし。手動ポンプを操作すると油圧計は上がる。レバーを中速にし手動ポンプを操作したが爆音変調、ついにエンジン停止、空転しはじめた。高度二二〇メートル——飛行場に向かって二三〇キロで滑空降下している。

「万事休す、エンジンが完全に停止した」

エンジン始動の操作は続けているが、回復の見込みはない。瞬間に、

暗夜の不時着か?

低空の落下傘降下か?

二つのうち、どちらかの道を、とらねばならない。どちらが生か、どちらが死か、私には分からない。縛帯を脱して、座席に立った。高度二〇〇メートル、全く危険な高度である。

(落下傘部隊なら二〇〇メートルで大丈夫だが、戦闘機から事故で飛び出すのは危険だ)

この場合、生命は一度しか使えない。やり直しがきかない。絶対の立場である。私は迷わず、不時着の道を選んだ。不思議に死ぬかも分からないという緊迫感と不安感が起こらない。

この時走馬燈のように私の脳裏をよぎった感慨は、

「人間は一度死ねば、二度とは、死なぬ。度胸をきめ、運を天にまかせて、堂々と前進しよう……愛する皆さん、さようなら……」

「暗夜の不時着だ。助かろうとするのは、欲が深すぎるかも知れない。半年前には、日本一といわれた同郷の古賀清人海軍少尉が、横須賀で夜間不時着により即死された。俺も年貢の収め時か。二三歳で死ぬのは、ちょっと、早いようだ。冥途に行くか、生き残るか、全く予測は出来ない」

人事を尽くして天命を待つのみだ。

(大刀洗では、夜間不時着で助かったのは牧野大尉だけで、他は全部殉職している)

入隊以来、訓練と実戦で何十回か、墜落した飛行機の収容をしたが、この仕事も大変だったことを思い出した。

「後で収容される時、少しでも飛行場に近い方が手数がそれだけかからない」

そう考えた。迷わず真っ直ぐに、飛行場に向かった。二三〇キロのスピードで降下する。

エンジンが停止しているので、沈下が早い。一八〇――一〇〇――八〇――五〇メートル、グングン高度は低下する。

いよいよ後何秒かで、
生か？　死か？

いやでも結論が出るのだ。自分をためすに、最良の機会だ。

「田形曹長は、何物にも動じない信念と勇気をもっているか。生死の大事を託するに価する男かどうか」

もう一人の田形は、このように冷静に、必死で操縦桿を握っている田形曹長を観察していた。

「私は考えた。後何秒と時間はない。生か死の結論が出る。慌ててもどうにもならない。今が田形の一大事だ。このような大事は人生には、数少ない。ただ飛行機乗りには、少し回数が多くあるだけだ。私は、私をじっと見ているもう一人の田形に笑われないように――」

もう一人の田形とは誰か。それは神か禅かあるいは母の愛情か。

やさしい母が激励してくれた。

「落ち着け落ち着け。大事に負けるような男は、物の役に立たぬ。落ち着くことは、勇気を出すことだ」

実に、偉大なものは、母の子供に対する純粋な愛情である。私は幾度も母の愛で、救われた。きょうもまた――。

精神的にも、技術的にも尽くすべき手段と、努力を払った。

「死でも、重傷で助かっても、悔いる心はない」

これで、心の準備は終わった。こうして死ねば人間の生命は本当にもろいものだと、ふと思った。

車輪を半分出した（接地時の衝撃をやわらげる）。フラップを全開にする（浮力を大にする）。燃料コックとスイッチを切った（火災予防）。降下中に筆記板に、

「エンジン停止、気化器？」

私が死んだ場合、このような故障で再び若い生命が失われないよう故障の原因を書いておいた。

甘木市上空でエンジンが停止し、飛行場東方八〇〇メートルの水田の畔に不時着するまで、わずかに一分と何秒かの短い時間だったが、私には、一〇年も二〇年ものように、長い長い感じであった。

死ぬか、生きるか、この緊迫した状況下に、さほど苦悩というものを感じなかったのは、田形曹長の他に、もう一人の冷静な田形がいたからだと思った。

飛行機は森や家や電柱、電線など奇跡的に障害物をよけて、水田の畔に、きれいに接地、二〇〇キロのスピードで一点静止したから、飛行機は中破だが、私の体は、たまらない。頭部裂傷、全身打撲傷、左腕は骨折と、重傷八ヵ月と診断され「兵役免除」が予定されていた。

全く、即死一歩前、二十数時間意識不明で（不明の時、広々たるススキの原を一人歩いた。水のきれいな川があり、橋をさがしている時、人々の声で、意識がよみがえった。この川が、三途の川であり、この川を渡ったら死ぬそうだ）危篤状態が続いた。こうして九死に一生を

得たのだ。それは、「強運と度胸」が一体となり生命力が旺盛だから、奇跡的に助かったのだ。

救助して下さった牟田中隊長、中司曹長、小川豊彦曹長（少飛技術一期大尉）、森正彦軍曹（故少尉少飛技術二期）、軍医、看護婦さんなど、暖い戦友愛を私は、生涯忘れることが出来ない。

現認証明書

飛行第四連隊第一練習部付

陸軍航空兵曹長　田形竹尾

右ノ者、昭和十四年五月五日、夜間飛行ニ際シ離着陸ヲ命ゼラレ、九七式戦闘機第二七三号ニ搭乗二〇時三〇分大刀洗飛行場離陸、場周経路、甘木市上空高度三〇〇米ニテ、第三旋回ヲ実施セントスル際爆音不調（諸計器ヲ、点検スルモ、異状ヲ認メズ原因不詳）トナリ遂ニ停止シ飛行場ニ向ケ進入セルモ、遂ニ進入シ得ズ、二〇時四〇分、福岡県朝倉郡三輪村高田西北端、五十米ノ地点ニ不時着シ此ノ際右上額及右眼肩上ニ、受傷セシコトヲ現認ス

昭和十四年五月五日

現認者　飛行第四連隊第一練習部長

陸軍航空兵大尉　牧野靖雄　㊞

牟田大尉らに救助され、久留米陸軍病院大刀洗分室に入院、一週間、特別治療を受けて、自己退院（全治しないのに、自分から退院）した。

頭が割れるように痛む。肩の上に何十キロも、重い物を乗せているようだ。夜も昼も眠くならない。思考力、記憶力は、減退していない。ただ、忍耐力が弱くなった。

この一枚の現認証明書が、私の一生を大きく左右してしまった。福岡市の九大医学部の後藤外科にも通った。主任は外科の権威後藤博士。博士は、

「不時着による負傷に薬はない。兵役免除になって、好きな女房でももらい、呑気に暮らせ」

と、慰め激励して下さった。すべての人間の苦痛と、頭の痛みを一人で背負っているように苦しい。新聞も読めない。映画も、見られない。

「このまま、廃人になるのでは……」

しかし、苦痛を感ずるので、必ず治ると、信じていた。だが、一人寂しい思いにふけることもあった。後藤博士が、

「この病気は、精神力でしか、直らない」

と診断の時に話されたことを思い出した。

「よし。飛行機で、負傷したのだ。飛行機で直そう」

こう決心して、不時着二一日目より九七戦で飛んだ。その飛行機は、奇しくも私が不時着

した飛行機であり、座席には薄黒く私の血がにじんでいた。

負傷が全快しないのに、私の要望を入れて飛行を許可して下さった牟田中隊長の英断と愛情によって、医学上、不治の病といわれた負傷を完全に回復して、二年後には南方戦線に出征することが出来た。それは、牟田中隊長、山口中隊長の深い理解と、暖い愛情によると、今なお二人の上官に心から感謝している。

こうして、入隊以来の夢であった飛行将校への道は、健康上完全に絶たれた。無理はいけない。残念だが、陸軍士官学校は諦めよう。

人生観も、死生観も変わった。「安心立命」の「悟り」に一歩近づけたような気がする。

「肉体は、いずれ滅びる。永遠に不滅なる民族の魂の中に生きよう」

「階級や物慾は否定しないが、絶対のものではない。立身出世も分相応に、つねに心を豊かに持って生きて行く」

このような心境になり得たのは、直接の原因は、この不時着によって生と死の問題に解答を得たからである。

「禍福は糾《あざな》える縄の如し」

人間万事塞翁が馬といわれる如く、私は一番大切な時機に勉強が出来ず、ついに将校にはなれなかった。しかし、この不時着は、別の面で私に素晴らしい人生の哲理、新しい物心一如の哲学を学ばせてくれた。私は立身出世や強運には、余り恵まれなかったが、一番大切な命運は、不死身と自他共に許す強さで、恵まれた。

第三章　南十字星の下に

ビルマの乱雲

世界一の火山といわれる雄大な阿蘇山が紅葉し、南朝の忠臣菊池一族の根拠地であった菊池城がもみじ一いろに色どられ、一望千里の熊本平野に、黄金の波が波打ち、この大自然に包まれた菊池飛行場は、平和そのものであった。

昭和十六年の十月の初旬、ついにこの平和は破られた。それは新鋭隼戦闘機（一式戦）三十数機が、堂々の翼を連ねて、菊池飛行場に飛来したからだ。中隊事務室で事務をとっていると、

「田形曹長は、空中勤務者全員を同行して、南方に出征する飛行機を見送るように」

と、山口中隊長よりの命令を、週番下士官が伝えて来た。私は下士官、兵に、

「勤務に支障なき者は、全員見送りをするように」

と週番下士官に命じて、飛行場に飛んで行った。戦隊の整備員の手によって燃料が補給さ

れていた。三十数名の操縦者は、戦隊本部のピストで休憩している。全員、新品の航空服に身をかため、腰に拳銃を帯びている。それぞれ好みの華やかなマフラーを首に巻いている。

「これは出征だなあー」と直感で感じた。

「日米開戦近し！」

この時点では、野村大使が米国で必死の平和外交を推進していたが、時の流れは刻々と、日本対米英の関係を悪化させ、一触即発の危機をはらんだ嵐の前の静けさをひしひしと肌に感ずるようになっていた。この隼はＡＢＣＤ包囲陣による米英蘭の対日封鎖に対して、日本の南の生命線防衛の重大使命を帯びて、仏印（ベトナム）に進駐する陸軍新鋭戦闘機隊であった。

燃料補給を終わって南方に向かって飛び去った隼は「近く戦争が始まるぞ」という重苦しい空気を、私たちの戦隊に残して行った。

それから、緊張と、何かを待つ二ヵ月が過ぎ去った。こういう内外情勢の中で十二月一日、私は陸軍准尉に進級した。それは二五歳の冬であった。

十二月六日ついに師団命令が伝達され、戦時体制に突入した。

師団命令（昭和十六、十二、六）

第百六教育飛行戦隊ハ、十二月七日十二時マデニ、兵庫県加古川飛行場ニ展開、大阪付近ノ防空任務ニ服スベシ

さあ、いよいよ大戦争が始まるのだ。昭和十二年の日華事変とは、異なった重圧を感じた

戦隊は、動員の時のように多忙となり、騒がしくなってきた。

十二月七日午前九時、戦闘二個中隊、九七戦二四機が、編隊群を組んで菊池飛行場を離陸、一気に菊池―加古川間、四四〇キロを飛んで、午前十時三十分、全機無事に加古川飛行場に集結、同時に阪神地区の哨戒飛行をはじめた。

私は戦闘機受領のため、山田曹長、小松曹長を指揮して、十二月八日朝、連絡機で加古川より太刀洗航空廠まで飛んで八時過ぎに航空廠に到着すると、重大放送があるからラジオの前に集合せよという。非常に緊迫した空気であった。私たち三人は、本部で待機した。重大放送の臨時ニュースが、ラジオの電波を伝わって流れて来た。

「――十二月八日未明、帝国陸海軍部隊は、西南太平洋において、米英軍と戦闘状態に入れり――」

発表は勇壮な軍艦マーチにのって流れた。ついに、祖国は大戦の火蓋を切ったのである。真珠湾の奇襲攻撃を始め、南太平洋の戦闘と、輝かしい緒戦の戦果が報道された。

加古川飛行揚より明石飛行場へと、私の中隊は移動した。阪神地区の防空と、第七十期操縦下士官学生二〇名の戦技教育を担当しながら、さらに激しい日常が続いた。

慈愛深い人情中隊長山口栄大尉と村岡英夫大尉が戦隊長要員教育のために、明野陸軍飛行学校に出向された。中隊長代理は若い永瀬一男中尉（陸士五十四期故大尉）となり、操縦古

参の私の責任は重大となった。私は永瀬中隊長と戦隊長に再三、第一線への転出を強く要請したが、古参操縦者の不足を理由にどうしても許可にならない。私の再三の要望に、

「一ヵ月間、俺を徹底的に教育してくれ。一ヵ月で一年間の進歩をするように……」

陸士で、天覧試合の剣道の審判をやった剣道五段の豪快で純情な永瀬中隊長が、階級を越えて涙を流して、私に頼まれた。その心情にうたれた私は「よし。一ヵ月で中隊長が完全に務まるよう、田形が持っているものを、全部叩き込もう」と私は決心した。そして、この日から私と永瀬中隊長は、体力、気力の続く限り単機戦闘を重点に、徹底的に、訓練を開始した。

昭和十七年一月二十五日、待望の命令が師団からきた。

一、第百六教育飛行戦隊付陸軍准尉田形竹尾は、仏印野戦補充飛行隊付を命ず。

二、田形准尉は、一月二十九日、岐阜飛行師団司令部に出向、内地部隊より転出する操縦下士官二〇名の輸送指揮官を命ず、宇品出港は二月二日とす。

宇品―門司―高雄―サイゴンと船泊輸送で目的地、仏印のプノンペンへ出征することになった。戦隊から第二中隊付の佐々木軍曹（予備学生出身故曹長）が同行することになった。

さすがは、同期生一の剣道の達人だっただけあって、永瀬中隊長は、優に一ヵ月間で、一年分もの技倆が上達した。大阪駅のホームで、五尺八寸の長身で、私をしっかと抱いてボロボロと涙を流し、

「田形准尉の恩は生涯忘れない。戦隊を代表して戦ってくれ。必ず生きて帰ってくれ」

こう言って見送ってくれた永瀬中隊長も、この日から一年半の後、台湾から鹿児島まで飛んで惜しくも天候が不良のため、鹿児島の山に激突された。なつかしい永瀬中隊長とは、この別れが永遠の別れとなった。

一月二十七日、熊本の原隊に帰隊し、出征準備を終わって一時間ばかり、福岡の郷里に帰って先祖の墓参をした。心がやさしく一面男まさりの母が、

「戦場も二度目だから、何も言うことはない。しっかり、祖国のために頑張って下さい。弟の盛男さんに逢ったら、よろしく伝えて下さい」

これが母の別れの言葉であった。広い戦場、まして空軍と地上部隊、弟と戦場で逢うことなど考えられないのに、「逢ったら、よろしく……」この言葉に私は、尊い母の愛情をしみじみと味わった。この母を護るために、生命を賭して、戦うぞ。「俺は日本一の幸福な青年だ」と燃える祖国愛と、不屈の闘魂をからだの奥深く感じた。母の写真を一枚もらってお守り袋の中に入れた。

さらに喜ばしかったことは、先輩の松尾司郎氏が、

「生きて来い」

と目の下一尺五寸もある大きな鯉を持って、お祝いにかけつけて下さった。御厚情は出征の門出に当たり、終生忘れ得ぬ感激であった。

二月一日、各戦隊より選抜された戦闘機操縦者二一名が広島県宇品に集結した。山田曹長（戦死故少尉）、同戦隊の佐々木軍曹（戦死故曹長）らいずれも少年飛行兵四期、五期、六期

生を主力とした二〇歳から二四歳くらいの、操縦者としては一騎当千の猛者だが、年齢的には、若い聖純な魂の青年たちであった。内地最後の夜である。旅館で盛大な出征の宴を開いた。隣室には当時、台湾軍司令官の安藤大将が幕僚と宿泊されていたが、私たちのことを知られて、副官に酒二升を持参させ、激励を受けたのは恐縮でもあり光栄でもあった。

福岡の郷里から、兄(寅次)が見送りに来てくれたので、兄弟で別れの乾杯を交した。故郷や戦場に思いをはしらせて、それぞれ内地最後の夢を結んだ。

二月二日、いよいよ宇品より出港、祖国と別れる日がやって来た。戦場に向かう私たち二一名の前途をあたかも暗示するかのように、前日から降り出した雪が猛烈な吹雪となった。

この二一名の戦友は、この日より二年後には、私と三浦軍曹を除き、一九名がビルマ戦線、ニューギニア戦線で武勲を立て壮烈な戦死をとげた。

午前九時、輸送船に乗船した。午前十時宇品を出港した。船は瀬戸内海を航行して、門司港に一泊。二月四日、門司港を出港した。次第に遠ざかって行く祖国の山々、生きて再び帰ることのないなつかしい祖国。私を育て愛してくれた。それは日本であり、今私たちは、その祖国日本と永遠に別れようとしている。九州の山を眺めている将兵のどの顔にも涙が光っている。私も二度目の出征であるが、頬を伝って流れる涙をどうすることも出来なかった。

大君の命かしこみますらをは、
米英撃つと、勇みいでたつ

これが、大東亜戦争に出征する私の心境と決意であった。

門司―高雄―サイゴンと、一〇日間の船旅を終わって、二月十四日酷暑の地、仏印サイゴンに上陸した。見るもの聞くものすべて満州や中国大陸と異なり、珍しいものばかりであった。

サイゴンの南方総軍司令部に出頭して、命令を受けた。一泊の後、さらに一〇〇キロ離れたプノンペンに行くことになった。サイゴン兵站宿舎に落ちつき、長途の船旅の疲れをいやしていると、大刀洗時代一年後輩の大谷満曹長（戦死故准尉、萩市出身）が、相変わらずの豪快な風貌を私の前に現わした。五年ぶりのうれしい再会であった。彼も、私が行く部隊付であり、私より二ヵ月前に出征した田谷徳三郎曹長（少飛四期准尉）のなつかしい戦友の消息が判明した。

二月十五日の早朝、私たち二一名は、軍司令部のトラックに便乗してサイゴンからプノンペンに向かった。ゴム林とジャングルの間に建設されたフランス植民地政府の動脈であるアスファルトの舗装道路を平均五〇キロの速度で車を走らせた。名もない小さな村に掲揚された異国の日の丸の旗を眺めると、感激でぐっと思わずこみ上げてくるものがあった。町々では、現地人の子供たちが粗末な着物で、手に日の丸を持ち、

「見よ東海の空明けて……」

の愛国行進曲で歓迎してくれたのは思わぬ感激であり、日本の少年たちをこのような姿に絶対にしてはならないという民族防衛の烈々たる闘魂がさらにもり上がった。子供のころ地理で習ったメコン川を大きな渡し船にトラックを乗せて渡ったが、海を思わせるほど広いの

に驚いた。上陸地点で「日本国使節団上陸の地」という一本の標識を見て、何百年も前に日本人の祖先が、小船で私たちが航海した同じ海を、腕と度胸だけで渡ってこの地に上陸したその勇気に対して、あらためて心から敬意を表した。

こうしてプノンペン飛行場に到着した。飛行場には、日の丸の標識も鮮やかな陸軍の戦闘機、偵察機、爆撃機が数十機翼を休めていた。訪欧飛行で名をあげた飯沼飛行士が、数日前に戦死したことを知った。さらに五〇キロ離れたコンポントラシュという名もないジャングルの中に作られた飛行場に前進した。

「田形准尉以下二一名、ただいま内地部隊より到着しました」

と、仏印派遣野戦補充飛行隊長垣貝大尉に報告した。垣貝隊長は、藤枝時代の助教であったので、数年ぶりでの再会を心から喜び、盛大な酒と缶詰の歓迎会を開催して下さった。この部隊の任務は、第一線からの要請によって、操縦者を補充する飛行隊であったが、またの名を「操縦者の消耗品倉庫」ともいわれていた。

操縦者は、陸士五十二期の中尉、五十三期の少尉一二名と、下士官は、大谷曹長以下約三〇名が前線出動の日を楽しみに待機していた。大刀洗、菊池時代の教え子の少飛四期の田谷曹長や、菊池時代、反戦思想の持ち主として、人事係の私を苦労させた渡辺一等兵（明大出身）らが在隊していたのは、思わぬ大きな喜びであった。

将校、下士官の後輩に対する戦技教育が前線出動までの私の任務であった。翌日からジャングル上空で、炎熱を克服しての猛訓練が開始された。どの操縦者も戦友の屍を越えて、死への道である自らの運命を達観しているので、戦技教育にぶっつける闘魂はすさまじいものがあり、たのもしい限りであった。初めて仏印の空を飛んで驚いたことは、一望千里のジャングル地帯とゴム樹であった。日本に必要な石油、鉱石に次いで、ゴムの豊庫である。フランスが、この仏印を植民地として支配したその理由は、実にゴムと米の確保にあったのだ。

十二月八日の開戦以来、私がこのような行動をとっている間、戦局は急速に進展し、全世界も日本国民も日本軍の猛進撃を驚異の目で見守っている。

シンガポールは、二月十一日の紀元節を期して、陸海空の精鋭による総攻撃が行なわれ、二月十五日これを攻略し、英国東洋侵略一〇〇年の牙城はかくして陥落した。

ビルマ作戦は、壮烈な航空撃滅戦に、その幕が切って落とされた。ビルマ方面の敵空軍は、首都ラングーンのミンガラドン飛行場を中心に、南からヴィクトリア、マグエ、ダヴォイ、モールメン、トングー、プローム、そして北方に、ラシオ、マンダレー、その他大小合わせて数十の飛行場を持ち、開戦当初は米、英、蔣連合軍によって、英国が誇るスピットファイヤー、ホーカーハリケーン、ブルスターなどの戦闘機を主力に、偵察機、爆撃機など約三〇〇機が配置されていた。昭和十六年十二月十三日、陸鷲は、ヴィクトリア、ダヴォイ、マグエの各飛行場を初空襲した。続いて十二月二十三日には、陸鷲は、第一次、第二次ラングーン大空襲を敢行した。十二月二十五日には、陸鷲第三次ラングーン大空襲を行ない、空中戦と爆撃で敵に大損害をあたえた。味方も尊い多数の犠牲者を出した。一月二十三日、二十四日、二十六日と、連続ラングーン空襲が決行された。

二月十一日より、地上部隊のラングーン攻略戦が開始され、私が垣貝隊に到着した日は、タトーンを占領した日であった。

このような戦況が判明すると、一日も早く第一線に出動したいという気持ちは、すべての戦士に通ずるものであった。

三月五日、待ちに待った命令が出た。

「陸軍准尉田形竹尾は、二月五日付をもって、飛行第七十七戦隊付を命ず。五日出発、タイ国に出向を命ず」

同時に、山本少尉（陸士五十四期戦死）、宮本少尉（陸士五十四期戦死）、佐々木軍曹（戦死）の三名が、七十七戦隊付となった。私たち四名は垣貝隊長以下と別れて、直ちにプノンペンに向かった。プノンペンより、列車輸送で、タイ国バンコックに至り、前進飛行場のランパーンに行くことになった。国際列車、軍用列車とも当日、翌日はないので、七日プノンペン発の国際列車に便乗することにした。プノンペンのカンボジヤ王宮を視察して、その豪華さに目をみはった。今日まで、フランスの植民地として圧政に苦しんで、文化の程度も低いが、その昔は文化が高かったことを多くの文化財が実証していた。

三月六日には、毎日新聞の森記者と二人で車を飛ばして、アンコールワットを見学した。延々たるジャングルの中に、周囲一〇キロの大寺院がある。アンコールワットは石の文化であり、石と石を織り合わせて造られた豪壮な建築であった。一二〇〇年前に、一二〇ヵ月の長い歳月を費やして造られたこの文化財は、カンボジヤ宮殿と共に仏印文化の象徴である。

渡辺邦男監督の「アンコールワットの恋」で、広く日本にも紹介された、アンコールワットの大広間の石に墨で書かれた、

「大日本国奥州伊達藩主伊達政宗公臣支倉常長此の地に便す」

との文言と、首のない京人形が、四〇〇年の過ぎ去った歴史の時間を無言のうちに物語っている。幾世紀も前に、日本人がこの地を訪ねていると思うと、過ぎ去った民族の歴史に、限りない愛着を感じた。

三月八日朝、国際列車は、タイ国境を通過した。国境には鉄条網が張られ、タイ軍隊と警察、仏印軍隊と警察が、それぞれ実弾を込めて、国境を警備している。この付近は、タイ、仏印がしばしば武力衝突した地区で、空気はまことに険悪であった。

ただ、日本の憲兵が、国境の両方で警備していたが、なるほど国家は強くなければならないと、しみじみ感じた。仏印とタイ国では、言語、風俗、人情、習慣、住宅など、すべてが大きく異なっている。やはり民族と国家が、世界の単位であることをこの一事をもっても学ぶことが出来た。

三月九日朝、バンコック停車場に到着した。バンコックのメナムホテルに二泊することになった。さっそく市内見物に出かけたが、さすがは独立国だけあって、国家の体制がすべての点で体系づけられていることを感じた。タイ国といえば山田長政を思い出すが、現地における対日感情は、山田長政以来の歴史的因縁もあって相当によかった。山田神社に参拝して、日本人の祖先の雄大な心にふれ、タイ国における栄光と悲劇の歴史を回想して、現在戦われ

ている欧米植民地からのアジア民族解放の実現を祈念した。その夜、バンコック兵站宿舎に戦死者の遺骨安置所があるということを知ったので、一人で参拝に行ってみた。

大東亜戦争開戦以来のマレー作戦、ビルマ作戦の戦死者の遺骨が、何千と祭られていた。上面中央には、飛行隊関係者の遺骨が祭られている。その中に、

「陸軍少尉吉田佐一の霊」

「陸軍少尉岸田喜久治の霊」

と書いてあるのを発見した。一瞬、強力な電流にふれたような強い衝撃を受けた。思えば吉田少尉（兵庫県出身）、岸田少尉（滋賀県出身）は、少年飛行兵二期生の猛鷲で、大刀洗以来、日華事変で共に戦った戦友であり、最も親しい後輩であった。

「ああ、吉田、岸田が戦死した」

明日は、耐寒飛行の折り満州竜鎮で会ってから、一年三ヵ月振りで逢えるのだと、楽しみにしていたのに、永遠に逢えなくなってしまった。改めて戦争の厳しさ、戦士の生命のはかなさをしみじみと味わった。すぐその近くには、同じ戦隊の本間少尉（少飛二期）の遺骨も安置されていた。

私は流れる涙を拭う気力もなく、長い間、その冥福を祈った。

「よし。吉田、岸田、本間の仇を討たねばならない」

と、何者に対するとも知れない大きな怒りが、心の底からわいて来た。殺したり、殺されたり、これが戦争の真の姿である。

悲しみで胸がいっぱいになり、寂しい気持ちで兵站将校宿舎に帰ると、同じ戦隊の木村哲大准尉（少飛二期故少尉）が、帰りを待っていた。

「おい。生きていたのか、木村准尉」

「はい、田形准尉殿の到着を待っていました。吉田、岸田、本間は、武勲を立てて壮烈な戦死を遂げました。李准尉（少飛二期朝鮮出身）も行方不明です」

吉田洋中佐、江藤豊喜大尉、川田一少尉、秀島政雄少尉、萩原三郎准尉、名越親二郎少尉らの歴戦の勇士が健在であることが判明した。この夜は木村准尉と語り明かしたが、この日から二年の後に木村准尉は台湾の東海岸で戦死した。

三月十二日、前進基地タイ国ランパーン飛行場に到着した。滑走路には、なつかしい大刀洗のマークをつけた九七戦が約四〇機と、陸軍の九七軽爆とタイ国空軍の九七軽爆が二十数機、翼を休めていた。しかし飛行場からは、ひしひしと、殺気が感じられる。

中隊長谷田部定三中尉に、着任の申告をした。

「田形准尉。御苦労であるが、直ちに、出動だ。話しは後で聞こう」

これが、ビルマ戦線、第一回の出撃の状況であった。

戦闘三個中隊、九七戦一八機で、九七軽爆（日タイ連合）九機を掩護して、タイ、ビルマ国境の人跡未踏の大ジャングル地帯（二〇〇キロ）を一気に飛んで、ラングーン郊外のタイグ北方地区の地上部隊の掩護と、爆撃のために出動した。前線ではラングーン攻略を目前にして、日本軍の猛攻撃が展開されていた。

こうして、連日ビルマ戦線に出動した。昼は激しい戦いが続いたが、夜はタイ人住宅に下宿していたので、萩原准尉らと、毎晩タイの夜の町を遊び廻って、異国情緒にふれて、戦争中とは思えないほど、平和な夜を過ごした。

三月二十日、ラングーン郊外、マウビ飛行場に前進した。ラングーン陥落より一週間、戦場整理もまだ終わっていない状態で、第一線は飛行場より五〇キロぐらい、爆撃砲撃の音が、風向きによっては飛行場まで響いてくる。肌で戦闘の実感を感じてくる。

ラングーン占領と同時に三月九日、大本営は、ビルマ方面陸軍最高司令官は、飯田祥二郎中将であると発表した。飯田中将は、昭和十六年七月二日、仏印共同防衛協定に基いて、南部仏印へ上陸した南部仏印派遣軍の最高司令官であり、熱帯地作戦の権威者であった。

私が所属する部隊の戦隊長は勇敢な吉岡洋中佐であった。

第二中隊編成（昭和十七、三、十五）

中隊長　中尉谷田部定三（少候故大尉）
将　校　中尉松尾　義英（陸士五十二期故大尉）
同　　　少尉名越親二郎（乙種幹候故中尉）
准士官　准尉田形　竹尾（操縦六十期）
下士官　赤松　曹長（少飛三期）
〃　　　柴田　曹長（操縦七十期）

〃　長江　曹長（操縦七十二期故准尉）
〃　石川　軍曹（操縦七十五期）
〃　森田　軍曹（少飛五期故曹長）

ほかに少年飛行兵五期、六期出身の軍曹、伍長の下士官が五名いた。

戦隊には、猛鷲と言われた、江藤大尉（少佐）、川田少尉（大尉）、秀島少尉（故大尉）、萩原准尉（中尉）らが、緒戦の激戦に生き残り、その覇を競っていた。

連日ビルマの炎熱と酷暑と闘いながら敵基地の攻撃、第一線地上部隊の掩護、要地上空の防衛などで、朝早くから夜おそくまで出動して戦った。

ビルマ作戦の意義は、ビルマ援蔣ルートの完全な遮断と封鎖であった。この作戦目的を達成するために、ラングーン攻略後は、中国、仏印、タイ方面のサルウィン河、ビルマ中央のシッタン河、インド方面イラワジ河と三正面に分かれて、北部ビルマ攻略の一大作戦が展開された。私が所属する飛行第七十七戦隊は西部方面のイラワジ河の作戦に参加する事になった。

マグエ、マンダレー方面より昼夜を問わず、小数機による銃爆撃の攻撃が執拗に繰り返された。ある時、ホーカーハリケーン二機が低空飛行で、戦隊の九七戦四〇機と九七軽爆二〇機が待機しているマウビ飛行場を奇襲して、九七戦二機を炎上、数機に命中弾をあたえて、超低空全速であっという間にインド国境方面に退避して行った。この状況を目撃した私は味方機が炎焼する無念さもさることながら、同じ戦闘機乗りとして、その勇敢な行為に敵ながら敬意を表した。

三月二十日、偵察機より報告で敵機がイラワジ河上流のエナンジョン油田地帯の近くのマグエ飛行場に戦闘機約一〇〇機、爆撃機約三〇機、さらにアキャブ付近にも相当いることが確認された。陸鷲もシンガポール攻略後は、その主力がビルマに集結したので戦闘機約二〇〇機、爆撃機約二〇〇機の四〇〇機以上がラングーンのミンガラドン飛行場を中心に展開していた。

秘密裡に作戦準備を進めていた陸軍航空隊は、三月二十一日を期して、一斉に決起した。二十一日、二十二日、二十三日の間、戦爆連合二〇〇機以上の大編隊で、猛烈な航空撃滅戦を展開した。私たちは昼食を早めにすまして出撃したが、ビルマ時間は、二時間四十分遅れているので、彼らは丁度昼食時だった。戦爆連合の大編隊は、第一回攻撃でマグエを大混乱に陥れ、一時間遅れて今度は、夜間と、二十三日の昼間と、この連続四回の攻撃で戦闘機延べ六〇〇機、爆撃機延べ四〇〇機と一〇〇〇機以上をもって攻撃した。その戦果は、撃墜破七九機に、無線、倉庫、燃料、施設、対空火器などを完全に爆破して、全滅させた。これに対して、味方は一機の損害もない。大戦果であった。

ただ私の愛機が一機、第一回の攻撃で、マグエ飛行場上空、高度四五〇〇メートルでエンジン停止し、高度五〇〇メートルまで急降下突入したが、幸い、応急措置が効を奏して、エンジン復活し、低速飛行でかろうじて、マグエ―マウビ間四五〇キロを飛行した。燃料タンクの亀裂により空気を吸い込んだためにエンジンが停止したのだ。こういう状況で、一時は自爆を決意したが、幸運にも、奇蹟的に九死に一生を得て生還した。この私の故障だけで、全く無傷の大戦果であった。航空戦には圧倒的な量が大切な条件であるが、これは私が大戦中経験した、ただ一度の大編隊群による戦闘であった。

三月二十九日、プロームの前線基地、シュエンダ市街には敵戦車六〇台、装甲車一〇〇余台からなる機甲部隊が市外高地前面に配備して、敵は追撃する日本軍を迎撃した。

「少数兵力で攻撃中の日本軍全滅の危険あり」

との第一線よりの連絡を受けた。私の戦隊は軽爆隊が出撃するまでの時間、地上部隊の掩護をすることになった。戦隊本部より、出撃の命令が中隊に下された。

出撃の編成（昭和十七、三、二十九）

指揮官第一編隊長　谷田部中尉（後日戦死）
二　番　機　長江曹長（戦死）
三　番　機　松尾中尉（重傷不時着後日戦死）
第二編隊長　田形准尉
二　番　機　柴田曹長
三　番　機　赤松曹長

この編成で、シュエンダ戦場へ出撃した。ビルマ最大の川イラワジ河は、内地では、想像もつかない大河である。遠く中国西康省から山間を縫い、延々二〇〇〇キロ、下流は数個の支流に分かれて広大な三角洲をなし、言い知れぬ神秘な魅力をもって、アンダマン海にそそいでいる。

ビルマはイラワジの国といわれ、沿岸は広く平野がひらけており、米を主とする農産物が多い。中流のミンブ以南の平原には、年産約一〇〇万トンといわれるいわゆるビルマの油田地帯がある。ラングーンをはじめ都市も、この川の流域に発達し、水利よく、一六〇〇キロ上流のバーモまで船舶が航行出来る。

ラングーン防衛に破れ、プローム方面に退却したアレキサンダー中将は、英、印、重慶、米の連合軍二万名をイラワジ河中流に集結し、追撃する仙台の桜井師団を迎えて、頑強に抵抗した。これを救援するのが出撃の目的であった。

六機の編隊が戦闘隊形をもって四〇分で戦場上空に高度三五〇〇メートルで到着した。上空索敵したが、敵機影を認めず、直ちに高度を六〇〇メートルまで下げて六機編隊で銃撃を開始した。

森や家の周辺に、敵戦車が密集している。彼我地上部隊は、小銃、機関銃、大砲など、全火器を集中して、必死の攻防戦を展開している。私たちに対しても、地上火器が集中され、銃弾はスコールの如く、地上から舞い上がってくる。六〇〇——五〇〇——四〇〇——三〇〇——二〇〇メートル、六機の銃弾が戦車、装甲車に向かって集中する。

突如、第一編隊の二番機の長江曹長機が私の飛行機より五〇メートル付近で火を吹いた。一瞬にして火だるまとなり、大きく反転して翼を二回ほど振って、流星の如く墜落、大地に激突して炎上した。続いて、三番機の松尾中尉が、急激に翼を振って、敵と味方の中間の畑に不時着の姿勢で降下している。あっという瞬間に二機やられた。私も機体にガンガンという銃弾の命中音を耳にし、その衝撃を体に感じた。地上スレスレまで急降下して、超低空で戦車群の上空を突破して、松尾中尉機の後を追った。

この時松尾機は不時着、転覆した。残る四機で、攻撃してくる敵地上部隊を銃撃、松尾中尉を掩護した。まもなく松尾中尉は機より脱出、敵の方向に向かってはうように進む。急いでその前方を銃撃したので、今度は味方の陣地の方に向かった。重傷を負っていると見えて、その行動はいたってのろい。彼我一〇〇〇メートルで対陣している。その真ん中に不時着したのだ。そのうちに歩兵の決死隊が、二名戦死一名負傷の犠牲を払って、松尾中尉を救援してくれた。豪胆な谷田部中隊長は長江曹長の仇討ちとばかり、四機を指揮して激しい銃撃を三回繰り返した。その時、味方の軽爆一二機が、高度一五〇〇メートルより単機急降下による爆撃を開始した。これで私たちの任務は終わった。

ああ壮烈――長江曹長の自爆、松尾中尉不時着重傷（一年後に戦死）は、あまりにも、大きな犠牲であった。今も、長江曹長自爆の光景が、昨日の出来事のように、私の脳裡によみ返り、涙あらたなるものがある。

人間の生死は、紙一重である。私の愛機に二一発の命中弾があり、他の四機ともそれぞれ二〇発以上の被弾を受けて生還したのは、全く奇跡的であった。

敵基地攻撃、第一線上空掩護、ラングーン基地防空などの任務で、連日、払暁から夜間まで激しい出動が続いた。つねに吉岡戦隊長が陣頭指揮をとられ、私たちは戦隊長の勇敢さに、心から信頼と敬意をよせていた。

三月二十八日、編隊長名越少尉、二番機赤松曹長、三番機田形准尉と中隊の最強編成で、マウビ飛行場、ミンガラドン飛行場上空を高度三五〇〇メートルで哨戒飛行を行なっていた。「敵機が来襲する……」多年の戦場の勘でそう感じた。当日は雲量六、雲高三五〇〇メートルで視界不良、索敵はやや困難であった。

私たちがマウビ飛行場上空を飛んでいる時、私はインド方向からラングーン飛行場に進入する九機の編隊群を発見した。直距離二〇キロ、敵爆撃機か？　味方爆撃機か？　視力による判別は困難だ。戦況を基礎とした「心眼」による判断以外に方法はない。私は、

「敵爆撃機だ」

と確信もって、編隊長と二番機に通報する。三機が戦闘隊形で接敵する。彼我の距離は、グングン接近する。

やがて、英空軍中型爆撃機ブレンハイムと判明した。雲のため充分の高度がとれない。やむを得ず、前上方の浅い角度で第三編隊二番機を三機編隊で攻撃する。敵九機の旋回銃も猛烈に応戦してくる。日の丸によく似た英国標識が、あざやかに目に映じ、搭乗員の顔がはっきり見える。五〇メートルの距離まで接近して、後下方に離脱する。たしかに、手応えがあった。離脱しながら、次の攻撃の態勢をとりつつ、追撃する。攻撃した二番機から燃料を吹き、急旋回して機首をインドの方に向け、全速で高度を下げて退避する。撃墜に至らず撃破

であった。あるいは不時着したかも知れないが追撃は出来ない。

この時編隊長の名越少尉が、翼を左右に振って飛行場に向かって急降下して行った。「やられたなあ」と思って、敵を追撃しながら、観察すると、飛行ぶりからして大丈夫と思ったので、私が名越少尉に代わって指揮をとる。少年飛行兵三期生の猛鷲赤松曹長は、ピタリと編隊を組み「よしやるぞ」と手を上げて、合図する。私も名越少尉の仇を討つぞと、闘魂を燃やして敵機を追う。この時無線が入った。

「高田准尉、一機撃墜――」

台湾の屛東で編成された同郷、同年兵の高田准尉が指揮する九七戦三機が、友軍高射砲の弾幕をぬって、攻撃終わって離脱をしている。瞬間、敵一機が火だるまとなって墜落した。爆弾二〇発余りが、ミンガラドン飛行場に投下され、燃料、飛行機が炎上した。敵機と私たちの飛行機の速度が余り違わないので、なかなか追いつけない。この時ほど隼が欲しい。新鋭機（隼）がほしいと思ったことはなかった。五分間くらいでやっと帰還中の敵機の前上方に出た。私は翼を振り、攻撃の命令を下す。なるべく、角度を深くして、四〇メートルくらいまで接近、猛烈な連射を加えて、敵編隊中間を下方に四七〇キロの全速で突き抜けた。「確実に命中した――」と思って離脱しながら敵機を見ると、一機が、黒煙をはいて不安定な状態で急降下している。やがて、火だるまとなって、流星の如く墜落して行った。もう一撃かけようと思って、追撃したが、飛行場から四〇キロくらい離れているので、残念ながら攻撃を断念して基地に帰った。

敵機発見より約二〇分間、この間、二回しか攻撃が出来なかった。スピードがないと、空中戦は決定的に不利であり、無念の涙を禁じ得なかった。着陸してみると、名越少尉は敵弾を受け、重傷の着陸で転覆、戦死を遂げていた。

名越少尉の遺体は、激しい出撃の合間に、私たち戦友の手でピストの裏に穴を掘り、木を集め、ガソリンをかけて火をつけた。名越少尉の英魂をのせた焔は、炎熱のビルマの夕陽を浴びて一層赤く映えていた。

一機撃墜、一機撃破の戦果の陰に一名戦死の犠牲は、貴重な代償であった。

これが、冷厳な戦争の悲しい現実の姿であった。

英、印、米の連合軍を相手に、プローム攻略の激戦が続き、私の部隊も第一線部隊の上空掩護に、連日出動した。四月一日、私は赤松曹長、柴田曹長の二機を指揮して、プローム東方六キロ、マウザ戦線上空掩護に出動した。地上戦闘は、喰うか、喰われるかの激しい死闘を展開している。高度三五〇〇メートルから敵味方の銃砲撃の火煙が手にとるように見える。十数門の高射砲の射撃による弾幕を縫って哨戒飛行二〇分が経過した。この時友軍軽爆三機が高度一五〇〇で飛来した。そして、敵砲兵陣地に対して単機の急降下爆撃を開始する。一五〇〇から、七〇〇メートルまで急降下、正確な照準を行なって爆弾を投下した。この間高射砲は、死にもの狂いの射撃を行なってくる。その弾幕で軽爆三機が、覆われてしまう。私はこの勇敢な味方の攻撃に敬意を表し、その無事を祈った。一番機、二番機は、一回で攻撃を終わって、急上昇で高度をとっている。

三番機は照準が悪かったのか？　爆弾が落ちないのか？　高射砲の集中砲火を浴びながら、再度爆撃を開始した。一五〇〇から一二〇〇メートルまで急降下した時、急激に不安定な姿勢で機首をあげた。私は「しまった。やられたか」と息をつめて見守っていると、私たちに軽く翼を振り、急角度で敵砲兵陣地に向かって突入して行く。操縦者が重傷を負ったのだ。私は赤松曹長に上空掩護を命じて柴田曹長と二機で自爆して行く軽爆を全速で追尾した。高度がみるみる低下する。高度七〇〇メートルで二〇メートルくらいの距離に接近した。操縦者は頭を下げている。同乗者は大きく手を振って「操縦者がやられた。自爆する。さようなら」と別れの挨拶を交す。私は思わず「落下傘降下せよ」と連絡した。これに対して元気な同乗者は、あたかも微笑しているような感じだ。日本の空軍は、武人の誇りとして敵地上空では決して落下傘を使用しない（捕虜になることを恐れて）。私の祈りも空しく、ついに敵砲兵陣地に突入、爆弾もろとも自爆し、その火煙は五〇〇メートルの上空まで、勇敢な曹長と軍曹の死を悲しむかのように燃え上ってきた。私は悲しみと怒りで、胸が一杯になり、六〇〇メートルより急降下、数回敵陣地を銃撃して、二勇士の霊を慰めて基地に帰還した。名前も、顔も知らない人たちであったが、奇しくも機上で最後の別れをした。この因縁で壮烈な自爆の光景が私の脳裏に刻み込まれ、悲しい思い出として、今もなお涙あらたなものがある。

四月初旬、プロームへ前進、五月の上旬にはさらにビルマ最大の油田地帯エナンジョンを守る要衝マグエに進駐した。着陸第一歩を印した時の私の感慨は、二ヵ月前にこの飛行場で自爆一歩前で助かった思い出であった。

マグエはインド国境に近く、ビルマ中部の要地であったので、インド方面からは空の攻勢も連日執拗に行なわれた。

五月五日、雲量八、雲高一〇〇〇メートルで飛行場上空に乱雲があり、飛行には不適な気象条件であった。中隊は久し振りに任務をとかれ、戦場の休日を楽しんだ。飛行場には、谷田部中隊長と私の二人が残り、全員が、イラワジ河に水泳に出かけた。私はこのころ囲碁を覚えた。中隊長と、空中勤務者の控所の天幕の中で、ザル碁を楽しんでいた。この時突如として、

「空襲！　空襲！」

「プロペラ廻せ」

と中隊長と二人で、それぞれ愛機に飛び乗った。九七戦二〇機余りが一斉に始動され、他の中隊も同時に迎撃に移った。この時、他の中隊の六機が飛行場上空の哨戒飛行を行なっていたが、天候不良のために敵機を発見していない。全くの奇襲である。私が愛機に搭乗した時は、すでに敵九機の爆撃機（ウェリントン）が高度一五〇〇で乱雲を縫って飛行場上空に侵入、第一弾を投下した。五〇メートル間隔に一〇〇キロ爆弾二十数発を投下した。九七戦約四〇機、軍司令部輸送機一機、施設、燃料、弾薬など、すべてが弾幕の中に包まれた。私は、この状況の中で全速離陸に移った。尾部が浮き、まさに離陸寸前、愛機の前に爆弾が落ちた。その爆風で愛機は転覆、五分間くらいで炎上した。

まさに危機一髪、私の生命は、風前の灯であった。私もこの一瞬「やられた」と体で感じた。結果は、幸運にもバンドをしめていなかったので爆風で五メートルほど飛ばされ、右腕、胸に六発の破片を受け、前歯五本を折って奇蹟的に一命をとりとめた。(負傷は二週間で全快した)

谷田部中隊長の受傷現認証明書には「投下爆弾破片創」と記録された。

戦果は、一機撃墜二機撃破に対して、損害は、大型輸送機一機炎上、九七戦三機炎上、九機破損、燃料炎上、施設破損、将兵死傷七名の甚大な損害を受けた。当日はインド方面は快晴であり、気象条件が禍した大損害であった。

作戦要務令第一部、綱領の第二には、

「戦捷の要は、有形無形の各種戦闘要素を綜合して、敵に優る威力を要点に集中発揮せしむるに在り。訓練精到にして、必勝の信念堅く、軍紀至厳にして、攻撃精神充溢せる軍隊は、能く物質的威力を凌駕して戦捷を完うし得るものとす」

とある。攻撃は防御に勝るとは、この日の戦いの貴重な教訓であった。

戦隊の最高責任者として、つねに陣頭指揮で戦って来た戦隊長吉岡中佐の表情は、少しも変わっていなかった。さすがは私たちの戦隊長である。と改めて、敬意と信頼を深めた。

五月九日、午前八時、橋本伍長(少飛六期)を指揮して九七戦でマグエ飛行場を離陸した。目的は、タイ国バンコックの野戦航空廠まで代機受領のためにマグエ、ラングーン間五五〇キロを翔破して、ミンガラドン飛行場に着陸した。飛行機の調子が悪いので、ラングーン、バンコック間は軍司令部の輸送機に搭乗して、飛ぶことにした。軍司令部で軍参謀に連絡すると「十一日の輸送機に便乗せよ」ということで、ラングーンに二泊することになった。

黄金のパゴダで象徴される仏教の国、ビルマの首都ラングーンの町に入り、兵站将校宿舎に落ちついた。シャワーで水を浴びて、ラングーンの町を見物に出た。町は爆撃と砲撃で無惨に破壊されている。驚いたことには、タイ国がそうであった如く、中国人が多いことであった。タイ人経営の喫茶店に入って熱いお茶を飲んだ。

多勢の歩兵隊の兵隊さんが懐かしい郷土福岡弁で話している。一人の上等兵に尋ねた。

「おい。君たちは、牟田口部隊ではないか」

「はい、牟田口部隊です」

「久留米の歩兵五十六連隊はいないかね」

「私が、五十六連隊ですが」

これは、弟が所属する連隊である。私は、これ以上、尋ねるのが恐かった。それは、牟田口部隊は、華南広東よりコタバル上陸以来シンガポール攻略後、ビルマに転戦、昨日、ラングーンに上陸したばかりだった。

弟はシンガポールで戦死したか、あるいは無事にビルマに上陸しているのか、その消息を確認するのが恐いのだ。私は思い切って、尋ねてみた。

「林隊に、田形兵長という者がいましょうか」

「私は知らないが、向こうの席にいる軍曹殿が、林隊の方ですから呼びましょう」

「山田軍曹です」

　と言って、私の席に来た。

「わたしは、田形兵長の兄ですが、田形兵長がいましょうか?」

「そうですか、准尉殿は、田形兵長の兄さんですか、なつかしいですね。田形兵長はシンガポールで勇敢に戦い、武功抜群でした」

　なんだか、死んだようにも受けとれる。私も軍人である。多くの戦友が死んでいるのに弟のことばかり案ずるのは気がひける。山田軍曹は、生きている死んだとはまだどちらとも言わない。不安な気がこみ上げてくる。

「部隊の駐屯地は、すぐ近くです。すぐ案内します」

　そうか、生きていたのかとほっとした。橋本伍長を宿舎に帰して、山田軍曹に案内されて林隊を訪ねた。

　砲爆撃で、半分破壊されたビルマ人住宅の前に来た。

「ビルマ派遣牟田口部隊林隊」

　と、表札がかかげられていた。

　衛兵所の前に、私が立つと、司令が「敬礼」と号令をかけ、全員起立して敬礼をする。私は「休ませ」と言って答礼しながら見ると、号令をかけた司令が弟の盛男であった。明日をも知れぬ戦場、しかも故国を遠く離れて、幾千里の第一線で、無事な姿で、兄弟対面出来るとは、全く予期せざる幸運であり、感激である。

兄弟の縁も深し　ラングーン

これが、瞬間に私の心に浮かんだ感慨であった。弟は、

「何んだ、兄さんか……」

と、驚きと喜びの表情で小さく叫んだ。私は、大隊長の林大尉（林銑十郎大将子息）と中隊長らに面会して、弟がお世話になったお礼の挨拶をした。さっそく中隊長は、

「勤務を交代せよ」

と再三弟に連絡したが、弟は「後二時間で勤務は終わる。私用で交代は出来ない」と言ってついに交代しなかった。弟とはこういう男であった。

この夜は、中隊をあげて、私たち兄弟の再会を祝って盛大な歓迎会を開催してくれた。壊れた窓際に机二個をならべて、弟と二人寝た。

「兄さん、お母さん方元気ですか。祖母が亡くなったそうですね」

弟は十五年の一月、門司港を出港して広東に進駐して今日に至っているので、まる二年以上日本を離れている。私は門司で弟を見送って以来まる二年ぶりの異国の対面であった。

「シンガポールで良く生き残ったね、戦争は、激しくなるので自愛して戦えよ」

「私のことは、心配無用です。生死というものは、定められた運命です」

弟は少年、青年時代より、兄弟の中で一番良く出来ていたが、わずか二年の軍隊生活と二ヵ月余りの実戦の体験で軍人として人間として、素晴らしく成長していた。これは喜びであ

り驚きであった。

「そうか、武人の心得を自覚しておれば何も言うことはない」

「兄さんが、シンガポールに行ったら、同郷同年兵の井手君たち二人がブキテマの高地に戦死しているので、お墓参りをして下さい」

「うん、わかった」

「兄さんも、体を大切に、戦って下さい」

二年振りに戦場で逢い、永遠の別れになるかも知れないのに……これだけの会話で、弟はぐっすり眠ってしまった。私はもっともっと、語り明かしたかった。哀愁をおびたビルマの月は、皓々と輝き、やすらかな弟の寝顔を照らしている。私は、一晩中眠れなかった。弟はまだ一九歳、私は二六歳である。戦争がなく、志願していなければ、弟は母が恋しい遊び盛りの青年である。しかし名誉ある帝国軍人として現在、年長の兵二十数名の分隊長として、厳しい戦争を立派に戦っている。血が騒ぐというのか、これが永遠の別れになるかも知れないと、弟の寝顔を眺めながら涙が流れてどうしようもなかった。

翌朝、弟が作ってくれた一杯の砂糖水の味は、私の生涯を通じて忘れ得ぬ味である。華中のブコ（南京の南）で、松浦淳六郎中将よりいただいた「祈武運長久」の日の丸の旗と、私の時計を弟へ。弟からコタバル上陸の際海水でいためた時計を形見として交換した。これはどちらか戦死した時は「形見になる」という無言の中に語られた私たち兄弟の決意と永遠の別れの挨拶であった。

「長生きせよ。体を大切に……」

別れの言葉を交して、後髪をひかれる思いで弟と別れた。

午後二時、ラングーン東駅より軍用列車でトングーに至り、シッタン河にそって北部ビルマに弟が前進することになった。

私は未練が残ってはいけないと見送りに行かないことにして、町の喫茶店でコーヒーを飲んでいたが、時計の針が一時を過ぎ、刻々と二時に近づくと、じっとしておられず、陰ながら見送ろうと駅に車を飛ばした。発車一〇分前、世界一といわれた菊部隊（第十八師団）の精鋭は酷熱の太陽の直射を全身に受け、完全武装でホームに整列している。私は駅構外よりしばらく弟を探した。発車五分前、弟は、分隊を指揮して乗車した。その時、私の方をふと振り返って見た。私が見送りに来てはいないか？　と捜した様だった。距離二〇メートル、呼べば手の届く距離であった。人間として肉親の兄弟としては「おうい」と大声で叫びたかったが、もう一人の軍人としての田形の気持ちが「女々しいぞ」それを許さなかった。他の戦友たちにすまないと、物陰から弟の武運を祈って別れを告げた。弟の表情は明るくすべてを達観した姿に、弟は偉い。さすがは広東の下士官候補隊を、一番で卒業しただけのことはあると尊敬の念をいだいた。

この日より二年の後、昭和十九年七月二十九日、弟は北部ビルマのミッチナにおいて軍曹で戦死を遂げた。生前の武功によって、異例の二階級特進の光栄に浴した。ラングーンでの対面が永遠の別れとなった。私の出征にあたり、

「盛男さんに逢ったら、よろしく伝えて下さい」

　この母の愛情を戦場で伝えることが出来たのは、亡き戦友にくらべて、弟は幸福であった。と、これがせめてもの私の喜びであり、駅で「何故声をかけなかったか」このことは生涯の悔いとして、私の心の底深く残っている。

　弟との対面の喜びと、別れの寂しさという複雑な心境でバンコックに到着した。

　二ヵ月ぶりに見るバンコックの町は、日本色にぬりつぶされ、完全に平和がよみがえっていた。兵站将校宿舎のメナムホテルで、六十四戦隊（加藤隼戦隊）随一の猛鷲といわれた同年兵の清水准尉（操縦五十九期）に逢ったのは、予期しない喜びであった。バンコックで、ミドーの高級時計を記念に買った。

　ビンの中に氷を入れて、これを土産に一週間振りで前線基地マグエに帰還した。その翌日より風土病デング熱に冒され高熱にしばらく苦しんだ。

　五月二十二日、飛行第六十戦隊の戦隊長加藤建夫中佐が、アキャブで戦死されたことが軍情報で判明した。

　ああ、空の巨星　ビルマの海に消ゆ——生前の武勲によって二階級特進、空の軍神として全国民より尊敬と感謝が寄せられた。

　六月から約半年、ビルマは雨期に入る。雨期に入ると、ほとんど航空決戦は不可能となる。私の部隊も雨期に備えて、ラングーン郊外のマウビ飛行場に後退した。

　ビルマは面積六〇万平方キロ余り、日本と朝鮮を合わせたほどで、パゴダに象徴される仏教国だけあって、至るところに黄金のパゴダが光り輝いている。炎熱と瘴癘、ありあまる酷熱の光線と湿度は、マラリヤとデング熱の風土病の絶好の舞台である。

ビルマ中央は豊かな平野であるが、東部国境は、中国、仏印、タイと接し、人跡未踏の険しい山岳であり、西部国境はインドに面し、これも大ジャングル地帯となっている。

ビルマ作戦の目的は、援蔣ルートを切断し、米英の対日包囲陣を排除することであった。緒戦においてはこの目的は完全に達成された。

陸軍省発表（昭和十七年十月二日午後四時）

ビルマ航空作戦に、武功抜群なりし、陸軍中尉山本金吾及び吉岡飛行部隊並に、比島ビルマの航空作戦に偉勲を樹てたる本田飛行部隊に対し、ここにビルマ方面陸軍航空隊最高司令官よりそれぞれ感状を授与せられ、今般畏くも上聞に達せられたり。

感　状

吉岡飛行部隊陸軍中尉山本金吾

右は、昭和十七年一月二十八日、ラングーン飛行場攻撃に際し、編隊長として、これに参加し、ラングーン付近上空に於て、優勢なる敵戦闘機群と交戦するや、進んで難に赴き、身を挺して奮戦し、幾度かよく中隊長の危急を救援せり。

而して、乗機敵弾を受けて、空中戦闘殆んど不能に陥るや剛毅不屈なる中尉は黒煙を曳きつつも、敢然単機低くミンガラドン飛行場に突進し熾烈なる地上銃砲火を冒し、在地敵機を索めて、反復銃撃を加うること、実に七回、敵爆撃機三機を炎上せしむ。既にして弾丸尽き機も亦ついに、火を発するに及び、従容機と共に身を敵中に突入して、壮烈なる自爆を遂げたり。中尉の不屈不撓倒れて尚やまざる気迫と闘志とは、実に我が陸軍戦闘飛行隊精神の発露にして、其の武功抜群なり、よってここに感状を授与す

昭和十七年五月十日

ビルマ方面陸軍航空隊最高指揮官

山本金吾中尉は、三重県一志郡八知村の出身で昭和九年三月県立津中学を二年修了後、東京幼年学校に入校、昭和十五年に陸軍航空士官学校を卒業し（五十二期）直ちに、飛行部隊付となる。

（注、私は、この中隊付であった）

感　状

吉岡飛行部隊

右は大東亜戦争開始と共に、長駆南部仏印に躍進せしが、ビルマ作戦となるや其の当初よりこれに参加し、爾来終始積極果敢克く勁敵を撃破し、航空撃滅戦に至大の貢献を致すと共に、各種の重要任務に服して常に赫々の戦果を挙げ、開戦以来、其の敵機を確実に撃墜

破せるもの実に百十余機に上り、ビルマ作戦全局に寄与せる所甚大にして其の武功抜群なりよってここに感状を授与す

昭和十七年六月十五日

ビルマ方面陸軍航空隊最高指揮官

陸軍中佐吉岡洋部隊長は、宮崎県東臼杵郡南郷村神門の出身で、陸軍士官学校卒業後所沢陸軍飛行学校教官となり、昭和十三年北支派遣中隊長、飛行学校服務、航空総監部員などを経て、昭和十六年飛行部隊長として南方に派遣された。

吉岡飛行部隊は、タイ・ビルマ国境突破作戦、第一次ビルマ航空作戦、ラングーン攻略戦、第二次ビルマ航空作戦（注、私は、この作戦に参加した）及び、マンダレー会戦等ビルマ作戦全期間（緒戦）を通じて参加、常に縦横の大活躍をし「ビルマの荒鷲」と其の名を謳われた。

十二月八日の開戦より、十七年の六月までの緒戦で、旧式の九七戦にもかかわらず実に半年間に敵機百機以上を撃墜破する戦果を挙げた。

私は、第二次ビルマ航空撃滅戦に参加した。敵飛行場攻撃、爆撃機の掩護、戦線上空掩護、地上戦闘協力（銃撃）、友軍飛行場哨戒など一日平均二回以上、延べ七二回出動し、武運に

は恵まれなかったが、命運に恵まれ、奇蹟的に九死に一生を得た。

十二月八日の開戦以来半年の間に、戦隊の操縦者の過半数を越える二十数名の戦友が、ビルマの空に散華した。

新鋭機が欲しい

「第十六野戦航空修理廠付を命ず」

五月二十五日付で、シンガポールの野戦航空廠付となり、試験飛行掛《がかり》を命ぜられた。思い出のビルマ戦線を去ることになった。

「死ぬなよ、長生きせよ」

「お世話になりました。さようなら」

死線を越えて共に戦って来た戦友とビルマの戦場に別れるのは、後髪を引かれるような淋しい気持ちだ。お互いに最後の別れになるかも知れない（事実大半の人が死んでしまった）と知っていても、だれ一人そのことにふれようとしない。

六月二日早朝、谷田部中隊長以下に見送られ、愛機とも別れを惜しんで、マウビ飛行場を後に、ラングーンへ車を走らせた。

ラングーンの兵站将校宿舎に宿泊、三日後に出港、インド洋を航海して、シンガポールに向かう輸送船を待つことになった。

シャワーで戦陣の汚れを洗い落として、早目に寝台に横になった。別れて来た戦友や雲南

国境で戦っている弟のこと、新任地のシンガポールのことなど、静かに思いを走らせていると、元気のよい声で、

「当番。お茶持って参りました」

と、一等兵が冷たい茶をはこんで来た。

「有難う。少し熱があるので、軍医に診断に来てくれるよう頼んでくれ」

「はい。軍医殿に連絡します」

どこかで見たような気がするが、どうしても思い出せない。

「おい、お前は誰かね。どこかで見たような気がするが」

「そうですか」

微笑しながら、不動の姿勢で立っている。

「私は、映画俳優の沢田清です」

「ああそうか、二枚目の俳優か。召集で御苦労さんだね」

しばらく二人でなつかしい祖国の思い出話で時を過ごした。トングーには、高田浩吉氏が一等兵で召集されて来ていることも分かった。如何なる職業にあろうとも祖国に対する義務は、平等に背負わなければならない。国民皆兵とは最も近代的民主的な制度であると思った。話している間に、急激に熱が上がって四〇度を越えた。戦闘の疲れでデング熱が再発したのだ。軍医の診断の結果は、「入院して治療せよ」「いや、入院しない。シンガポールの新任地へ、予定どおり行く」と聞かなかった。

乗船まで三日間、熱で随分苦しんだ。異国の戦場での沢田一等兵の暖い看護は、永く忘れぬ感謝の思い出となった。

六月四日、熱でフラフラになりながら、乗船した。インド洋の荒波も熱のため知らずに航海してしまった。

六月十三日、九日間の航海を終わって、無事シンガポール港へ入港した。高熱をおかして、航空廠の本部を設ねた。部隊長の安田大佐と中隊長の平野少佐に、

「飛行第七十七戦隊付陸軍准尉田形竹尾、ただいま当着致しました」

「待っていたぞ。試験飛行係として勤務するように」

部隊長は、こうして、副官に宿舎その他を指示された。部隊本部の前がカラン憲兵分隊であり、その横の二階建てのモダンな西洋建築の家屋を宿舎としてもらった。

シンガポール第一夜は、発熱のため、苦しい夜であった。翌日、岡軍医の指示で、シンガポール陸軍兵站病院に入院治療することになった。新任地のシンガポールで、しばらく働くぞと張り切って着任したのに、入院とは誠に残念でならない。寝台に横たわって、病室の窓の向こうに見えるゴム林をぼやっと眺めていると、七つか八つくらいのマレー人の子供たちが、西洋紙に自分が書いた日章旗を持ちながら、

　　遺骨を抱いていま入る
　　シンガポールの町の朝

あの哀愁をおびた「遺骨を抱いて」の歌を片言の日本語で無心に歌っている。その子供の

姿につい泣かされてしまった。

デング熱が日毎に悪化したので、ついに台湾に送還されることになり、シンガポールより六月二十一日、香港陸軍兵站病院に後送された。病院は、香港の海に面した山の中腹より少し上、香港の港を眼下に望み、遠く広東九龍に視界は開け、風光明媚、天下の絶景であるが、軍務を離れ、療養中の私の心を慰めてはくれなかった。

昭和十八年六月当時、陸軍では、陸軍看護婦、赤十字看護婦、特志看護婦（台湾人）の三つの区別により、看護婦の編成がなされていた。私の担当は台湾台南州鹿港街出身の、台南州で一、二を競う財産家の一人娘で嘉義日本人女学校卒業生の一八歳の清潔な台湾人チンシ・ゲッケイ嬢であった（二年後に台湾臨港で星飛行団長と一泊、奇しき再会をした）。私が入院して二昼夜は、四〇度以上の高熱にうなされたので、チンシ嬢は徹夜で私の看護に当たってくれた。療養の結果は、一週間で退院出来るようになった。健康に自信を持ったので、軍医に頼んでシンガポールに復帰を許可してもらった。

お世話になった衛生兵二名と看護婦三人で香港の町を見物した。そして香港港から五人の見送りを受けて、船で広東に向かった。二〇日ぶりで、白衣を軍服と着替えたが、やはり軍服を着ている時が、一番幸福であると船上からジャンクを眺めながらしみじみと感じた。

広東ホテルの五階に宿泊。天河飛行場の飛行師団司令部に連絡に行った。飛行場には飛行第二十四戦隊の隼が二〇機ほど翼を休め、上空には、四機の一個小隊が哨戒飛行を行なっている。

「隼の戦隊長は誰だろう？」

と思い、司令部の将校に聞いてみた。

「戦隊長は、誰ですか」

「二十四戦隊長は、松村少佐です」

「なに、松村俊輔少佐」

と私は、想像もしていなかったことだけに、思わずなつかしさがこみ上げて来た。

松村少佐とは、昭和十三年の夏に華中南京で別れてから四年ぶりだ。

司令部の車を借りて、飛行場の向側の戦隊本部に向かってはやる心を押さえて車を飛ばした。豪快な松村少佐は、対空監視哨屋上の陽当たりのいいところで水虫の治療をしておられた。


私は階段を飛び上がるようにかけ上った。松村少佐は、私の初年兵時代の教官だ。

「松村少佐殿、田形准尉です」

「おお、田形か！　生きていたのか」

と目を細めて呼ばれた。

口髭とあご髭を伸ばした風貌は、絵に描いた漫画の部隊長のような愛嬌さえうかがえる。

「古賀貞中尉が、中隊長で元気にやっているぞ」

「なんですか、古賀中尉殿ですか」

「そうだ。古賀中尉は、今哨戒飛行中だ。着陸したら会って行け、喜ぶぞ」

華南の広東などで、大刀洗、華中、華北で共に過ごした先輩の古賀中尉に明野飛行学校以来一年ぶりに遇然に逢えるとは、夢にも考えぬ喜びであった。

「田形准尉、戦いは激しくなるぞ、自重して戦えよ」

「はい、戦隊長も御無事で……」

「長生きしろよ！」

「はい、失礼します」

虫が知らせたというのか、私は、松村少佐の最後の言葉を聞いた時、思わず涙が頬に伝わって流れた。豪快な松村少佐の日にも涙が光っていた。これが松村少佐との永遠の別れとなってしまった。

さて、間もなくして、地上に降り立った古賀中尉は私の顔を見ると、温顔をほころばせながら、

「おい。田形准尉ではないか！」

「はい。古賀中尉殿も元気で何よりです」

と、嬉しさの余り、強い力で握手を交した。古賀中尉は、中隊の指揮を先任将校に命じて、私を宿舎に案内した。戦地には珍しいアサヒビールで再会を喜び、お互いに健闘を祝し合った。話題はすぐ私たちの生命であり任務である空中戦の話で、しばらくの間花が咲いた。

日本――米、英、中の戦士の闘魂は、戦技は戦法は、機数は……。

開戦当時は、隼は世界一の優秀機であった。しかし、戦局の要求にともなって、各国とも

国の運命を賭けて新鋭機の開発に努力している。旋回性能は申し分ないが、もう少しスピードがほしい。と古賀中尉は言われる。私たちは、ビルマで旧式の九七戦で戦った。スピードの点では、古賀中尉以上に苦労し、そのために、人材を失った悲しい体験をもっている。スピードが欲しい。このことは同じ戦闘機乗りとして思う気持ちに変わりはなかった。

古賀中尉が華南方面の航空作戦に参加して、まだ三ヵ月余りだが、古賀中隊の撃墜破は約三〇機を数え、中尉自らも八機撃墜していた。この戦闘で桂林その他で三名の部下を失ってしまったよ。と、しみじみと語る古賀中尉の眼差しの奥には、きらりと光るものが宿っていた。

功を誇るでなく、亡き部下を想い、その遺族の気持ち、残された遺族の行く末に思いをはせるかのように、私の初年兵時代の助教であり班長であったこの人情中隊長は、たった今舞い降りて来たばかりの大空の一角をにらんでいた。心の中で、あるいは、泣いていたのかもしれない。

「若い二〇代の聖純な魂が、果てしなき大空に、花火のようにぱっと咲いては散って行く。可哀想ですが、戦争ですから、仕方のないことですよ」

「そうだ、祖国の運命を背負って、我々は、戦っているのだ。心を鬼にして戦うぞ」

「そうです。愛するものを守るために、亡き戦友の分までやりましょう。いずれは靖国神社に行くのです」

「そうか。靖国神社で皆集まるんだったなあー」

心のやさしい古賀中尉は、亡き部下のために涙を流し、ぽつりとそう言って、それでも心残りのあるような微笑を浮かべて、ビールをぐっと一息にのみほした。その表情は次第に明るさを増し、瞳はやがて、からりと澄みきっていった。

「ところで、君はシンガポールで、テストをやっているのか」

「はい。ビルマからシンガポールにきました。半年の約束さえ果たしたら、また第一線に出て戦いますよ」

「君はまだ独身か？」

「はい。嫁の来てがないので、一人です」

「若い未亡人をつくりたくないからね」

祖国に残して来た愛する妻子に想いを走らせているような表情であった。

「そうです。一人の方が気楽です」

そうか、そうか、と古賀中尉は、大きな声を出して笑った。私も愉快に笑った。

腕時計の針が十時を少し廻っていた。古賀中尉は名残惜しそうに、

「名残はつきないが、明朝の出撃は六時だからね。これで別れよう。生きていたらまたどこかで逢えるだろう。死ぬなよ」

「はい。古賀中尉殿も元気で戦って下さい。私は明日の朝、軍の九七式輸送機で、シンガポールに帰ります」

私はなぜか、中尉と別れたくなかった。今ここで別れたらまたどこの空の下でめぐり逢え

るだろうか。大空に生きるものの生命は、明日にでも、いや、きょうたった今にでも果てるとも知れないのだ。

ホテルへの帰途、広東陸軍兵站病院に寄ってデング熱の薬をもらったが、その折り、同郷の井星正光上等兵に偶然に逢ったのは、思いがけない喜びであった。

翌朝の七時、私が広東飛行場へ出向いていった時、すでに隼が三機しかいなかった。二十四戦隊の主力は、桂林攻撃のために払暁に出撃して行ったのだ。

七月十三日午前七時十分、私は軍の輸送機に便乗して、広東飛行場を離陸、一路、海南島三亜飛行場に向かって飛んだ。

弟盛男が一年駐屯していた広東の町が次第に後方に流れ、小さく遠くなって行く。華南の海岸線を機上から眺めて、今ごろは勇将松村戦隊長に率いられた古賀中隊長らが、優勢な敵の空軍と喰うか喰われるかの死闘を展開しているであろうと、その光景を脳裏に描きながら、その無事を祈った。

三亜飛行場で、燃料を補給し、一時間休憩した。三亜基地は、海軍航空隊と艦隊の基地として活気を呈していた。

広東―三亜―サイゴン―バンコックと、三亜、サイゴンの着陸、夕刻にはタイ国のバンコックの飛行場に無事についた。

顔馴染みのメナムホテルに一泊。翌朝、バンコック駅より、シンガポール行きの一等列車に乗り込んだ。一等車は、日本の将校、軍属、タイ国要人、マレー人、インド人で、大混雑を呈していた。私の隣の席には、特務機関の私服の将校と、風格あるインド人数名が乗車していた。

タイ国領は、水田と川とクリークなど、文字どおりの一望千里の大平野であった。マレー領へ入ると風景は一変した。ゴムと錫の世界の豊庫といわれるだけに、車窓に映ずる風景は延々と続くゴム林と数え切れない錫の露天掘であった。石油、ゴム、錫これが経済的立場から見た大東亜戦争の原因の一つである。と思うと感慨無量なものがあった。一人静かにこのような思いにふけっていると隣の席の風格あるインドの紳士が、

「貴官は、飛行機乗りですか」

「はい、陸軍の戦闘機乗りです」

「どちらから来られましたか」

「ビルマ作戦からシンガポールに来ました」

「私は、飛行機が好きですから、シンガポールまで話しながら、一緒に行きましょう」

ただのインド人ではないと思っていたら、インド独立の首領、チャンドラ・ボース氏の右腕といわれたインド軍陸軍中将ヒワリ・ボース氏とその幕僚であった。(ヒワリ氏の夫人は新宿中村屋の娘さんで、その長男は日本の陸軍歩兵伍長として、後日、沖縄戦で名誉の戦死を遂げられた)

バンコックからシンガポールまでの二日間の汽車の旅は、ヒワリ氏との奇縁で予期しない楽しい旅であった。

大東亜戦争の前途、アジアにおける日本国家の責任、インドの独立などの問題から、日本精神、東洋哲学、アジアの歴史に至るまで、人間として、アジア人として、日本人として心の窓を開くに価する貴重な会話であった。その中で、二六歳の青年田形に大きな問題を投げかけたものは、

「短期決戦なら、必ず勝つ。長期戦になれば世界が相手であるから、日本が危ない」

「大東亜戦争は、日本の大勝利に終わるよう祈っているが、戦争の勝敗は別として、この戦争が世界の植民地の歴史を大きく書きかえる。それは米、英、仏、蘭、ソによる植民地支配下の民族が、日本人の勇気によって眠れる魂を呼びさまし、必ず民族自決をめざして、独立する」

この時は飛行機の操縦桿を握って戦うこと以外、政治も経済も哲学も知らない若い私には、この明解な結論を肯定も否定も出来なかったが、私の心の奥の意識の世界には、この言葉は、はっきりと焼きつけられて消えなかった。戦後今日、当時のヒワリ氏の予言が実現され、その定見とインド民族とアジア民族を愛する熱情に対して敬意を表し、氏の霊に合掌を心から捧げたい。

「インドが独立したならば、田形准尉を大統領専用機のパイロットとして迎えたい。今からはっきり約束しておく……」

若い私は、大きな夢を描いて

「戦争が終わり、インドが独立したら、必ずインドに参ります」

と、堅く約束していたが、無惨な祖国の敗戦で私の夢もついに実現出来なかった。シンガポールではヒワリ氏と会って遊び、チャンドラ・ボース氏も紹介された。当時は面識はなかったが、戦後格別の御指導を賜わった陸軍一の名将といわれた開戦当初の大本営作戦部長、田中新一中将、その副官の逸材、我堂中尉らと、ヒワリ氏との交友を通じて軍司令部でお目にかかっていることが戦後判明した。

テストパイロット

香港からシンガポールに帰った私は、

「陸軍准尉田形竹尾は、昭和十七年七月十六日付をもってセンバワン出張所所長を命ず」

このような命令を受けて所長の責任と試験飛行係を兼務することになったので、目がまわるように、忙しい毎日だった。

けれども第一線の労苦にくらべれば申しわけないようないい環境の下で、部隊の指揮と、テストを通じて、数多くの飛行機の特性と、高度の操縦技術を学ぶことが出来た。自動車の運転が一人前になったのもこのころであった。

第十六野戦航空修理廠は、本部をシンガポールのカラン飛行場に置き、出張所はシンガポールのセンバワン飛行場、ジャワのバンドン飛行場。スマトラのパレンバン飛行場などにあり、南方戦線の大半の補給と、修理の重大任務を持っていた。私が所長を命ぜられたセンバワン出張所は、下士官、兵三〇名、軍属の雇員三〇名、マレー人、インド人、中国人など現地人約三七〇名（一〇〇名は婦人）合計四三〇名を越える大世帯だ。通常、大尉か、中尉がやるべき職務を一〇〇名を越える部隊付将校、准士官の中から、一番階級の下の私にまかせたのは、部隊長が私を信頼して命じたのか？　あるいは私の反骨精神を嫌って本廠から追放？　したのか、私には分からない。しかし、いずれにしても、重大な上級職についた以上、完全に任務を達成しなければならない。

センバワン出張所は、部隊中で一番成績の悪い出張所で軍紀、風紀は乱れ、上官と部下の間は精神的に離反し、マレー人、インド人、中国人の民族意識は対立し、前所長のA中尉は「その任にあらず」とついに解任されたという。いわば部隊一の不名誉な「ごろつき部隊」であった。

「よし、部隊長の信任、不信任は別として第一線部隊中、一番の模範部隊に完成してみせるぞー」

若い情熱と、夢を描いて、戦闘機で鍛えた不屈の闘魂を全身に秘めて、七月十六日、本廠より八キロ離れたセンバワン出張所に車で単身乗り込んだ。あらかじめ、電話で連絡をしておいたのに、出張所の本部で私を迎えたのは、先任下士官の田口軍曹と週番の山本軍曹と、山田上等兵の三人だけであった。

「俺が所長を命ぜられた田形准尉だ。よろしく頼む」

「田口軍曹であります」

「山本軍曹であります」

「山田上等兵であります」

「皆はどうした」

はい。と答えて、三人が困った表情で顔を見合わせている。私は、「はあー、皆遊んでいるな」と直観で感じた。

「よし、田口軍曹、車を準備せよ。所内を巡察するから、案内せよ」

私は格納庫、飛行場、運動場（プールなど）を巡察し、飛行場警備隊長に着任の挨拶をして、三〇分で、本部に帰った。

「午後一時、全員本部前に集合せよ」

田口軍曹に命じて、所長室に落ちつき、田口軍曹より全般の報告を受けた。私は、この目で見、肌で感じ、田口軍曹の報告を聞いて「聞きしに勝る、ごろつき部隊だ」と、あらためて驚いた。

一、なぜ軍紀、風紀が乱れたのか

二、なぜ皆働かないのか

三、なぜ現地人が働かないのか

四、前任者はなぜ解任されたか

五、俺はどうすべきであるか

このようなことを考えて、全員の集合を待った。週番上等兵が集合終わりを報告して来た。

私は、部隊正面に立ち、敬礼を受けた。

「私が所長を命ぜられた田形准尉だ。よろしく頼む。解散」

私は、一言の訓示も指示もあたえず、解散を命じた。それは二日間で実情を把握する。五日間で軍紀、風紀を確立し死にもの狂いで働くようにする。それは私には自信があった。昭和十三年の曹長時代より五年間の人事係としての苦労の体験と自らが学んだ指揮と指導法をもっていたからだ。

その基本は、
一、人の性は、善なる面と愚なる面がある。
二、戦争中の軍人に悪人はいない。いるとしたら、すべて指揮官の責任だ。
このことについては、私は自信を持っていた。実情を把握するのに、二日を要せす、着任した第一日で、大体実情を知ることが出来た。

午後八時の点呼の際、週番下士官を通じて、全員に次のことを伝達させた。

所　長　命　令（昭和十七、七、十六）
一、任務終了後、勤務に支障のない者は、毎日午後六時より十二時まで、シンガポールに外出を許可する。但し、班長の指揮による。
二、要望、不平、不満のあるものは、裸で（階級を抜いてという意味）所長室に行け。時間は、午後八時より朝起床の六時まで。
三、明日より不寝番勤務を廃止し、現地人をもって、勤務せしめる。

四、明日より酒保を拡大、娯楽設備を設けるので、休養時間中は、大いに利用せよ。
五、今後貯金の強制はしない。皆の自由意志にまかせる。但し、国に残した妻子、家族のことを忘れないようにせよ。
六、現地人に対し、不法な暴行を加えた者は直ちに軍法会議に付する。
七、現地人の婦人に対して暴行強姦をせしものは、その罪を所長名をもって、出身市町村長に通報し、即日帰国せしめる。
なお通達として、少しでも健康状態の悪い者は、所長面接によって、完全に回復するまで休養を命ずる。

このような命令は、おそらく全軍を通じ私ぐらいのものだと思う。私は「働け」ということを一言もいっていないのだ。

点呼が終わると同時に、いれずみをした召集兵など、裸で次から次へと、筋の通らない文句を言って来た。その夜は、下士官兵、軍属が、半分は無断外出をしている。残った連中は、酒を飲んで暴れている。

「さあー、一週間したら、皆を生まれ変わらせるのだ」

と、私は、その日までの指揮官の苦労が、得難い人生体験になるに違いないと確信した。

着任第二日、今日も一部をのぞいて大半の者がのらりくらりと時間をかせぎ、働いている者はほとんどいない。

私は、部隊で一番優秀な松本上等兵を同行して、トラック二台で、飛行師団司令部野戦補給部に行って、外出者用として米、缶詰などあらゆる食糧を二台のトラックに満載した。帰途シンガポールの町で、自費を投じて、ラジオ、碁石、将棋、花札、ピンポン玉、テニス道具、野球道具、ボールなど、大枚二ヵ月分の給料を投じて、娯楽用品を買い集めた。さらに約二〇軒の中国人食堂、喫茶店を山田上等兵と飲んだり、食べたり（おかげで腹の調子を悪くした）しながら、美人で清潔な姑娘を捜して廻り、素晴らしい姑娘を発見、雇主を口説いて、同年兵の黒木憲兵曹長を保障人として、半年間高給で給仕として雇い入れた。さらに中国人コック三名を雇った（この四名分の給料は軍から出ないので、私個人の負担とした）。

こうして一日の間に昨夜の命令どおり、まず衣食住のうち私の権限と努力で出来る最高の配慮を払った。さらに、精神的環境作りに努力した。

一、娯楽室を設け、運動用具を整備した。
二、本職のコックによって、料理を改善した。
三、給仕は、当番兵を二名とし、姑娘二名を充当した。
四、不寝番は、兵の勤務を中止して、純朴なインド人四名（大政、小政、石松、次郎長と命名）を二名ずつ、一日おき勤務を命じた。（警備については、その反面、所長、週番下士官、週番上等の勤務と責任をさらに重くした）
五、希望者に全員、休養時間を利用して自動車の運転を指導した。
六、私が試験飛行を実施するとき、階級の序列順に、軍人、軍属は全員、現地人は班長以上を飛行機に同乗させ、航空危険手当を支給した。

七、下士官、兵、軍属の外出は、引率外出により、毎晩許可した。

現地人労務者に対しては監督兼通訳のインド人、クワリ・ヘリおよび班長以上二〇名を集め、次のことを命令した。

一、勤務成績によって、米を二升（約三キロ）ずつ特配する。

二、軍医の診断によって、健康上、入院、休養を要する者は、有給により、入院または休養を命ずる。

三、現在、家族に病人がある家庭は、所長が見舞し、病状により軍医の診断治療と米の特配およびその他の救助の手をさしのべる。

四、日本人から、暴行を受けたら、直ちに所長に報告せよ。加害者は、厳罰に処する。

五、現地人にして、軍の機密をもらし、勤務を怠るものは、軍法会議または即刻解雇する。

さらに現地人二一名の幹部と懇談し、アジア人は、同じ血の通った兄弟である。公的には、軍紀に従い、個人的には、肉親の愛情で国境を離れて愛し合って行く、その具体的方法の一つとして、現地人の家族全員を参加させ、日本人と現地人の半分ずつが、一組となり、赤、白に分かれて月に一回、第一日曜日に運動会を開催する。その実行委員は日本人、インド人、マレー人、中国人より一名ずつ、同格として参加し、これの指導にあたる。大要以上のことを私は、第一日より実行した。

私の予想どおり一週間を待たすして、軍紀、風紀は厳正となった。業務は国の運命を賭して戦わねばならないという盛り上がる自覚から、全員が行動し、現地人も植民地解放の戦争を理解し、監督以下が団結して、仕事に励んでくれた。結論は、
一、人間としての、指揮官としての誠心を示した。
二、物と心の調和をはかり、その実現に努力した。
三、指揮官の姿勢を正し、階級の権威と実力を示した。
四、戦争遂行目的を日本人にも現地人にも、自覚せしめた。
五、民族には、国境があるが、愛情に国境がないことを示した。
六、信賞必罰を明らかにした。
さらにこれをくだけば「よく学び、よく遊べ」につきるのである。

一週間で、部隊の空気は一新した。業績も師団司令部から、おほめの言葉を頂くようになった。もちろん、業績は航空廠の第一位であった。

これからの一〇ヵ月間、一回の訓示も注意も必要としなかった。「ごろつき部隊」が「優秀部隊」として生まれ変わったのだ。部隊の指揮に何の不安も心配もなかった。これは人間の誠意と良識と闘魂の勝利であった。

私が毎日、本職のテスト飛行に、全力をつくすことが出来たのは、実に四〇〇有余名の部下の心からなる協力の賜であった。

愛情に階級なし。

愛情に国境なし。

上に立つ者は責任をとらねばならない。

上に立つ者は職務に相当する実力を持たねばならない。

このことについて、私は、軍人として、日本人として、人間として大切なものは何かと、しみじみ味わった。

戦後二二年間は、占領政策の誤りによる主体性なき革命主義、階級闘争変じた現代のエゴイズム労働運動を眺める時、自らのささやかなシンガポール時代の所長として指揮官として部下を統率した思い出が、鮮やかに脳裏によみがえってくる。労働人口は、国民の過半数を越え、労働運動の動向が日本の政治も国の運命をも左右する鍵を握っていることを知る時、ささやかな体験であっても思い出さずにはおられない。「南方派遣軍一のごろつき部隊」でも、真実の人間的愛情を示し、幹部の職制の権威を確立すれば、瞬時にして、正常化が達成され、飛行師団長からおほめの言葉をいただくまでに成長したのだ。

軍隊は、戦闘を目的とした運命共同体である。中隊（私の部隊も中隊に準じた）は、中隊長（所長）、将校、准士官、下士官の幹部と、戦力の主力である兵との職制に分けられ、絶対的な統帥権によって、運営と指導がなされた。中隊は、中隊長を父とした軍隊家庭であり、戦友愛は、階級を越え、強固な団結が求められていた。軍隊を貫いて流れるものは、祖国愛と五ヵ条の御勅諭の精神の徹底にあった。

現代の労働運動が、主体性なき革命主義と、エゴイズム階級闘争を主流としている限り、基本的には解決はない。物と心の調和の新しい哲学によって指導され、生産と分配の調和の上に、資本、経営、労働の三権が相互に尊重され、労資の人間的協力関係が確立されなければ、労働運動正常化も国家民族の繁栄に通ずる新労働運動の創造も、期待出来ない。それは所長、指揮官としてごろつき部隊を短期間に正常化した私の小さな一つの体験を通じてもいえることである。

航空機は、学理的には、安全に飛行出来るように設計されている。その航空機も操縦者によって操縦されて初めて、大空を自由自在に飛び廻ることが出来るのだ。空中に浮揚し、スピードを持つ航空機の特性上、危険率は極めて高い。操縦を一歩誤れば死である。従って操縦者となる資格は、強健なる身体と不屈の闘魂と鋭い操縦適性が要求される。操縦の適性を有する青年は、一〇〇名中一名しかいないといわれる。厳しい検査の理由はここにある。不適性の者は技倆の進歩も遅く、操縦の過失による殉職も多かった。この事実を知る時、操縦適性検査が厳重に実施された理由は、なっとく出来ると思う。飛行原理の学術的論述は、次の機会に譲って、試験飛行（テスト）に必要な「操舵要領と操舵感覚」について少し説明を加えておく。

安全に飛行するための理想的な操縦とは、「手足の一致」と、「操舵の調和」が基本であり、最も大切である。

右手は――機首の上下と、左右の向きを操舵する操縦桿を動かす（機関砲の押しボタン操作含む）

左手は——エンジンの回転数を増減するレバーを操作する（機関砲押しボタン操作含む）
両足は——左右の傾きを決める方向舵の操舵を行なう。
この操縦桿と方向舵の操舵量と速さに、レバーの操作が加わって飛行機は千変万化に姿勢を変えて飛行を続けるのである。ここに、「手足の一致」と「操舵の調和」さらに「飛行機と自然の調和」が理想的操縦の第一条といわれる理由がある。
目は——飛行機の姿勢全般と、飛行計器、運転計器、航法の地点標定、索敵、気象等をつねに確認する。
耳は——爆音、無線などを聞く。
鼻は——臭気、排気ガスなどを知る。
口は——舌と共に、酸素吸入、無線放送などをする。
皮膚は——震動による調子を感じとる。
このように、目、耳、鼻、口、皮膚など、五官の機能が、神経医学的に正常であり、記憶力、判断力、思考力など、綜合して心と神経の連絡の機能的分業が正しく調和されるところに、正しい安全なる飛行の目的が達成される。さらに神技といわれる操縦は、霊感、洞察力、直観力（五官）に基づく「心眼」が、これに加わらねばならない。こうなれば、操縦道の奥義に達し、剣聖宮本武蔵の「悟り」の境地に達することが出来る。波多き人生にも、この原理に通ずるものがあると思う。
テストパイロットは、各器官の正しい活動としての五官の働きに、霊感と五官が一体となった六感が働かねば危険で高度な技術を必要とする試験飛行は、担当出来ない。脳中枢部が意識し、命令を出すと同時に、無意識の間に手足の操舵が終わっていなければならない。この問題は、五年、一〇年と長期にわたって高度な訓練を積み重ねていると、自らが驚くほど、短い時間に操作ができ、空中戦において、「殺気」を感じ、「心眼」で敵機が見え、爆撃において、計器と霊感が一体化し、偵察においても見えない物体が、心の目に映ずる。

高度な戦技と、操縦術の奥義を体得して、心と、技と、科学が一体となって、飛行目的を達成出来るようになると、一人前のテストパイロットである。

新鋭試作機や分解点検整備された危険率の高い機の飛行審査を行なうテストパイロットは、操縦の困難さを学び、あらゆる経験を積み重ねた操縦一〇年前後の者でなければならない。一般的な基準を階級で示すと、陸士出身者なら少佐か、下士官出身者なら准尉、少飛出身者は古参曹長以上でなければは、その完全な任務の達成はできない。これが科学の粋を集めて作られた航空機の操縦というものである。

航空機を大別すると、二つに区分することができる。

一は、作戦任務を主体とする軍用機

二は平和的な輸送業務に服する民間機

軍用機は、任務によって五つの種類に分けられていた。

一、敵機と決戦を交える戦闘機

二、敵要地を爆撃する爆撃機（攻撃機）

三、敵情を偵察する偵察機
四、基本操縦を習得する練習機
五、軍事輸途に従事する輸送機
軍用機は、以上の任務を目的としてそれぞれ設計されている。

第二次大戦においては、戦に勝つためには、制空権を獲得しなければならなかった。制空権は戦闘機によって敵を制圧する方法と、爆撃機（攻撃機）による敵基地の爆撃、攻撃機による母艦の雷撃による戦法がとられる。

戦場では、不思議な「戦場心理」というものがついてまわる。これを克服するためには「死」に徹する以外にない。いわゆる剣聖宮本武蔵が到達した「剣禅一致」の極意が戦士に必要である。このように高度なものを要求される軍用機をテストするパイロットは、「自らが、戦っている心境になって」あらゆる角度から、正確、精密な飛行審査を実施しなければならない。大胆、細心神速な性格こそ、テストパイロットの生命であった。

航空機の性能、飛行状態、効力などをテストすることを試験飛行と称する。

私は五月二十五日付で、第十六野戦航空修理廠付を命ぜられた。思い出のビルマ戦線と親しい戦友に別れを告げて、ラングーンよりインド洋を航海して六月十三日、シンガポールに上陸した。

試験飛行係主任を命ぜられた当時、私は操縦七年、飛行時間二〇〇〇時間を記録し、習得機種は次の七機種に及んでいた。

既修飛行機

一、戦闘機―九二戦、九五戦、九七戦
二、練習機―九五式一型、九五式二型
三、偵察機―乙式一型（サルムソン）
四、輸送機―九七式双発（ＡＴ）

野戦航空廠には、
　田口中尉（陸士五十二期、偵察出身）
　渡辺准尉（操縦六十八期、重爆出身）
　渡辺軍曹（少飛六期、偵察出身）
三名の操縦者がいたが、私は一番古参だから、責任は重大であった。戦闘機、偵察機、爆撃機と、新鋭機一三機種をあますところなく、試験飛行を実施した。何分野戦のことで、操縦教程書もなければ教官もいない。単発双発とも経験があるので、試験飛行には自信があったが、操縦は学べば学ぶほどむずかしいことも知っていた。だから決して自惚れたり、無暴はやらなかった。
一機ごとに地上で真剣に研究した。試験飛行を兼ねて、大型、小型機一三機種の未修飛行を一ヵ月間に終わった。短い期間に異なった多くの飛行機を一回の事故もなく、操縦を習得したことは、危険と不安を克服した結果だけに、目に見えぬ敵を征服したような心暖まる楽しい気持ちであった。

一〇ヵ月間で延べ七五〇機の試験飛行をやった。極度の緊張感の連続で、さすがに心身の疲労感を意識した。このような状態で未修飛行の初飛行から私独自のテスト方法を研究し完成した。

戦闘機「一式二型」＝隼＝

一式戦は、低翼単葉一一五〇馬力、最大時速五一五キロ、空冷エンジン、単発一人乗り、太平洋戦争前半は海軍の零戦と共に、日本の傑作機として、米英の心胆を寒からしめた。航続距離は一六〇〇キロであった。

一式戦は、九七戦と外形上機体は大差ないが、主なる相違点は、車輪を油圧装置の操作によって翼下面に引き込むようになっている。空戦フラップと呼ばれた「蝶型フラップ」が装置され、ガスレバーが押しレバーになっていた。

私は試験飛行を前に、脚立で機体を宙に持ち上げ、水平飛行を感得、車輪の操作、フラップの操作などをテストした。次に試運転によってエンジンの調子と、諸元を把握した。最後に地上滑走によって、三点姿勢と操舵を確認した。（小型機は、三〇〇時間以上の飛行記録を保持する者なら、地上滑走が自由に出来れば、安全に飛ぶことは可能であった）

いよいよ隼の初飛行だ。誠心こめて整備にあたった整備員が、緊張して見守る中で、隼に搭乗、操縦桿を握った。まず試運転をしたがエンジン快調、運転計器異状なし。

「車輪止めはずせ」

　右手を高く上げる。整備員が、車輪止めをはずす。地上滑走で出発線に向かう。風向西風、風速七メートル、天候快晴、絶好の飛行日和である。エンジンを全開にする。離陸操作と要領は九七戦と大差なし。二五〇メートルほど滑走して軽く浮揚する。安全を期し上昇角度を浅く、二〇〇メートルまでは上昇速度を二四〇キロに規制し、安全速度を大にして上昇する。高度三〇メートルで車輪を上げた。グット安定が良くなり、速度も増加する。舵は九七戦より軽い。三〇〇メートルで第一旋回、二七〇キロで水平飛行に移る。右翼下にジョホール水道が見え、左翼前方にテンガ飛行場が見える。第二旋回、第三旋回を終わって車輪をさげ、着陸降下する。三点接地で、快心の着陸であった。

　そのまま、第二回離陸する。高度二〇〇〇メートルまで上昇、水平飛行に移る。全速水平飛行三分間、みるみる最大速度五一五キロになり、機体が小さく振動しながらスピードの快感を全身で味わう。二往復して、宙返り、横転、反転など、連続特殊飛行を約一〇分間実施する。九七戦より、はるかに操舵は楽で軽い。当時、世界最高水準の素晴らしい高性能の戦闘機で、唯一回のテスト飛行で私はすっかり魅せられ、好きになってしまった。この隼で英国が誇るスピットファイヤー、ホーカーハリケーン、米国のカーチスP40トマホーク戦闘機らと決戦を交えたいという強い衝動を感じた。日華事変は旧式の九五戦、大東亜戦も旧式の九七戦と共に新鋭機に恵まれず、私の所属戦隊は全く不運であった。このような感慨にふけりながら最後に一六〇キロの低速度飛行で二分間ほど飛んで失速点を感得した。

高度二〇〇〇メートル、二七〇キロの巡航速度でシンガポール島上空を二周する。

タイとビルマに国境を接し、南方に長く横たわるマレー半島の南端にあって、マラッカ海峡を扼するようにセレタ軍港がある。世界最大の海軍国英国が、過去一世紀にわたって、東南アジア侵略の牙城として、利用して来た一大要塞が下に見える。

このシンガポールもアジア解放の聖戦を信ずる日本軍の陸海空の精鋭な戦士の猛攻の前に、六ヵ月前の二月十五日に陥落した。

シンガポール島は、東西三八キロ、南北二二キロ、面積五七〇平方キロで、わが淡路島より、やや小さい。島には、私が所長として勤務するセンバワン飛行場、セレタ飛行場、テンガ飛行場、および平時は国際飛行場として有名なカラン飛行場が見え、かつての英空軍の基地は、米英蘭豪攻撃の戦う兵站基地に変貌を遂げ、日の丸の標識もあざやかに、日本機が翼を休めている。

悲劇の名将山下奉文大将が、二月八日、シンガポールの総攻撃を命じて、二十五軍の精鋭を一斉に渡河せしめたジョホール水道が、赤道直下の強烈な太陽に照らされ、ギラギラと光って見える。

ふと、二ヵ月前に、ビルマで別れた弟の盛男が、決死の戦友と共に渡河している姿が、脳裏に浮かんで来た。心の中で、その無事を祈った。これが血の通った兄弟というものの真の姿であろう。

この島で何千名という日本の青年の尊い血が流されている。これを私たちは、永遠に忘れてはならないと心に強く刻み込んでおいた。飛行時間一時間二〇分、こうして未修と試験飛行の第一回は、無事に終わった。ここで当時陸軍が保有し、私がテストした新鋭機の数々を紹介しておこう。

偵察機「一〇〇式」＝新司偵＝

太平洋戦争の初期に時速六〇四キロ（二型）の快速を誇り、世界一を競った陸軍自慢の国産機であった。私の操縦一〇年の間、飛んだ二四機種の中で一番乗り心地良く、信頼性の高い忘れられない優秀機であった。低翼単葉の小型機で一〇八〇馬力二基を装備し、悠々片肺数百キロは安全に飛ぶことが出来た。二四七〇キロの航続力を有し、九州から北海道までの偵察も可能であった。

一式戦に準じて、地上において各種操作の研究を実施する。フラップ、車輪、燃料、滑油、電気、油圧、無線などの各操作、各系統を習得した後、機関係として整備の田口軍曹を同乗せしめて、機上の人となる。滋賀県八日市飛行場より、熊本県菊池飛行場まで陸士五十二期の上田秀夫中尉、村岡英夫中尉、小林公二中尉、坂戸篤行中尉、伊豆田凡夫中尉の五名をATで輸送して以来、双発機の操縦は、まる一年ぶりであった。

専門の戦闘機の場合より、慎重に地上滑走を練習し、二本のガスレバーの操作も左右同一操作出来るようになって出発線についた。単発機の場合より無意識に緊張する。

ガスレバーを全開にする。二一六〇馬力のエンジンは心強い爆音を飛行場一杯に轟かせて、軽く浮揚する。高度五〇メートルで車輪を上げ、速度二四〇キロでグングン上昇する。三〇〇メートルで第一旋回、そのまま一五〇〇メートルまで上昇する。この間に左右のエンジンレバーを完全に調和の感覚を取り戻したのは、何よりも嬉しかった。

一式戦に準じて、高速、低速、急上昇、急降下、急旋回の各種操作を実施して、最後に片肺飛行を左右二回ずつ実施して、高度五〇〇〇メートルまで上昇した。仏印、タイ、ビルマの戦場以来、初めて高空を飛び思わずひやりと肌に寒さを感じた。地上は、炎熱焼くが如き暑さだ。しばらくこのまま飛んでいたい。大自然とは不思議なものである。

飛行時間一時間、無事初飛行も終わった。想像以上にすばらしい飛行機で好きな御馳走を食べた後のように、心地良い感じであった。

爆撃機「九七式一型」

一〇〇式偵の場合と同じ要領で地上で研究の後、離陸する。九五〇馬力二基、巡航速度二六〇キロ、最大速度四三二キロ、各種操作を実施してみたが、低速飛行一九〇キロで失速点近くなると小型機より（九七重は七人乗り）体に感ずる感じが鋭敏で、失速後の危険性が大きいように感じた。

巡航速度二六〇キロより片肺飛行に移ったが、機首の振れをとるのに相当強い力を必要としたが、「ボラン」で調整するとATの場合より操縦は楽であった。

テスト飛行においてどうしても触れておかねばならないのは「熱帯地における凍結」の問

題であり、戦士が南方戦線で体験し、凍結によって戦死した数も少なくない。

人知の発達と時代の進展は、人類六〇年の夢を実現して、大空をついに開拓した。ここに空飛ぶ航空機と気象の関係が、まことに重大な問題となる。気象学は、地球大気に関する学問で、基礎気象学、応用気象学の二つに大別、航空気象学は応用気象学に属するものである。航空機の活動に必要な一切の気象を研究し熟知していなければ、操縦者として安全に飛行し任務を達成することができない。航空に及ぼす気象要素、天気判断、気象通信などに関する知識が必要である。気象は生きものだ。つねに変動し、死物である地形などとはその趣を異にする。だから、気象が航空に及ぼす比重は大なるものがある。

地球を取りかこむ気体を「大気」といい、地球に接する大気の一部を「空気」という。大気は地球引力のため、飛散せずして、地球を包んで、地球の表面に圧力を加える。この大気の圧力を「気圧」という。気圧の種類を大別すると、低気圧、高気圧の二つに分類される。「気圧」と「空気密度」と「温度」と、雨、雪、雲、霧、霰などが航空機の飛行中の「凍結」に重大な関係がある。その中で、特に「気温の逓減率」の問題を忘れてはならない。気温は、高度を増すに従って逓減する。その割合を気温の「逓減率」という。気温の逓減率は、その地の位置、地形、季節、時間、天候などにより異なる。通常一〇〇〇メートルにつき、〇・五度から〇・七度の割合で四〇〇〇メートルまでは〇・五度内外、五〇〇〇メートルまでは〇・七度内外、一万メートル以上はほとんど零に近い。

極寒の満州などより酷暑の南方の方が逓減率が高く、従って凍結も暑い南方の方が多い。

昭和十七年の暮れ、シンガポールのカラン飛行場（占領前の国際空港）より、九七式爆撃機を操縦、上昇限度の八三七〇メートルまでの高空飛行を実施した。試験飛行の目的は、高空における、エンジンの調子、操舵感得、酸素吸入器の状態などのテストであった。

課目を終わって六〇〇〇メートルまで急降下で高度を下げた時、南方特有のスコールが前面を覆った。この時の気温は三〇度F（マイナス一℃）、地上は約一〇〇度F（三六℃）であった。角度一五度、速度三五〇キロでスコールを突破した。二〇〇〇メートル降下した時、急激に機体に震動を起こし、全身にグーッと抵抗を感じた。エンジン、機体を点検したが、特別に異状はない。瞬間「凍結」ではないかと思って、水平飛行に移り、伸び上がって翼の前面を良く見ると、真っ白くなっている。抵抗は依然として感ずる。速度をぐっと落として、低速飛行を続けて凍結を防ぐ、約七分間で震動がなくなり、凍結が治った。これは、急激なる温度の低下とスコールの影響によって生じた凍結であった。

この日より、二年半前、満鮮国境の白頭山上空でかるい凍結を起こした。これが二度目の経験で、寒地でも熱帯地でも共に凍結することを学んだ。その後、翼に電流を通して凍結防止の方法も実現された。

整備、試験飛行、部隊の指揮と多忙な日常を過ごしていた。

こうしている間に、ニューギニア方面の戦機は刻々と熟しはじめていた。

陸に、海に、空に、はげしい消耗戦が展開され、陸軍航空隊の損害も急速に増えてきた。

敵は次々と優勢な航空兵力を投入し、空の主導権を握りつつあった。

昭和十七年の十月末、飛行第一戦隊、飛行第十一戦隊の第十二飛行団の隼一〇〇機が岡本飛行団長指揮のもとに、テンガ飛行場に前進して来た。その中には華北、華中時代の中隊長杉浦勝次少佐（故中佐）が、十一戦隊長として飛来されたことを知った。私は、センバワン飛行場から、昭南ホテルに車を飛ばした。杉浦少佐とは、南京で別れてから四年ぶりの再会であった。

「杉浦少佐殿。田形准尉です」

「おお。田形准尉か。無事だったのか」

「ラバウル方面ですか。自重して戦って下さい」

「ありがとう。いよいよ俺も年貢のおさめどきだよ」

と軽く微笑して語られた。その表情には、決意のほどが、ありありと現われていた。

ビールで乾杯しながら、

「長生きしろよ！　田形」

「はい。戦隊長殿も御無事で」

万感こもごも胸に迫り、別れの挨拶を交して、部屋を出た。廊下を曲がる時に、ちょっと振り返ってみると、杉浦少佐は、部屋の前に立って私をじっと見つめておられた。心なしか暗い予感が、私の頭をかすめた。

この日より、一ヵ月足らずだった。ラバウルの沖で敵弾を受けて、杉浦少佐機が火だるまとなって、海中に突入したことを軍情報で知った。

あの豪快で人情味のある杉浦少佐が、散華された。

岡本飛行団が航空母艦で前例のない第一線進出をしてから一週間して、隼三十数機が、カラン飛行場に着陸した。電話で戦隊名を尋ねると二十四戦隊であった。

松村少佐は？　古賀中尉は？　と案じながら宿舎南明閣に飛んで行った。

ちょうど操縦者が宿舎の前で、トラックから降りるところであった。全員航空服に身をつつみ、腰に拳銃、手に軍刀を握っていた。その三十数名の内に、私は、古賀中尉を発見した。

「古賀中尉殿、無事でしたか」

「おお、田形も無事だったか」

と二人は、思わず抱きついた。古賀中尉は詩人北原白秋詩碑のある福岡県柳川市の立花宗茂公の旧別邸、旅館「御花」の近くに生家があり、柳河小学校、中学伝修館に学んだ秀才で、郷土の先輩、情熱の詩人、北原白秋が、夢多い、多感な古賀少年の魂のシンボルであり、人生の指標であった。家庭的には、暖い愛情に恵まれ、水郷柳川の環境と、詩人白秋の影響をうけて成長した古賀中尉は、暖い人情、情操豊かな詩情、情熱的な負けじ魂という性格の上に、明晰な頭脳と貴公子を思わせる美貌の快男子で、いわば男がほれる男であった。

情に厚い古賀中尉の眼にも、私の眼にもキラキラと涙が光っていた。

私たちは、宿舎で乾杯してから、シンガポールの海岸に出た。夜の海岸は、昼間の暑さを忘れるほどの涼しさである。砂浜に長くなりながら、私たちは、心から語り合った。海岸に茂る椰子の木の葉が風に吹かれてゆれている。そのはるか上方には、魂を魅するような南十字星がきらきらと輝いていた。

しかし、私たちの生命は、明日も知れない。身体のすみずみに若い血潮はたぎっていたが、そのすべての情熱は、戦闘以外には、何ものをも求め得ないのだ。

古賀中尉の言葉によれば、広東の航空戦は中尉と別れてから本格的になり、敵もやっつけたが、

「可愛い部下を、また三人失ってしまったよ」

と、中尉は、南十字星を仰ぎ見ながら淋しそうに語られた。

「それは、貴方だけの責任ではありませんよ」

私は、この人情中隊長を慰めるために、ただ、それだけのことしか言えなかった。言ったとて、それがなんになるだろう。私も経験があるが、部下や後輩を失うことは、自分の身を切り刻まれるより辛い。戦争とはいえ、若い聖純な魂が失われることは、耐えがたいことなのだ。

古賀中尉と別れて、半年後の七月のある日、南方戦線から飛来した一人の下士官から、古賀中尉の戦死が伝えられた。

私は、愕然として泣くことも忘れていた。肉身の兄のように慕い、尊敬していた古賀中尉が戦死――私はなにか信じられないような気持ちでいっぱいであった。

中尉は、昭和十八年六月十日、ニューギニアのブーツ飛行場に来襲した米戦爆連合三十数

機の大編隊に襲いかかったのである。

その日、基地で待機していた中隊長古賀中尉は「プロペラ廻せ!」と大声で叫びながら、愛機の方に走った。中尉は、愛機隼に飛び乗り、やがて部下数機をしたがえて、舞い上がったとみるや、敵二機の真っ只中に突入、瞬時にして、敵一機を撃墜したが、自らも敵の集中攻撃を受け、火だるまとなって南海に突入した。戦闘機の操縦桿を握って九年、三〇〇〇時間の滞空記録と、華北、華中、華南、そして南海の空に征った陸空軍の至宝古賀貞中尉は「プロペラ廻せ!」の言葉を最後にふたたび地上に降り立たず、愛する妻子父母の前から永遠に姿を消してしまった。

戦後私は、故古賀大尉の柳川市の実家を訪ね、大尉の仏前で、この私の長い回想談を母上様に語った。愛児貞大尉の在りし日を偲び、老いの両頬を紅潮させて耳を傾けていた大尉の母は、その両眼に大粒の涙をたたえていた。

昭和十八年の一月——。

久し振りの日曜日にビルマで弟と約束したブキテマ高地の故井手上等兵らのお墓参りをすることにした。所長車を運転手の(元英軍自動車隊伍長)マレー人ウ・ベンダに運転させ、他の乗用車三台に下士官一〇名を同乗させ、まず昭南神社に参拝した(伊勢の皇大神宮と同じに造られた)。次にブキテマの忠霊塔に参拝、その後にある敵国軍人の忠霊塔に参拝したが、いまだ戦争中に、敵将兵の忠霊塔を日本軍の手によって建立したことに、日本人として、深い感動を覚えた。
久しぶりで職務を離れて一日、戦場の休日を楽しんだ。
野戦航空廠一〇ヵ月間に私が、試験飛行を行なった機種は、次の一三機種であった。

戦闘機
一式「隼」（キ四三）
二式「鍾馗」（キ四四）
二式「屠龍」（キ四四）（双発）

爆撃機
九七式（キ二一）
一〇〇式「呑龍」（キ四九）
九七式（軽）（キ三〇）
九九式（双軽）（キ四八）

偵察機
九七式司偵（キ一五）
九八式直協（キ三六）

九九戎軍偵（キ五五）
一〇〇式司偵（キ四六）

輸送機

九七式「AT」（キ三四）
一〇〇式「MC二〇」（キ五七）

テンガ飛行場において、ボーイングB17（四発機、米国の空の要塞）の操縦桿を握る機会にも恵れた。

私がこうしている間に、南太平洋方面の戦機は、刻々と熟しはじめていた。陸海空にはげしい消耗戦が展開され、陸軍航空隊の損害も急速に増えてきた。敵は、次々に優勢な航空兵力を投入し、ガダルカナルの悲報や山本元帥の戦死の情報が、シンガポールにも伝わってきた。

私は、じっとしておれなくなった。もちろん南方戦線の大半の飛行機の補給と、修理の責任を持つ現在の任務もまさに重大である。近代戦は、消耗戦、補給戦であることも私はよく知っている。しかし、私の本職は、戦闘機乗りである。私の望みは、戦闘機で第一線に出て、敵機と戦うことである。試験飛行係は半年の約束であったが、早くも一〇ヵ月になった。再三、安田部隊長に転出を要請したが、許可をしてくれない。仕方がないので師団司令部に出頭、作戦参謀に何回も直訴した。

そのかいあって、昭和十八年四月十八日付で、「陸軍准尉田形竹尾は、台湾嘉義部隊に転出を命ず」という内容の師団命令を受けた。この命令を手にした私は、魚が水を得たように嬉しかった。いよいよまた第一線で戦えるのか……。

しかしこの内容が発令されたら、所内の空気が急におかしくなった。下士官、兵、軍属、現地人幹部が、本部の片隅で、あるいは格納庫の隅で、こそこそと会合をやっている。私が姿をみせると、皆散って下を向き、怒ったような表情で誰れも私に声をかけようとしない。私は不審に思って、先任下士官の田口軍曹を所長室に呼んだ。

「田口軍曹、お呼びによって参りました」

「おい、皆はどうしたのだ？　沈んだような暗い表情をしているではないか」

「はい。それは田形所長殿が、私たちを捨てて、転属してしまわれるからです」

「おい、内命はもらったが、捨てるとはひどいよ。俺が第一線に出たい気持ちは、君が、一番知っているではないか」

「それは知っていますが……」

後は声が出ず、田口軍曹は、大粒の涙をぼろぼろと流しながら、

「昨日、本部で、田形所長殿の転属の内命の情報を知りました。早速、幹部が集って、留任運動を師団司令部と部隊本部に昨日よりやっています。昨日の夕刻、下士官兵全員と、現地人軍属幹部二一名、合計八一名の連名簿を作製して提出しました。今日の所内がおかしいの

は、陳情の結果を心配して、待っているからです。田形所長殿。転属せずにせめて、もう一年、ぜひ残って下さい。部下を残して今、田形所長が去られては、あれほど慕っている部下たちが可愛想です」

ああ、そうであったのか、私は知らなかった。部下たちが私の留任運動をしている。人間として未熟な、階級も地位も低い、一介の准尉にしか過ぎない戦闘機乗りの私をこのように慕ってくれる。私が立派とか良いということでは決してない。私は、所長として指揮官として、当然の責任を果たしたに過ぎないのだが。

私は、田口軍曹が、涙ながらに語ってくれた部下の心情に対して、人の情が身に染みて、泣けて泣けてどうしようもなかった。

「おい田口軍曹、皆の気持ちは有難いが、しかし俺は戦闘機乗りだ。君も知っているようにシンガポールを飛び立った戦友たちで、再び元気な姿を見せたものはほとんどないではないか。この実情を知っている俺としては、一日も早く亡き戦友の後に続いて、戦いたいのだ」

田口軍曹は、涙を流して聞いている

「戦闘機乗りの生命は短い。一人前とは、五年から一〇年までだが、一〇年を越えると、戦力は、峠を越える。今、俺は操縦八年目だ。今戦わねば、俺の戦闘機生命はなくなる。俺も、苦楽を共にした部下と別れたくない。しかし、どうか、俺の立場も理解して、皆をなっとくさせてくれ……」

「言われることは、よく解りますが、皆が、田形所長殿と別れたくないのです」

これほどに、部下から慕われることは、上官から信頼されるより有難い。これが武人の本懐だと、今日まで私に、暖く、時には厳しく、軍人の道、人間の道を教えて下さった多くの上官と先輩に、心の中で感謝した。

しかし、このような感傷に浸っておれない。部下をなっとくさせて、心置きなくシンガポールを去らねばならない。別れの日は、二日後に迫っているのだ。

部隊から、笑いと活気が消え失せ、お通夜のような、重苦しい空気がただよってきた。

「立つ鳥、後をにごさず」

と、試験飛行と、職務上の申し送り事項の整理で多忙な時間をさいて、部隊本部を訪ね、信頼して指導してくれた平野少佐（陸士四十五期）と田口大尉（陸士五十二期操縦）の二人に相談した。

一〇〇名以上の部隊付将校の中から後任を選ばねばならない。

一、愛情ゆたかな人間性のある人物

二、部下の統率力を有する人物

三、現地人に正しい愛情を持つ人物

以上の三項を中心に、人事を相談した。

幹部候補生出身の山本大尉（年は私より三つ上の三〇歳）に白羽の矢を立てた。

三人で、安田部隊長を説得した。こうして山本大尉が後任所長に任命されることになった。

「これでよかった。後任の立派な所長が決定した。安心して、次の新任地へ出発出来るのだ」ただ心残りは、山本大尉が、ジャワのバンドン出張所へ出張中のため、本人と会って、今後の問題を相談出来ないことであった。新所長着任までは、田口大尉に代行してもらうことになった。

部下はなっとくしていないが、軍の命令は絶対である。半ば、あきらめたような空気になった。出発も翌日にせまった。二十日の朝、現地人監督のクワリ・ヘリが、

「マスター日本帰る、みなさみしい。今夜送別会する。村に来て下さい」

「よし、お伺いしよう」

一日の仕事を終わって、下士官三名を同行して、監督の家を訪ねて驚いた。監督の家の前の広場に臨時に電燈をとり、三七〇名と、その家族総出で集まり、大野外祝宴が準備されていたのだ。参加者の数は、数百名を越えている。

私が席につき、挨拶を終わると、

「マスター、これはみんなからの贈りものです」

と言って、英国製高級乗用車一台、宝石数個、服地多数、果物三輪車一台分くらいと、驚くほどの贈物を準備していた。このような現地人の厚意は、想像もしていない大きな感激であった。

「おい。クワリ、御厚意は感謝するが、日本の軍人は、英国の軍人とは違うぞ。勘違いしては困る。こういうことをするならば、俺は帰るぞ！」

好意に対する感謝は、感謝として、占領地の住民に対する愛情と指導は怠ってはならない

と考え、少し声を大きくして、叱りつけた。

「マスター、これは、皆の感謝の気持ちです。どうか、受け取って下さい」

「いや、このような高価なものは、絶対に受け取れない。君たちは、英国人から、働いても働いても追いつかないように吸いあげられて、貧乏ではないか。村には、病気をしても医者にかかれないものが大半だ。それにつけても、日本は独立国であり、君たちよりもっと水準の高い生活をしている。まして、日本の軍人は、金や物より、祖国と名誉を愛するのだ。弱い人間を苦しめたり人種的差別をしたり、そのくせ、現地人の女を犯す英国の軍人とは違うことは、知っているはずだ」

「ただし、せっかくの厚意だから、果物は、私の乗用車に積めるだけいただいて、帰隊後、皆で食べさせてもらう」

日本人と、日本軍人の名誉のために、私は断固として、私の信念をのべた。

監督は、涙を流しながら、しばらく頭を垂れていたが、やがて、すがすがしい表情で、英語とマレー語で皆に呼びかけた。一時、会場が騒然となったが、間もなく静かになり、三〇名くらいの村の幹部が集まって、何事か真剣に相談していた。後で聞くと、私の車の運転手が、「田形所長は、真心を一番大切にする人だから、質素なもので、真心のこもった贈物なら喜んで受け取ってくれる」という意味の相談をしていたのであった。

監督が、

「マスター、これは、宝石ではない、安い品物です。三七〇名の真心が、こもっているので、宝石以上のものです。これを私たちと思って大切にして下さい。今は駄目、船の中で開けて下さい」

と、小さい箱を私に渡した。

「有難う。皆の真心を喜んで頂く。私の生涯を通じて、皆のことは忘れない。これは一生大切に持っています」

「もう一度、センバワンに来て下さい」

「戦争が終わって、生き残ったら、必ずセンバワンに来て、皆と逢いたい」

このような、暖い友情の誓いを交し、夜おそくまで、歌と、踊りと、酒で賑わった。私も寸志として一〇〇円（一ヵ月分の私の給料）を置いて来た。

この日より、早くも数多の歳月は流れた。私は、現地人とのあの日の約束をいつの日にか必ず果たしたい。

いよいよ、出発の日がやって来た。

昭和十八年五月二十一日、この日は私にとっては、終生忘れることの出来ない、感激の日であった。田口軍曹と監督と協議の上、下士官兵は勤務者を一部残して主力が、現地人は全員休暇をとって、トラック十数台に便乗して、シンガポールの波止場まで四〇〇名以上が見送りに来てくれた。

一〇〇〇以上の軍人と三十数名の婦人が乗船、シンガポール―マニラ―高雄と航海するのだ。見送りも、将官、佐官、尉官と、多数の人が来ていたが、マレー人、インド人、中国人の男女三七〇名と、田口軍曹以下四〇名の色とりどりの多数が、涙で見送ってくれたのは私だけであった。

全員に、強い握手と涙で、別れを惜しんだので、手が痛くなり、涙もかれて、目が赤く充血した。

哀愁をおびた出港のドラが鳴った。

「さようなら。元気で」

「お世話になりました。また来て下さい」

「万歳！　万歳！」

さようなら、さようなら。本当に淋しい言葉であると思った。今まで、泣きながら「マスター日本に連れて行って下さい」と、ついさっきまでついて廻っていた、所長車運転手と私の秘書兼通訳でもあった二一歳のウー・ベンダ青年の姿が見えない。

私は振り返り振り返り、ウー・ベンダを捜した。甲板に立って皆に応えていると、いつのまにか彼が私の軍刀をしっかと握って「日本に連れて行って下さい」と泣き狂っている。彼はマレー人で、シンガポールから五〇キロのマラッカ海に面した名もない貧しい漁村の漁師の長男であった。開戦三ヵ月間に、英軍義勇隊に召集され、伍長に進級し、降服後、私が軍司令部の許可をとって、私の運転手に採用したのだ。郷里には、清純な一九歳の許婚が、彼を待っていた。それを捨ててまで私と日本に行くという。その心情は有難いが私は戦わねばならない。まして生死のほどもわからない。いかに友情の愛情が強かろうと、生命までもあずけると慕われようと、私は、一介の戦士に過ぎない。何で彼を日本に連れて行くことが出来よう。一昨夜は彼と二人、シンガポールの最後の夜を町で過ごし、心ゆくまで語り合って、なっとくさせたのだ。マレー人の生活程度は、一〇〇円あれば、小さい住宅を建て、結婚して、二人で新婚生活を楽しめる。そこで、特別精勤手当を五〇円と私がもらった旅費の中から五〇円を、結婚祝いとして贈った。（シンガポールで米一俵が五円であった）

私と田口軍曹の二人で、船の手摺《てすり》をしっかりと握って降りない彼をやっと岸壁まで引きずって降ろした。同時に、船は、進行しはじめた。全く、危なかった。

船上で、昨夜もらった小包をあけて見た。出てきたのは、高さ二寸くらいの黒檀で作られた像であった（現在の金で一〇〇〇円くらい）。これは三七〇名の誠心の思い出として、今なお、私の書斉にかざられている。

人間特攻・教官の苦悩

南シナ海において、二回米潜水艦の攻撃を受けたが、大事に至らず、無事フィリピンのマニラ港に入港。三日間、戦跡見学の後、バシー海峡を越えて五月二日、台湾南端の高雄港に入港、上陸した。台湾も暑い。しかし、赤道直下の南方にくらべると、日本の夏と春ぐらいの差がある。

五月五日、任地の嘉義飛行隊に到着した。ここは重爆隊であったので、すぐに師団司令部に連絡をとり、戦闘隊に転属を申請した。戦隊長も中隊長も、双発大型機の操縦が出来るので、このまま隊に留るようすすめられたが、それを断わって、次の命令が出るまで、一ヵ月間の休暇をもらって郷里に帰った。

嘉義部隊の重爆に便乗して、嘉義―大分間を飛んだが、正操縦軍曹（少飛）副操縦中尉（陸士五十四期）の若い操縦者であったので、沖縄を過ぎて天候悪化、方向を偏向して、海上飛行で迷い、福岡の大刀洗に行くのを四国の高知に飛んで、三時間半の航程を七時間四〇分という、燃料は後五分間という危機一髪で、大分海軍飛行場に不時着、一二名が助かった。「もう絶対若い操縦者の飛行機には乗らない」とこりごりした。

福岡で休暇静養中、屏東の「第百八教育飛行戦隊付」の命令を受けた。

台湾への帰途は、門司―基隆と輸送船に便乗して、六月五日、台湾屏東に着任した。

戦隊長は、少尉候補生出身の西島道助少佐で、私が所属した第二中隊長は、陸士五十三期の熊谷淳大尉であった。下士官に私の大刀洗時代の教え子の河野初美曹長がいたのは懐しかった。将校には「坊ちゃん」の愛称で部下に慕われていた陸士五十五期の高橋渡中尉らがおられた。

戦隊には、戦闘四個中隊の戦闘機隊があり、九七戦四〇機が配属され、台湾の防空と航空要員の教育が主な任務であった。

訓練に明け、訓練に暮れる、激しい毎日が一年以上続いた。この間、二ヵ月に一回は、立川、各務原、奉天などへ飛行機受領に行ったのも、楽しい任務の一つであった。

昭和十九年の六月十五日には、南太平洋防衛の生命線、サイパンが玉砕し、補給基地、訓練基地の台湾にも、あわただしい空気がただよいはじめた。

そのさなかに、開戦以来陣頭に立って戦争を遂行して来た東条内閣が、ついに崩壊した。そして、新たに小磯内閣が戦争指導のバトンを受けて誕生した。

統帥部の命令のままに戦う私たち下級の軍人は、戦争指導の戦略も戦術も、戦局の具体的実情も知るよしもないが、この東条内閣の退陣には、「戦争指導が、うまくいっていないのでは？」と、不吉な予感と共に、心の片隅に生じた不安感をどうすることも出来なかった。

この東条内閣の退陣は、必勝を期して戦っていた前線の将兵には、少なからざる動揺を与えた。さらに、軍情報によって、軍艦も飛行機も、石油も鉄も、急激に消耗し、生産は日を追って低下しつつある、という冷厳な現実を知った。

かかる戦局の緊迫につれて、陸軍、海軍、ことに陸軍航空隊の中に、肉弾体当たり戦法の気運が、誰から、どこからともなく盛り上がり、しかも、猛烈なスピードで、全軍に燎原の火の如く、燃えひろがって行った。

私が所属する台湾の屏東部隊にも、その気運は例外ではなかった。苛烈な航空戦に生き残ることは奇蹟といわれ、通常の航空作戦においても、生き残る可能性は、長期作戦になれば全くなかった。どうせ死ぬなら、華々しく戦果を挙げて、という考えがどの操縦者の心の中にも大きな比重をしめてどっかと座っていた。

時を同じくして、最高統帥部においても、この下からの盛り上がりに、あたかも応えるかのように、真剣に組織的に、「特攻戦法の用兵は——」と研究しているという情報が風の便りで伝わって来た。こうして、戦隊は、かつてない重苦しい空気に包まれて行った。

祖国と親、兄弟の生命に防衛の意義を感じ、民族的使命に死ねることは、生死の恐怖とは別に、誠に幸福な生涯である。このような心境になったのも事実だ。その心の底の意識の世界には、ほんの少しだが、強い力で、田形は二八歳で死にたくない、いつまでも長生きしたい――という生命の本能の叫びがあったことも、決して否定出来ない。しかしこれが、生きている人間の真の姿であって、作戦任務を遂行するためには何の障害にもならなかった。

このような状況下の三月下旬――。

学徒出陣によって、操縦桿を握った学鷲（陸軍特別操縦見習士官）が、特攻隊要員として四月一日、内地から四〇名配属され、四ヵ月間戦技の教育が行なわれることが明らかとなった（当時の敵国アメリカにおいては、すでに日本の学徒動員より一年早く動員され、この時は太平洋戦線で日本空軍と勇敢に戦っていた）。

この時、私はふと感じた。

「いよいよ、最後の手段として、物量と精神力の対決として、世界戦史に前例のない、戦史未曾有の組織的特攻作戦が、計画されつつあるのだ……」

この私の判断は正しかった。それは、人命尊重という立場から考えると、筆舌に現わし得ない悲しい出来事であった。

四月一日、屏東基地の第百八教育戦隊に、熊谷陸軍飛行学校（私は七年前に同校を卒業した）において、練習機によって一ヵ年、基本操縦術を修得した陸軍特別操縦見習士官が、八

○名入隊して来た。第一中隊に四○名、私がいる第二中隊にも四○名配属された。出身地は主に関東地方が多く、大学は東大、慶応、早稲田、明治、日大などの一流校出身の秀才が、大半をしめていた。

午前十時より、准士官下士官集会所において厳かに入隊式が行なわれ、戦隊長西島道助少佐の訓示が終わって、会食が行なわれて入隊式は終了した。

午後一時には、中隊講堂において、教官、助教、学生が集合して、八教育班と二内務班が編成され、私は、主任教官を命ぜられ、操縦教育と内務教育の全責任を課せられた。

私が、四○名中一番成績が悪くかつ素質の悪い学生五名を第一教育班長を兼務して直接指導し、部下の下士官に、先任順に第二班から、第八斑までそれぞれ担当を命じた。

中隊の編成は、

中隊長　大尉岩本繁夫（陸士五十五期故少佐）
主任教官　准尉田形竹尾（操縦六十期准尉）
助　教　曹長河野初美（操縦七十三期准尉）
〃　曹長後藤宣則（予備学生）
〃　曹長本田秀夫（操縦七十四期准尉）
〃　曹長中村国臣（操縦七十五期故准尉）
〃　軍曹真戸原忠志（少飛七期曹長）

〃　　　軍曹岩田一夫（操縦七十七期曹長）
〃　　　軍曹押川春美（少飛八期故曹長）
予備教官　中尉尾崎泰忠（陸士五十六期大尉）
〃　　　中尉丹下一男（陸士五十六期大尉）
〃　　　准尉日暮吾郎（操縦六十期中尉）
予備助教　軍曹丸尾格太郎（少飛八期曹長）
〃　　　伍長堀田明夫（少飛九期故少尉・誠特攻隊）
〃　　　伍長荻野光男（少飛九期故少尉・誠特攻隊）
〃　　　伍長藤　明光（少飛九期）

私は、将校学生の特攻教育の責任の重大さを痛感したので、特に西島戦隊長の許可を受けて営内に教官室一室をもらい、屏東の陸軍官舎より営内に移り、四ヵ月間、学生と起居を共にすることにした。

四月二日、飛行訓練第一日である。天候快晴、風速五メートルの南西風で絶好の飛行日和である。午前九時、演習始めのラッパと共に教官、助教、学生全員が、中隊のピストの前に新品の航空服に身をかためて、二列横隊に整列した。私は、岩本中隊長に、「頭右。なおれ。田形教官以下、学生四〇名集合終わり」と報告した。報告を受けた、岩本中隊長は、

「諸君らは、学徒の中より選ばれた、光栄ある陸軍特別操縦見習士官である。将来は、空軍の中核体となり、あるいは、特別任務につく将校学生である。将校学生の責任と誇りにおいて、覚悟を新たにして、訓練に精進するように」

真剣な態度で訓示を行なわれた。台湾特有の強い太陽の熱で、吹き来る風が焼けているので、全身が熱いお湯に入っているようだ。内地より、昨日到着したばかりの学生は、熱帯地に慣れていないので、とりわけ暑そうな表情をしている。しかし、自ら大空を志し、選ばれた精兵であると自覚しているので、誰一人として、微動だにしない。

学生服を軍服にかえ、ペンを握った手に操縦桿を握ってわずかに一年、すっかり軍人になりきっている。さすがは、自らの意志によって危地に飛び込んだ、勇気ある青年だけのことはあり、立派であり、頼もしい。

中隊長は、さらに、言葉をついだ。

「諸官らは、現在、見習士官であり、階級は准士官より下だが、二ヵ月後には、将校勤務を命ぜられるので、准士官より先任となる。諸官らの四ヵ月間の教育は、操縦内務共に、田形准尉が主任教官として担当する。助教は全員下士官だ、操縦者としては、皆大先輩である。師の礼をもって、真剣な指導を受けるように」

階級絶対の軍隊において、将校学生を准士官の私が主任教官となって、さらに助教には、下士官がなって、正規の教育を行なうのだ。この現実に対して、岩本中隊長は、教官、助教と学生の在り方について指導された。

主任教官としての私は、操縦教育の基本方針について、学生に次のことを訓示した。

「飛行機は、科学の粋を集めて作られた、二十世紀における人間の傑作である。学理的には、安全に飛ぶようになっているが、そのためには大自然の法則と科学と技術が調和し、さらに一体とならねばならない。だから飛ぶということは、つねに生と死が背中合わせであり、教える者も、教わる者も生命がけである。操縦とは、大自然と、飛行機と、人間の調和であり、術であり、感であり、心である。私はこの操縦の特性に基き、自らの生命を賭けて、徹底した教育訓練を行なう。諸官らは教官、助教に負けないだけの体力、気力を充実して、体当たりでぶつかって来い。さらに一人前の操縦者になるには、次の心構えが必要だ」

一、戦闘機の基本操縦を習得するまでは、教官・助教の指導は絶対である。反論と批判は許さない。ただ忠実に実行せよ。

（特に真理、学問を探究する学徒であるから、この点を強調した）

二、練習機は教官が同乗出来るが、戦闘機（一人乗り）は同乗出来ない、教官、助教の指示どおりやらないと生命を失うことを忘れるな。

三、命令指導は絶対だが、不明の点は、なっとくのゆくまで、究明せよ。

四、操縦とは、学べば学ぶほど、むずかしい。素人と一人前になってからが、最も危険である。

五、操縦においては、人生以上に、慢心と不注意は死を意味することを忘れるな。

さらに操縦教育課程を説明する。

一、戦闘機（九七戦）による離着陸訓練を一ヵ月間行なう。
二、宙返りなど特殊飛行と編隊飛行を一ヵ月間実施する。
三、単機戦闘、編隊戦闘、空中基本射撃を二ヵ月間教育する。

大体以上のように教育計画を示し、
「戦闘隊の生命は、敵を圧倒する闘魂だ。闘志不足と技術未熟の操縦不適性の者は、即時、地上勤務を命ずる」

このように、学生に真剣に教育を始めた。訓練第一日、離着陸の演習を開始した。まず、訓練開始にあたり、助教を集めて、
「君たちは、階級は下士官でも、操縦は先輩であり助教だ。教育中は遠慮はいらない。厳しい指導と注意を与えよ。次の点に関しては、各人が全責任をもって、教育するように」
一、一名の殉職者も出さないよう、生命を守るという立場から、適性、能力、健康などに注意して教育を進めるように。
二、実戦の役に立つよう、技と心の両面を指導し、戦闘機乗りとしての根性を叩き込め。
三、操縦不適性と危険な素質のある学生は、田形が直接教育するから、報告せよ。

こうして、戦局の要求によって生まれた学鷲の教育が、教える者と教わる者の心と心が一つに結ばれ、激しい訓練にあけ暮れて行った。

私は学生教育の第一週に、週番士官として勤務することになった。午後八時、内務班の点呼を行なった。

「第一内務班、大野見習士官以下二〇名異状なし」

「第二内務班、五味見習士官以下二〇名異状なし」

週番学生の大野、五味見習士官より報告を受ける。

「よし。全員休ませ」

と指示して、週番士官として、軍紀、風紀、火災予防、保健衛生など、所要の注意を与えて解散を命じた。

中隊の下士官室、兵内務班、学生内務班の点呼を終わって、戦隊本部前で週番司令に、

「第二中隊、異状なし」

報告を終わって、格納庫を巡察して、中隊事務室に帰る。週番下士官の押川軍曹（二ヵ月後に、学生訓練中、離陸直後墜落殉職した）に
「午前二時、私を起こすよう、不寝番に伝えておく」

と指示して、午後九時三十分、教官室に落ち着いた。上衣を脱いで椅子にかけ、机に向かった。ほまれ（軍人用の煙草）に火をつけ、一服する。西向きの兵舎の窓を越えて広い飛行場から吹いて来る涼しい風を肌に心地よく感じながら、多忙でゆっくり見られなかった学生の身上調書を読んで見た。そして驚いたことは、一人息子と長男が多いことであった。

私はふと、

「一人息子や長男が、生きて帰る見込みのほとんどない飛行機乗りを、なぜ志願したのだろう？」

「この学生の母も、私の母と同じく祖国のためにと、同じ気持ちで、顔で笑って心で泣いて、見送られたに違いない」

飛行機乗りを志願して来る青年も勇気があるが、それを許してくれた日本の母は、偉いなあ……このようにしみじみとした感慨にふけりながら、四〇名の身上調書を読み終わった。大学もほとんどが一流大学で、さすがは選ばれた精鋭であった。

午後九時、哀愁の響きをもつ消燈ラッパが営庭に鳴り渡った。一斉に兵舎の電燈が消え、将兵は明日の猛訓練に備えて就寝する。消燈と同時に静寂な空気が、広大な兵舎全部をすっぽりと覆ってしまった。

寝台に横になって、目をつむった。海山遠く離れた異国の地、台湾から郷里の父母に、

「今日も一日、無事でした」

心の中で感謝の報告をして眠った。

「田形准尉殿。午前二時です」

不寝番の山本一等兵の声に、楽しい夢を破られて起きた。素早く軍服に身をかため、腰に軍刀を帯びて、内務班を巡察した。兵内務班、下士官室を巡察して、最後に学生の内務班に入った。昼間の飛行訓練の疲れで、全員がぐっすりと深い眠りについている。窓から照らす月の光に浮かんだ学生の顔は、やすらかであり、

「四ヵ月間の教育が終わったら、特別任務につく。近く祖国のために死んで行く……」

というような緊迫した空気もない。まだ死の恐怖の苦悩の表情もない。

私はこのように感じて、四〇名の学生の寝顔を幾回となく眺めている間に、いつしか涙が頬に伝わって流れていることに気がついた。

「殺したり殺されたり、これが戦争だ」

この涙は一体、何の涙であろうか。去り難い気持ちで、学生の内務班を出た。教官室に帰り机に向かった。五〇万坪の飛行場も、六万坪に建てられた兵舎も、さすがに深夜で死んだような静けさである。

窓からは淡い月の光がさしこみ、南十字星が何かを暗示するように輝いていた。

昭和九年一月十日、一七歳で大刀洗飛行第四連隊（十五年に戦隊と改称）に入隊以来、黒石中尉の殉職を第一に、昭和十二年一月には、熊校で同期生山下軍曹が殉職した。十二月には華北大同で、一年先輩の嘉村武秀軍曹（熊本県鹿本町）の戦死、十三年の七月には南京で、西川清大尉の戦病死。戦死し、殉職した戦友の数は数え切れない。全く、戦友の屍を越えての戦闘機一〇年であった。私も幾度か死線を越えた実戦と、訓練の体験と、修養により死生観も確立したと意識していた。それは、

「いつでも、祖国のために、父母、妻子を捨てて死ねる」

「名誉ある航空戦士として、安心立命の悟りの境地に立って操縦桿を握っている。こう信じ、それを心の支えとして、今日まで死線を越え〝不死身〟と自他共に許している。その私が、特攻要員の学生の内務班を巡察して、その安らかな寝顔を唯一回見ただけで、心が動揺して涙が出るのはなぜだろうか……」

このような想いにふけり、とめどなく涙が流れて、どうすることも出来なかった。

飛行訓練は戦局の進展と共に、日を追って激しさを加えて行った。私は主任教官として、操縦教育は責任と自信をもって、徹底した教育を実施した。

その反面、精神教育は、残念ながら、何とはなしに、圧力を感じ、どうしても自信をもって行なえない。もちろん学生には教育の必要も感じなかったのだが、

「なぜ、精神的に圧力を感ずるのか？」

勤務でない日も、私は、一日も欠かさず学生内務班を就寝後、巡察した。

それは、いずれ近く死んで行く若い学生に対する愛情と、同じ世代の青年である自らの心の安定を求めての、夜間巡察であった。こうして、人間特攻教官の苦悩は、日を追って深刻となり、教官室で、毎晩人知れず、苦しみ、哀しみ、泣いた。

「俺は、何のために、戦闘機に一〇年も乗ったのだ」

「俺は、何のために、華北、華中、ビルマ戦線で、敵機と戦ったのだ」

「俺は、不死身として、数え切れないほど、死線を越えて来たのに」

「俺は、二八歳、学生は二二歳から二五歳で、俺より若い。なぜこんなに圧力を感ずるのだろう」

田形という人間は、このようにつまらない人間であったのか。と、自分に対して、抵抗と淋しさを感ずる。

こうして、誰にも知られない私の心の中で、長い長い苦悩の四ヵ月間を過ごした。そうし

て時間の経過と共に、少しずつ心の整理が出来てきた。

「特攻隊は、死なねば任務の達成は出来ない」

「決死隊は、生きる道が残されて、任務を達成するものである」

特攻隊は任務につく時、すでに死以外の道はないが、決死隊や通常任務の場合は、生還の道が残されていた。学生はやがて、特別任務につくということで、特攻要員であることを自覚し、自らの使命と運命をなっとくしている。だから「安心立命」の境地に立って飛行訓練を受け、内務における行動も貫いている。だから心が平静であり、夜も熟睡している。私たち教官、助教は、運と努力で助かるかも知れない。決死隊の立場であった。教官としての私の苦悩と哀しみは、特攻隊と決死隊の使命の相違によるということを、ようやく学びとることが出来た。

新参の学生が、古参の私に、精神的圧力を感じせしめるものは、なんであるか。

「それは、崇高な特攻精神であった」

特攻精神の真髄とは何か。これからの私は昭和二十年八月十四日、特攻隊長を命ぜられる日まで、次元の高いこの道を求めて一年有余の歳月を悩み続け、やがて素晴らしい戦争哲学、生命哲学を学びとった。

それは、「愛と、平和」の哲学であった。

第四章　特攻作戦の終幕

嵐に散る桜花

太平洋戦争の天王山といわれた第二次比島作戦は、日本軍が陸海空の精鋭主力を動員し、フィリピン諸島の防衛にあたった。敵連合軍は機動部隊の総力と、海兵隊と陸軍部隊など、圧倒的な物量をもって猛攻を加えて来た。ここに、日米の運命を賭して、世界戦史未曾有の一大攻防戦が、展開されるに至った。

日本軍は二〇〇〇機を越える航空機と、陸、海の精鋭を動員したが、物量を誇る米軍の前には、数の劣勢を補うために、全軍特攻の気魄で戦った。ことに一騎当千の猛鷲たちは、自らの意志によって、体当たり攻撃を行ない、数え切れないほどの若い聖純な魂の青年たちが、勇敢に戦って、祖国に殉じて散って行った。

この全軍特攻の風潮は、一衣帯水、バシー海峡をへだてた私がいる台湾はもちろん、内地部隊にも、燎原の火の如く燃え広がって行った。

この世紀の大戦争を戦い抜くためには、近代戦の花形であり、勝敗の鍵を握る、飛行機乗りの生命が、一陣の嵐に散る桜の花の如く、短い生涯であることを、飛行機乗りの将校も、准士官も、下士官もなっとくしていた。

平時においても飛行機乗りの死亡率は高く、一〇年間で三割は殉職するといわれていた。まして、この苛烈な決戦においては、特攻隊であろうとなかろうと、第一線勤務が長期にわたると、ほとんど助かる見込みはなかった。私たち飛行機乗りの死は、ただ時間の問題といわれていた。「どうせ死ぬならば」より効果的に、より花々しい討ち死にを望む。

これは、名誉と責任を重んずる陸軍航空軍人の、偽らざる心境であった。

それは、愛する祖国日本の興亡が、私たち若い飛行機乗りの双肩にかかっていると、信じていたからだ。

人間は、憎しみのために、人を殺したり、傷けたりすることが出来る。その反面には、愛する人のためには、何ものにもかえられぬ自分の命を捨てて、他人の生命を救うことも出来るのだ。たとえば、学校の先生が、子供が水におぼれようとしているのを見て、瞬間に、「子供を助けねばならない」という崇高な人間愛によって、自分が泳げないことも忘れて、水中に飛び込み、子供を助け、自分は死んで行く。このような犠牲的奉仕の美談は数え切れないほどある。

過去から現在、未来へと、永遠の生命を有する日本民族が、軍事的、経済的、政治的に、滅ぼされようとするならば、民族の独立と、愛する親兄弟、恋人、自分たちを育ててくれた郷土と、祖国を、この絶対的なものを守るために、絶ち難い生命への愛と死の恐怖をも絶ち切って、勇敢に戦わねばならない。

日本の三〇〇〇年の歴史を通じて、いつの時代においても、私たちの敬愛する祖先や戦友たちが、尊い生命を捧げて、祖国を守って来た。それは、一〇代、二〇代の若い青年たちであった。

昭和の時代は、歴史の継承者である私たち若い青年が、祖先と子孫に対して、祖国を守る義務がある。

戦争は人類にとって罪悪であるが、不幸にして戦争となった今日、「祖国を自らの犠牲と血で守る」意志がないものは、独立や自由や平和を、主張する資格はない。

二十世紀の現実の世界は、悲しいことであるが、力が支配しているのが厳粛なる事実である。

私たち、日本の青年は、「戦争は罪悪である」ということも知っている。しかし、「民族の生命財産は守らねばならない」このために、祖国の自存自衛のために、アジア民族解放のために戦うのだ。このことを、戦士の一人一人が、自覚し、銃を握って戦っているのだ。

軍国主義や、戦争は、政治の問題である。軍隊は祖国防衛のためにあり、あくまでも、戦争と戦士は区別されねばならない。これが、戦後混同されたところに、敗戦日本の精神的悲劇の一因があったのだ。

開戦当初は、陸に、海に、空に、連戦連勝であった日本軍も、補給戦、消耗戦といわれる近代戦において、圧倒的な物量を有する連合軍の前に、昭和十八年の後半より、戦勢日ましに不利に傾き、あたかも台風の如く進行する米軍の圧倒的な物量の前に、攻めれば敗れ、守れば玉砕と、北から南から、悲報しきりに伝わって来た。

このような、重大なる戦局の認識の結果、愛する祖国を守るために、昭和十九年の暮れから、命令されざる航空特攻戦が、全戦線において、数知れず開始された。その風潮は、戦局の進展と時間の経過と共に、急速に燃え上がって行った。その戦例の一つとして、陸軍の阿部中尉を語ることにする。

阿部信弘中尉は、陸軍航空士官学校第五十六期の出身で、阿部信行陸軍大将の二男坊であった。

昭和十九年の暮れ近い十月、阿部中尉は、野戦補充飛行隊付として第一線部隊に補充され、シンガポールのテンガ飛行場において航空要員の戦技教育の教官を兼ね、自らの腕を磨く、新進気鋭の若鷲であった。

このころは、敵の反攻の重点は、フィリピンに向かって指向されており、その陽動作戦として、敵の精鋭機動部隊は、沖縄、台湾に対して大空襲を敢行していた。

このころ、私は台湾沖航空戦に参加し、二対三六の空戦によって、奇蹟的に九死に一生を得ていたのだ。

さらに、南太平洋、ビルマ、中国大陸、比島と陸軍航空隊の消耗も激しく、戦力は、日ましに低下して行った。第一線補充要員の教育が主任務のシンガポールに駐留していたこの野戦補充飛行隊にも、マレー、インド洋方面防衛の重大な任務が課せられていた。

十月十八日には、英国の精鋭機動部隊がインドから出撃。インド洋を、マレー方面に向かって進行中との情報が伝わり、阿部中尉が所属する野戦補充飛行隊に、第三航空軍より命令が伝えられた。

「野戦補充飛行隊は、来襲中の英機動部隊を遊撃すべし」

この軍命令を受けた隊長丸川公一大尉（陸士五十三期。少尉時代は、熊本県菊池飛行場で共に勤務した）は、直ちに、全機出動準備を完了して待機した。

十月十九日、英機動部隊は、インド洋上日本軍の基地、アンダマン、ニコバル群島を攻撃した。

英機動部隊攻撃の命令を受けた丸川大尉は、隼戦闘機一二機を指揮して、機動部隊攻撃のためシンガポール基地を飛び立った。

阿部中尉は、第二小隊長として、部下三機を指揮して攻撃に参加した。

インド洋上を飛んで敵機動部隊上空に進攻した隼に、艦隊上空を哨戒していた英国艦載戦闘機数十機が反撃して来た。対空火器も一斉に火蓋を切って、猛射を浴びせる。彼我入り乱れて、激しい空中戦が機動部隊上空で展開された。阿部中尉は、空中戦の間隙をぬって、急降下、敵空母の致命部に突入、壮烈なる自爆を遂げた。

一瞬の後に、敵空母は大爆発を起こして、インド洋の藻屑と沈没した。

この命令されざる、体当たり特攻攻撃（この時は爆装していない）によって、その戦果の偉大さが実証された。

さらに、これと前後して、ニューギニア戦線において輸送船団掩護中の陸軍の曹長が、敵潜水艦より発射された魚雷に突撃、輸送船に命中直前に愛機もろとも魚雷を爆破して、輸送船と多数の将兵の生命を救った。これを目撃した陸軍の将兵は、航空戦士の烈々たる闘魂に、深く頭をたれて、その霊に敢闘を誓った。

これはただ、二つの例にしか過ぎない。このようなことは、全戦線に、数えきれないほどあった。

阿部中尉の場合は、友軍の危機に際し、瞬間に体当たりを決行した曹長の場合とは異なり、その決意は、すでに一年前にかためられ、体当たりの研究もひそかに、具体的に進められていた。

昭和十八年の春から夏にかけて、彼は、宮城県仙台市郊外の名取飛行場に駐留していた第百一教育飛行戦隊（戦隊長城寺朝一中佐）第一中隊（中隊長は、なつかしい先輩の荒川切大尉）付として、九七戦、一式戦（隼）の基本操縦と、戦技の訓練を受けていた。

彼は、阿部大将の二男坊ということで、将兵より、特に注目されていた。五尺八寸、色白の美男子で、陸士秀才の二二歳の純情な青年であった。その反面には、戦闘機隊の生命である旺盛なる闘魂を胸に秘めて、男も女もほれる、男らしい、男であった。

陸軍航空士官学校と厳父阿部大将より、軍人精神の真髄を学んだ彼は、学生時代より、一機一艦を屠る、体当たり攻撃を、人知れず真剣に研究していた。

　阿部中尉は、ある日、神戸の三菱航空機製作所に技師として勤務している実兄を訪ねて、真剣な表情で質問した。

「兄さん。戦闘機などの小型機で、空母や戦艦に突入して、撃沈することが、出来るだろうか？」

「出来るだろう！　その成否は、操縦者が一死もって祖国に殉ずる勇気をもって、体当たりするかどうかにかかっているだけだ」

「そうですか。勇気をもって、実行あるのみですね……」

「信弘。お前が、先陣を切ってやるのか」

　祖国を思う、阿部兄弟は、真剣にこのような重大事を語り合った。実兄はさらに言葉をついで、

「飛行機を爆装すれば、さらにその威力は、数倍するだろう……」

「そうですね。人間と爆弾が一体となれば、米英の物量なにするものぞ。ただ死を恐れぬ、勇気が必要ですね」

　この日より、阿部中尉の心の奥深く、体当たり攻撃について、深く期するところがあったのだ。

　彼は、シンガポールで教官として、第一線要員の教育と自己の戦技の練磨に努力しながら、静かに、来るべき日を待機していた。

ついにその日がやって来た。そして、機付兵に対して、

「俺が離陸したら、机の中の手紙二通を、兄たちへ発信してくれ」

この依頼を受けた機付兵は、阿部中尉が、生きて還らぬ特攻攻撃に飛び立つことも、これが最後の言葉とも知らずに、

「はい。すぐ発信しておきます」

丸川大尉以下の手を握り、帽子を振って見送った将兵たちにも、阿部中尉が、命令されざる「必死不還」の特攻攻撃に飛び立ったということは、神ならぬ身の知るよしもなかった。

二二歳の青年の阿部中尉が、祖国の難に殉ずべく、「安心立命」の水鏡の如く澄みきった、冷静な、崇高な心境で「悟り」を開き、体当たり攻撃でインド洋上に散華した、その聖純な魂と鬼神も避ける壮烈なる行為は、まさに軍神であり、戦時下の日本青年の華であった。

私は、当時、この悲報を台湾で聞いた。

「俺に、それが、出来るだろうか……」

二年前に輸送船で航海した、はるか南のインド洋に向かって、戦友と共に深く頭をたれて礼拝合掌し、その赫々たる武勲を讃え、心から阿部中尉の冥福を祈った。

体当たり攻撃とは、それほど勇気のいることなのだ。生命の恐怖を克服し、身を殺し、不滅なる民族の永遠の生命に生きる「悟り」を開かなければ実行出来ない。

戦後、東京都世田谷区下馬町世田谷山の「特攻平和観音」において、今は亡き、陸軍の名将河辺正三大将より、阿部中尉戦死の詳報と、次の貴重な旧軍の資料をいただいた。

これを語られた人情将軍の河辺大将の老いの両眼から、はらはらと大粒の涙が流れていた。

その資料の一節に、実兄への絶筆は、

「愈々全戦線に亘り、一身同体の猛進撃も近きこと、此の未曾有の聖戦に散するの機会刻々と迫るを喜び居り候。正純兄の消息の模様も当方知り得、益々胸振い、眦裂ける思いを致し、骨の髄までも徹底的に一物も残さず敵を叩きのめさんと、憤激しつつ策を練り候……」（原文のまま）

父母の阿部大将夫妻には、

「前略、大和民族の強靱なるねばりを表すのは今と、更に充分覚悟を固め、当分貴地或は兄上姉上との間は、打ち切りの積りとなし、屍を敵大型機、或は大型艦と共に、散らさん迄は、今後御無音御許し下さい。悠々世界地図を観ずる時、皇国御楯の先駆となり、はるか幾万里の彼方迄、見敵必殺の闘魂を沸らせつつ、戦う身上、誠に無上の歓喜と光栄を覚えます……

昭和十九年十月十八日、出撃の前夜」

と絶筆が、平静なる心境でしたためてあった。この最後の便りが、父母、兄姉の手許に届いた時には、すでに幾日か前の十月十九日、英空母の甲板上に突入、空母を轟沈し、壮烈な戦死をされていたのである。

故阿部信弘大尉の体当たり攻撃も、曹長の自爆も、特攻隊の中には加えられていないが、その精神は、特攻精神であり、その戦法は、まさに特攻攻撃であった。

阿部大尉の命令されざる体当たり攻撃こそ、特攻第一陣として、永遠に、民族史の一ページに記録されねばならない。

これこそ、まさに、三〇〇〇年の歴史と伝統の所産であり、陸軍八〇年の、軍人精神の精華であった。

この陸軍の阿部大尉より六日おくれた十月二十五日、関行男海軍大尉の指揮する、神風特別攻撃隊敷島隊の五機が、比島、レイテ沖の米機動部隊に突入、空母を屠る大戦果を挙げ、連合軍を、恐怖のどん底にたたきこんだ。

戦三〇一隊長　大尉　関　行男
同付　一飛曹　中野盤雄
同三〇五　同　谷　暢夫
同〃　飛長　永峰　肇
同三一一　上飛　大里繁男

この日こそ、戦史に永遠に記録さるべき、陸海軍航空隊が組織的に、計画的に、航空特攻の火蓋を切った、厳粛なる瞬間であった。

この十月二十五日を境として、昭和二十年八月十五日の敗戦の日まで、比島に、沖縄に、本土に、主だった航空作戦は、すべて特攻攻撃によって戦われた。

それはあたかも連合軍の物量に対して、日本軍の精神力をもってする対決であった。その攻防の激しさは、世界戦史にも例がない。航空隊に身をおく私たちですら、心胆を寒からしめる、筆舌に尽くし難い壮烈な戦いであった。

この特攻第一陣の二週間前には、私は、飛燕・グラマンの二対三六の決戦をやり、貴重な戦訓を得て、特攻要員の少年飛行兵、第十五期生の主任教官と台湾の臨時防空の任務に服していたが、特攻とは比較にならないやさしい任務であった。この陸軍の阿部大尉、海軍の関中佐の特攻攻撃は、台湾の私の部隊にも火をつけ、部隊長以下、特攻隊志願の空気を一挙に盛り上げて行った。

こうして、水の低きを侵かすが如く、一〇代、二〇代の若き青年たちの純血によって、

「特攻、特攻」

「体当たり、体当たり」

これが全軍の勇ましくも悲しい合言葉となって、祖国を想う若き青年たちが、次から次へと大空に散って行った。

ついに特攻命令下る

わが陸海軍の航空特攻の猛攻が、比島において展開され、その燃ゆる闘魂は、次第に沖縄に、本土に、火の玉となって拡大されて行った。

このような情勢のもとで、私は嘉義市西方二〇キロの北港飛行場において、第百八教育飛行戦隊付として、特攻要員（少飛十五期生）の主任教官として、さらに、台湾の臨時防空の任務についていた。戦隊長は西島道助少佐、中隊長は岩本繁夫大尉（陸士五十五期故小佐）であった。中隊付将校は、みな若い将校ばかりであったが、准士官、下士官には、戦場生き

残りの一騎当千の猛鷲たちがいた。

戦局は刻々と重大化し、はねかえすことの出来ない巨大な圧力をひしひしと感ずるようになった。こうして、この年も、多難のうちに暮れて、運命の年、昭和二十年の正月を北港飛行場で迎えた。

すでにこのころには、組織的な特攻編成がなされ、つぎつぎと、第一線へ、還らぬ出撃へ飛び立って行った。

台湾の飛行第八師団においても、ついに特攻編成が開始され、来るべき、予想される沖縄作戦に備えることになった。

こうして、強烈な殺気に、台湾全土が覆われて行った。

私の部隊にも、三月二十二日、師団より初の特攻命令が下された。特攻編成にあたり、特攻隊志願者の調査が行なわれた。将校二一名、准士官二二名、下士官八〇名、合計一二三名の操縦者全員が、特攻隊を志願した。もちろん私もその一人であった。

その結果は、学鷲一期の畠山富雄少尉（幹候一期）、五味大礎少尉（特操一期）をそれぞれ隊長として、少年飛行兵第十一期から第十五期の軍曹、伍長の八名を加え、一隊五名ずつの特攻二隊が編成され、第一次特攻要員として、晴れの大任が命ぜられた。

それは、飛行時間二〇〇時間から四〇〇時間くらいの、一八歳から二三歳くらいの年少の戦士たちであった。

その隊員選考のかげには、死後の遺族の問題が考慮され、一人息子と長男は除外されることになっていたが、必ずしも、そうはなっていなかった。戦隊長は、西島少佐から小林少佐に代わっていた。

特攻隊の発令にあたり、小林戦隊は非常呼集のラッパによって、駐留地の学校校庭に集合を命ぜられた。列の前方に航空服に身をかためた操縦者一二三名が、緊張した表情で二列横隊に整列した。その後方には、約六〇〇名の地上勤務の将兵が、中隊ごとに二列横隊に整列した。

戦隊長小林少佐は、第一種軍装に略章をつけ、右手に特攻隊名簿を持って、副官小林大尉を従えて部隊の正面に立った。その表情は、今にも泣き出しそうな苦悩の色濃い、今まで一度も見たことのない、厳しい表情であった。

「ただいまから、師団命令に基づき、特攻命令を伝達する……」

小林戦隊長の声は、極度の緊張でふるえている。命令を聞く将兵も、せき一つする者もなく、死んだように静かである。

「陸軍少尉畠山富雄、誠第百二十飛行隊長を命ず」

畠山少尉は、大声で、

「はい!」

と答えて、力強く五歩前進をする。続いて、

「陸軍軍曹堀田明夫、同伍長荻野光雄、同田中瑛二、同東局一夫、誠第百二十飛行隊付を命ず」

「ハイッ。ハイッ。ハイッ。ハイ」

と、まるで進級命令でも受けるように、平静の心境と態度で畠山少尉の横に一列に整列した。さらに、小林戦隊長は、

「陸軍少尉五味大礎、誠第第百十六飛行隊長を命ず」

続いて、軍曹、伍長の四名が隊員として発令された。

「諸官らは、我が戦隊より選ばれた名誉ある特別攻撃隊員である。戦隊の名誉と祖国防衛のために、勇敢に戦っていただきたい」

「畠山少尉以下一〇名は、三月二十三日出発、嘉義駅より、列車輸送によって、台北市の師団司令部に、出向すべし。田形准尉は、北港より、嘉義まで、トラックにより、一〇名の特攻隊員を輸送せよ」

ああ、ついに、待ちに待った特攻第一陣が決定した。征く者、送る者の心境を、私は表現する言葉を知らない。畠山少尉は、

「畠山少尉以下一〇名、特別攻撃隊員を命ぜられました。先輩、戦友をさしおいて、未熟な私たちが、栄ある特攻先陣を拝命して、光栄であると同時に、皆様方に申し訳ない。必ず大任を果たして、戦隊の名誉を守りますので、御安心下さい。私たちは、祖国と民族の、永遠の栄光を信じて、喜んで死んで行きます。皆さん方は、長生きして下さい。後を頼みます……」

学鷲幹候一期の、私の教え子である畠山少尉は、「悟り」切った、静かな心境で、力強く

別れの挨拶を述べた。見送る数百名の将兵のどの顔にも、ぽろぽろと大粒の涙が流れ、すすりなきの声が、静かに、大きくなって行った。続いて、少年飛行兵を代表して堀田軍曹が、

「先輩の皆様方をさしおいて、後輩の私たちが、特攻先陣をうけたまわり、心苦しくて申し訳ありません。必ず教官、助教殿の教えを守って、戦います。御安心下さい。後を頼みます……」

二〇歳の、純情な堀田軍曹は、感激と興奮に頬を紅潮させながら、とつとつとして、別れの挨拶をした。

「さきに出撃命令をもらって、先輩に申し訳ない。後を頼みます……」

この素朴な言葉の中にこそ、永遠に不滅なる崇高な人間愛と、永遠の平和に通ずる特攻精神の真髄が秘められているのだ。

畠山少尉、五味少尉、堀田軍曹、荻野伍長ら、一〇名の教え子の、若い聖純なる魂が、やがて、日の丸のはちまきをしめて、敵艦上に突入して消えて行くのだ。この若い青年を殺すものは、一体誰なのか？　何者にかわからないが、目に見えない、死の運命の敵に対する怒りが心の底からこみ上げてくる。

将兵のすすり泣きの声は、さらに大きくなって行った。

こうして、戦隊初の特攻命令が発令された。

一瞬にして、戦隊は、殺気と、沈黙と、闘魂の、重苦しい空気に包まれて行った。

午後一時より、質素だが、盛大な送別の宴が開催された。

午後七時、堀田軍曹以下八名の下士官の特攻隊員が、私の下宿に別れの挨拶にくるので、その祝宴準備で、四時に下宿に帰った。

私は、可愛い教え子との別れなので、あれもこれもと下宿のおばさんと相談して、御馳走の準備を進めた。

午後六時に、写真屋に連絡しておこうと、自転車に乗って北港神社の横を通りかかった。ふと見ると、社前に深く頭をたれて、真剣に祈っている一人の軍人の後ろ姿が目に映じた。私は、瞬間に、

「特攻隊員だ。誰だろう？」

自転車を降りて、静かに、急いで、近くの石垣の陰から、その祈りが終わって顔を上げるのを、息をつめて待っていた。しばらくすると、祈りが終わった。社殿を背にしたその顔は、今日特攻隊員を命ぜられた荻野光雄伍長であった。折りから、台湾特有のまばゆいばかりの赤い夕陽が、荻野伍長の横顔を照らしている。その表情は、明るく、落ちついて、あたかも悟り切ったような神々しい顔である。

私は、「はっ」と思って、息をつめながら、その顔を、じっと見守った。体全体から受ける印象は、堂々たる風格であり、明るい感じである。これが一九歳の青年の姿であろうか。心の中で敬意と尊敬の念を捧げた。二九歳の私は、今日まで、勇敢なる戦友の頼もしい姿に数え切れないほど接したが、このような神々しい、まるで名工が、魂を打ち込んで刻んだ仏像の如く、完成された表情を見たことがない。

「荻野伍長は、いったい何を祈ったのであろうか?」

この時の私は、電気にうたれたようで、ついに声をかける機会を失ってしまった。

午後七時には、堀田軍曹以下八名がやって来た。いつもと変わらぬ楽しそうな態度で、夜おそくまで愉快に語り、永遠の別れのさかずきを交した。私は車で戦隊まで彼らを送った。そして、一人下宿の布団にもぐり込んだが、目がさえて、涙が流れ、どうしても眠れなかった。

三月二十三日午前十時、小林戦隊長以下、戦隊将兵の「万歳」と「涙」に見送られて、私の指揮によってトラックに便乗した特攻隊員一〇名は、再び還ることのないなつかしい北港飛行場に別れをつげて、一路、嘉義駅へと向かった。

戦隊よりの通報を受けた嘉義の憲兵隊長と、嘉義の駅長の出迎えを受けて、駅の貴賓室に案内され、台北行きの急行列車を待った。

私は、汽車の中で食べたり飲んだりするものを買って準備した。見送る私に出来ることは、悲しいことだが、ただそれだけであった。

駅長さんより渡された特攻隊の新聞記事を皆、真剣に読んでいる。その表情は、あたかも遠足にでかける、楽しそうな小学生の姿であった。堀田軍曹が、私に対して、

「田形准尉殿。私たちが、突入すれば、このように新聞に報道され、靖国神社に祭られるのですか」

あまりにも深刻な問題をいとも簡単に質問されて、とっさに、私は、息苦しい気持ちで、

返事が出来なかった。

「そうだ。君たちが、任務を遂行すれば、二階級進級する。そして、永遠に護国の神として靖国神社に祭られるのだ」

「そうですか。私たちが、神になるのですか。立派に任務を果たさねば、申し訳ないですね」

一八歳から、二三歳の若い青年の彼等は、頬を紅潮させて、真剣に語った。

なんと、純情で、聖純な魂であろうか。この子を育てた母は、さぞかし立派な日本の母であろう。と、あらためて、この子を育てた偉大なる母に敬意を表した。

「君たちの名誉は、祖国が続く限り、永遠に讃えられ、遺族は、精神的に、経済的に、国家が責任をもって保障する。どうか安心して、任務についてくれ」

「はい。そうですか。申し訳ないですね」

敗戦後、この私の言葉は、亡き英霊に対して、責任を果たしているであろうか。日本国家は、日本国民は……。

こうしている間に、発車時刻は刻一刻と近づいて行く。私は、昨日の北港神社で祈っていた荻野伍長が死を決意して、何を祈ったか知りたい。今聞かねば、永遠に彼の心の内を知ることは出来ない。思い切って、彼に尋ねて見た。

「おい、荻野伍長。君は昨日は、北港神社に何を祈ったのかね……」

「はい。恥ずかしくていえないのですが、どうしても、いわねばなりませんか」

「話せることならば、話してくれ」

「はい。笑わないで下さい。私は、飛行機には一年半しか乗っていない。飛行時間も三〇〇時間足らずで、操縦者としては、まだ半人前です。しかし、名誉ある特攻隊員として、同期生の先陣を命ぜられた以上、大型空母か戦艦に命中するようにと、祈ったのです。先輩を前にして、空母や戦艦では、欲が深いと笑われはしないか。と思ったので、誰れにも、話したくなかったのです」

顔を真っ赤にして、恥ずかしそうに下を向いている。私は、彼の余りにも崇高な心境に、電気に打たれたように、全身の血が逆流する思いであった。聞かなければよかった。聞くべきではなかった。自分の心境の次元の低さが恥ずかしく、穴があったら入りたい。この気持ちで胸が一杯になった。

「お母さんに死ぬ前に逢いたい。愛する恋人に別れの挨拶をしたい」

若い彼らだから、このようなことも考えたであろう。と思ったのは、私が、決死隊であり、彼らが必死隊である。この相違からくる、心境の高さの違いであった。

自らのいたらなさを、心から恥じた。

嘉義駅構内は混雑していた。今一〇名の若き特攻隊員が、死出の旅路に出発することは秘密行動であるために誰れも知らない。私は、皆に知らして、万歳で送ってやりたいという強い衝動にかられた。

台北行き急行列車が、到着した。

「さようなら。長生きして下さい。お世話になりました」

「さようなら。しっかり頼むぞ……」

私は、一〇名の特攻隊員と、手がいたくなるまで握手を交し、永遠の別れをつげた。こうして、再び還らぬ特攻出撃の大任を帯びたなつかしい教え子の畠山少尉以下一〇名の特攻隊員を乗せた台北行き急行列車は、駅構内に黒煙を残して、次第に遠ざかり、ついに見えなくなってしまった。

私は、ホームに一人立って、いつまでも見えなくなった列車の方向を涙と共に見送った。愛児の晴れの大命も知らずに、武運を祈っておられるであろう父や母の分まで、と見送り、後ろ髪を引かれる去り難い悲しい気持ちで北港飛行場に帰除した。

こうして、台湾の飛行第八師団においては、隷下の台湾部隊と、内地部隊において、急速に特攻編成が進められて行った。

五味大礎少尉、大橋茂伍長は、四月二十八日、九七戦を爆装して石垣島の石垣飛行場より出撃、慶良間列島付近の敵機動部隊に突入した。

畠山富雄少尉、堀田明夫軍曹、田中瑛二伍長の三名は、五月四日、同じく、台北の松山飛行場より、三式戦（飛燕）を爆装して、沖縄本島周辺の敵機動部隊に突入、それぞれ大戦果を挙げて、壮烈なる戦死を遂げた。

嘉義駅まで特攻隊を見送った翌二十四日、「田形准尉ハ、師団司令部ニ出頭スル戦隊副官小林大尉ノ、連絡機（中練）ヲ操縦、空中輸送ヲ命ズル」との戦隊命令を受けた。小林大尉は師団よりの命令により、特攻要員編成の参考資料となる操縦者名簿（私たちの）を師団に提出するのが任務であった。

第一次特攻隊員一〇名は、戦隊長の責任で編成されたが、第二次からは、直接師団において編成、発令されることになった。私は、その任務を持つ小林大尉を、北港から台北まで、空中輸送するのが任務であった。

当日は、雲量五、雲高八〇〇、風速は一五メートルから、ところによっては二五メートルもあり、いわゆる暴風ともいうべき強風の気象状態であり、小型連絡機の飛行は無理な気象条件であった。しかし、十二時までに、師団司令部に到着しなければならない。汽車や自動車を利用しては間に合わない。飛行機を利用する以外に方法がなかった。

昨日、特攻要員を涙で見送ったばかりの小林大尉は、「危険をおかしても飛んでくれ」といわれる。天候がどうあろうと、敵機が攻撃してこようと、軍人である私は、命令は絶対に遂行する。連絡機（時速一四〇キロ）で北港と台北間は四〇分の航程である。気象条件が良ければ、まるで隣の家に遊びに行くようなものだが、今日は違う。風速一五メートル以上では、地上での歩行も困難となる。

私は、午前九時離陸を、小林大尉に連絡した。飛行場は台湾特有の黄塵で、飛行場の向こうが見えないくらいの砂ぼこりが、中空に舞い上がっている。小林大尉に、

「副官殿、バンドを強くしめていて下さい。風が強いので、超低空飛行で飛びます。無理をすると、空中分解しますので、その時は、不時着します。しかし、任務が大切ですから、全

力を挙げて飛びます。私を信頼して、安心して乗って下さい」

「よし、頼むぞ」

整備員と数名の操縦者に見送られて、北港飛行場を離陸した。

風速一五メートルから二〇メートルの北東の強風に、四五〇馬力、速度一四〇キロの二人乗り連絡機は、木の葉のように風にほんろうされて、予想以上に操縦に骨が折れる。向かい風と右横風で、全くの低速飛行で、思うように前進しない。高度二〇メートルくらいで西海岸に沿って北上する。海岸の砂が三〇〇メートルまで風で舞い上がってくる。ところどころの木が強風で折れている。雨をともなわない暴風圏内の危険な飛行である。地上の障害物に衝突するのを用心し、空中分解を警戒しながら、慎重に、柔軟な操縦で、風にさからわず、飛行機と風の調和をはかりながら飛ぶ。普通四〇分航程を五〇分以上も飛んで、やっと、はるか前方に新竹飛行場（海軍）が見えて来た。風はますます強くなり、時々突風にあおられて、舵がきかなくなる時がある。おそらく風速は二五メートルを越していると思われた。私の操縦一〇年間で、初めての強風の経験である。前後、左右、上下、文字どおり波にゆれる大海の木の葉同様で、空中分解一歩前である。私は、ふと考えた。

「飛行機が墜落して、私と小林大尉が殉職すれば、師団司令部に操縦者名簿が提出されない。そうして、戦隊の操縦者が助かるならば……」

「今日の私の任務は、やがて特攻命令として、戦隊にかえってくるのだ。いわば、死の使いである……」

　このような、軍人としては馬鹿な考えが脳裏を瞬間、よぎって行った。それは、私も血の通った人間であり、生命の尊さと軍人の任務の厳しさを知っている。戦いの中にある、軍人として、ふと考えたのだ。特攻隊員は、「悟り」を開いて、喜んで祖国に殉じていった。心のかたすみで、このようなことを考えても、現実に生きている人間の考えとして、このことは、神も許してくれるであろう。

　と、瞬間にこのような苦悩を味わった。しかし、現実は厳しく、軍人の任務は絶対である。いかなることがあっても、小林大尉を師団司令部に無事に送り届けねばならない。やがて、新竹飛行場に到着した。このまま飛べば、確実に空中分解する。私は意を決して、新竹飛行場に着陸した。風速二〇メートル以上で地上滑走が出来ない。海軍の十数名の協力を得て、やっと準備線にてエンジンを停止した。新竹は瞬間最大風速二五メートル以上であった。海軍の将兵は、

「全く無茶だ。良く無事であった」

　と驚いていたが、

「無事に、北港―新竹間一時間二〇分を飛んだのは、奇蹟であった」

私も、しみじみと、そう感じた。小林大尉は私に対して、

「君の腕を信じて乗っていたが、無事で良かった。御苦労だった。これから、車で一時間だから、田形准尉は、天候回復次第、台北飛行場に至り、北斗温泉に一泊せよ」

　小林大尉は、よほど嬉しかったのか、こづかい一〇円也（高級旅館一泊三円のころ）を私

にくれた。

私は夕刻、台北の松山飛行場に飛び、久し振りで北斗温泉に一泊した。温泉にひたり、疲れをいやしながら、

「あーあ、今日の操縦者名簿によって、第二次以降の特攻命令が、発令される……」

何といやな、惨酷な、死の任務であったのだろう。

ああ伊舎堂大尉

昭和二十年三月二十三日、ついに、運命の日がやってきた。敵は、史上最大の圧倒的な物量をもって予想どおり、沖縄に向かって侵攻して来た。日本軍は、沖縄防衛の陸軍部隊六万と海軍部隊一万に、残存せる部隊をもって沖縄を防衛。攻撃の主力は、台湾と九州方面に待機していた陸海軍特別攻撃隊約三〇〇〇機によって、「天号」航空作戦（特攻）の悲壮なる幕は切って落とされた。

米軍第五八機動部隊編成

機動部隊司令官	ミッチャー中将
空　母	四六隻
戦　艦	六隻
巡洋艦・その他	約二〇〇隻

輸送船　　　　　　　約一四〇〇隻
地上兵力　　　　　　八個師団〜一〇個師団
他に英国機動部隊若干

三月二十五日の夕刻には、飛行第八師団の快速司令部偵察機は、沖縄の西方にあたる東シナ海洋上を、沖縄に向かって侵攻中の敵大機動部隊を発見した。
わが飛八師団では急遽、石垣島に待機中の伊舎堂用久大尉の指揮する誠第十七飛行隊の九九軍偵一〇機に対して、沖縄特攻の先陣として、歴史的特攻出撃命令を発令した。

誠第十七飛行隊編成（昭和十九、十二、八編成）
大尉　伊舎堂用久（陸士五十五期）沖縄県八重山郡石垣町豊野城
少尉　川瀬嘉紀（特操一期）東京都杉並区阿佐ケ谷一ノ七一三
少尉　芝崎茂（特操一期）埼玉県川口市本町一ノ五〇
軍曹　黒田釈（少飛十一期）愛媛県北宇和郡愛治村清永
独立飛行第二十三中隊編成
少尉　阿部久作（少候二十五期）北海道松前郡小島村赤神
曹長　長野光宏（少飛八期）東京都練馬南町三ノ六〇四〇
軍曹　金井勇（少飛十一期）富山県下新川郡大家庄村金山

伍長　広　瀬　秀　夫（少飛十二期）香川県木田郡前田村西前田
伍長　岩　本　光　守（予下九期）福岡県福岡市馬出浜松町六三組四〇四
伍長　須　賀　義　栄（予下九期）千葉県東葛飾郡三川村新田戸五二
（階級は、突入時を示す）

三月二十六日払暁、九九軍偵により、石信世島より出撃、「天気晴朗、月齢十二、残月ヲ浴ビツツ……全機敵艦ニ突入……」の歴史的な最後の無電を発して、在空敵戦闘機と対空火器の弾幕を突破して、米機動部隊に突入し、大戦果をあげた。

この特攻攻撃が、沖縄における陸海軍航空特攻の先駆であった。隊長伊舎堂大尉は、奇しくも、郷土石垣島を基地として、最後の出撃を行なったが、身をもって郷土を守ったこれは、悲しくも奇しき因縁であった。

二十七日の各新聞の、第一面には、

「陸軍〇〇特別攻撃隊は、沖縄の敵機動部隊に突入……十機十艦を屠る、大戦果……」

と大々的に報道され、一億国民は襟を正し、この壮烈なる特攻攻撃を讃え、必勝を期して、その冥福を祈った。

突入後、将校、准士官は二階級、下士官は少尉に、それぞれ特別進級が発令され、軍司令官より感状が授与され、畏くも、その武勲は上聞に達した。

続いて、翌三月二十七日には、陸軍特攻第二陣として、誠第三十二飛行隊の陸士五十六期出身の、広森達朗中尉を隊長とする一一名が、九九軍偵一一機をもって、沖縄の北飛行場より出撃、沖縄慶良間列島東北側の機動部隊に突入、敵艦船五隻撃沈、五隻撃破の大戦果をあげた。

誠第三十二飛行隊編成（昭和二十・三・十編成）

中尉　広　森　達　朗（陸士五十六期）三重県亀山市白木町一九三六
少尉　林　　一　満（幹候九期）大阪府河内市市場八七八
少尉　清　宗　孝　己（特操一期）広島県雙三郡十日市町畠敷甲
軍曹　島　田　貫　三（乙予候一期）東京都滝野川区滝野川町四四〇
軍曹　今　野　勝　朗（同　右）宮城県加美郡小野田町西小野田
軍曹　今　西　　修（同　右）京都市左京区下鴨中川原町五三
軍曹　井　戸　栄　吉（同　右）金沢市森下町一〇一ノ二
軍曹　大　平　定　雄（同　右）千葉県東葛飾郡八木村前ケ崎
伍長　伊　福　　孝（少飛十五期）鹿児島県姶良郡姶良町下名一〇六一
伍長　谷　川　広　士（少飛九期）熊本県玉名郡玉名村高瀬五五ノ一
伍長　三　竹　　忍（昭和十六年兵）愛知県渥美郡福江町中山

（階級は、突入時を示す）

陸軍航空特別攻撃隊は、台湾からは台北に司令部をおく飛行第八師団（師団長山本健児中将）、内地からは、福岡に司令部をおく第三航空軍（軍司令官菅原道大中将）と、海軍航空特別攻撃隊は、宇垣纒中将指揮により、台湾と九州から——陸海軍が、闘魂を競って、連日連夜、セキを切った奔流の如く、沖縄の敵機動部隊に殺到し、敵に物心両面の大損害を与え、今一歩というところまで追い込む有形無形の大戦果を挙げた。

飛行第八師団特攻編成（司令部、台北）

誠第十五飛行隊隊長　少尉　沢田久雄（九九双軽一四機）
誠第十六飛行隊隊長　軍曹　上野強（一式戦三機）
誠第十七飛行隊隊長　大尉　伊舎堂用久（九九軍偵一〇機）
誠第二十五飛行隊隊長　少尉　樋口寛文（九九双軽二機）
誠第二十八飛行隊隊長　軍曹　湯村泰（九九軍偵三機）
誠第三十一飛行隊隊長　中尉　山本薫（九九軍偵一〇機）
誠第三十二飛行隊隊長　中尉　広森達朗（九九軍偵一五機）
誠第三十三飛行隊隊長　少尉　福井五郎（四式戦一〇機）
誠第三十四飛行隊隊長　少尉　桑原孝夫（四式戦一二機）

誠第三十五飛行隊隊長　少尉　遠藤秀山（四式戦一〇機）
誠第三十六飛行隊隊長　少尉　住田乾太郎（九八直協一〇機）
誠第三十七飛行隊隊長　少尉　小林敏男（九八直観一一機）
誠第三十八飛行隊隊長　少尉　小野生三（九八直協八機）
誠第三十九飛行隊隊長　大尉　笹川勉（一式戦一〇機）
誠第四十飛行隊隊長　見習士官　小林感夫（九七戦二機）
誠第四十一飛行隊隊長　少尉　高祖一（九七戦四機）
誠第七十一飛行隊隊長　曹長　渡辺正美（九九軍偵六機）
誠第百十四飛行隊隊長　少尉　竹田光興（二式複戦八機）
誠第百十五飛行隊隊長　見習士官　拓植貞夫（九七戦二機）
誠第百十六飛行隊隊長　少尉　五味大礎（九七戦二機）
誠第百十七飛行隊隊長　軍曹　高川一郎（九七戦二機）
誠第百十八飛行隊隊長　軍曹　田中茂男（九七戦二機）
誠第百十九飛行隊隊長　少尉　竹垣全（二式複戦九機）
誠第百二十飛行隊隊長　少尉　畠山富雄（四式戦五機）
誠第百二十一飛行隊隊長　軍曹　柳本一雄（九八直協一機）
誠第百二十三飛行隊隊長　少尉　加治木利秋（二式複戦四機）

飛行第十七戦隊隊長　中尉　平　井　俊　光（三式戦一七機）
飛行第十九戦隊隊長　少尉　大　出　博（三式戦一九機）
飛行第二十戦隊隊長　少尉　神　田　正　友（一式戦二四機）
飛行第二十九戦隊隊長　少尉　上　野　賢　了（四式戦七機）
飛行第百五戦隊隊長　中尉　内　藤　善　次（三式戦一六機）
飛行第二百四戦隊隊長　少尉　栗　原　義　雄（一式戦九機）
独立飛行第二十三中隊隊長　少尉　鶴見　国士郎（九九軍偵五機）
飛行第十戦隊隊長　見習士官　北　原　弘　次（百式司偵三機）
飛行第百八戦隊隊長　見習士官　高　村　光　春（双発高練二機）
（階級は、突入時を示す。戦隊、中隊名の特攻隊員は、戦隊、中隊の特攻編成を示す）

第八飛行師団において、二九二機、二九二名の特攻編成を行ない、その大半の二七六名が沖縄の敵機動部隊に突入、赫々たる大戦果を挙げて、自爆した。

三月二十六日の沖縄における伊舎堂用久大尉の特攻第一陣より、六月六日の及川真輔少尉の慶良間列島東側の敵機動部隊に対する最後の特攻攻撃までに、沖縄に出撃した陸海軍機二三九三機、約二四〇〇名が壮烈な体当たり攻撃によって、沖縄の空に散華された。

第八飛行師団編成の沖縄特攻第一陣は伊舎堂大尉の指揮する一〇機が三月二十六日、第二陣は三月二十七日、広森中尉の指揮する一一機が、第三陣は三月二十八日、鶴見少尉の指揮する四機が、第四陣は三月二十九日、安原少尉の一機が、同日、第五陣は高祖少尉の指揮する四機が、第六陣は三月二十九日、中村准尉の指揮する五機が、第七陣は三月三十一日、笹川大尉の指揮する四機が、第八陣は四月一日、吉本少尉の指揮する六機が、第九陣は同日、平井中尉の指揮する八機が、第十陣は四月二日、久保少尉の指揮する二機が、第十一陣は同日、大井伍長の指揮する三機が、同日、さらに第十二陣として竹田少尉の指揮する八機が、第十三陣として四月三日には、結城少尉の指揮する六機が、第十四陣として同日、長谷川少尉の指揮する七機が、第十五陣として四月五日には、樽谷伍長の指揮する二機が、第十六陣として四月六日には、住田少尉の指揮する一〇機が、さらに第十七陣として同日、小林少尉の指揮する九機が、それぞれ、敵艦に体当たり攻撃を敢行した。この他、内地部隊の三航軍と海軍が、猛烈な航空特攻攻撃を行なった。

敵は、「カミカゼが来る」と恐怖のどん底に、たたき込まれた。

このような緊迫した空気の中で、ついに、私にも、来るべき命令が来た。四月七日の朝であった。

「陸軍准尉田形竹尾、陸軍准尉河野初美、陸軍曹長真土原忠志ハ、四月七日付ヲモッテ、飛行第二十戦隊付ヲ命ズ、依ッテ、直チニ赴任スベシ」

飛行第二十戦隊は、特別攻撃隊掩護戦闘機隊であった。特攻隊は、隼二四機、二四名で編成した。直掩の隼二型は約三〇機。戦隊長は、大刀洗、菊池時代共に過ごした陸士五十二期の村岡英夫少佐である。私に課せられたのは、特攻命令ではなく、特攻隊掩護命令であった。

特攻隊は、死んで任務を達成する、必死隊であった。掩護部隊は、特攻隊の誘導と掩護のために生きて任務を達成する、決死隊であったが、その大半は、特攻隊と運命を共にし、任務終了後、敵機動部隊に突入していった。

戦隊は、その時、高雄市外、小港飛行場より、台湾東北部海岸の花蓮港飛行場に前進し、連日激しい戦闘に参加していた。

飛行第二十戦隊特攻隊編成

少尉　神田正友（特操一期）大分県佐伯市大字二栄五八〇

（四月十二日出撃）

少尉　島田治郎（特操一期）長野県更級郡中津村今井八七〇

少尉　須見洋（幹候九期）北海道厚岸郡厚岸町潟月町一九三

少尉　宮田精一（幹候九期）金沢市寺地町一ノ一五八

少尉　後藤常人（幹候九期）福岡県八幡市大字槻田一一一四

伍長　菊井耕造（少飛十三期）香川県綾歌郡松山村大字神谷

（五月三日出撃）

少尉　藤嶺圭吉（特操一期）北海道小樽市東雲町六九

少尉　須藤彦一（特操一期）岩手県西磐井郡弥栄村茄子沢

伍長　高田豊志（少飛十三期）富山市福光町才川七

（五月十三日出撃）

少尉　今　野　静（特操一期）仙台市六十人町八四
少尉　白　石　忠（特操一期）東京都中野区江古田町四ノ一五二七
少尉　稲　葉　久　光（特操一期）横浜市鶴見区末吉町九五六
少尉　辻　　俊　作（特操一期）富山市布目町一七一（宜蘭から出撃）

（五月十七日出撃）

少尉　石　橋　志　郎（特操一期）京都府鍾路郡明倫町二丁目二三ノ五
少尉　武　本　郁　夫（幹候九期）福岡市薬院大通二ノ六三
少尉　大　野　好　治（幹候九期）東京都豊島区目白町三ノ二九九七
伍長　山　田　三　郎（少飛十三期）大阪市城東区左寿通町八一
伍長　森　　　弘（少飛十五期）神戸市生田区下山手通天ノ一七八

（五月二十九日出撃）

少尉　猪　股　寛（幹候九期）宮城県柴田郡槻木町人間野上野
伍長　芦　立　孝　郎（少飛十五期）鳥取県日野郡港口町港口

（六月一日出撃）

少尉　及　川　真　輔（幹候九期）宮城県名取市増田本町屋敷二三
伍長　東　　　勉（少飛十三期）福井県遠敷郡小浜町住吉七七ノ二
伍長　吉　川　昭　孝（少飛十五期）愛知県知多郡旭村大字日長

伍長　遠藤昭三郎（少飛十五期）静岡県清水市江尻魚原町六八四
（六月六日出撃）

飛行第二十戦隊において、この二四名が特別攻撃隊員として編成され、七回にわかれて、沖縄の敵機動部隊に突入、大戦果を挙げて、全員が壮烈なる戦死をとげた。

奇しくも、この二四名のうち将校は屏東において、下士官は北港において、それぞれ四ヵ月間、私が主任教官として、戦技教育を担当した学生たちであり、私にとっては、生涯忘れることの出来ない、なつかしい人々である。この特攻編成を、四月七日に知った時の私は、かねて覚悟はしていた。命令される立場の私に、命令する責任はもちろんないが、可愛い教え子の青年たちであるだけに、巨大な力によって、胸を締めつけられるような、息苦しい気持ちで、食事も喉にとおらない、苦しい、淋しい気持ちであった。

日米の圧倒的な空軍と艦隊の戦力差を考える時、特攻攻撃以外に、戦う方法はなかった。特攻攻撃は、最も勇気のいる至難の業である。しかし、掩護部隊の任務も重大であり、その困難さに、身のひきしまるような心のうずきを感じた。

散りゆく聖純な若き魂

沖縄の激しい攻防戦が開始されて三週間、戦況は一進一退、勝敗の予測は全くつかない。日本の陸海軍の航空特攻の闘魂が、火の玉となって、沖縄の空と海で爆発した。戦う特攻基地台湾も、殺気よりも厳しい、不気味な嵐の前の静けさともいうべき空気が、全島を覆っている。七〇〇キロ離れた沖縄侵攻の米軍の闘魂と、台湾の日本軍の闘魂が、火花を散らして激突しているのだ。

このような戦況下に、四月一日、私は、台北の師団司令部に出頭した。

用件を終わって、師団無線室を訪ねた。師団参謀や高級将校が緊張した重苦しい表情で、何かを期待するかの如く、待機していた。

「何か変わったことでもありますか？」

と通信班の中尉に尋ねて見た。

「誠第三十九飛行隊の六機が、間もなく、沖縄に突入するのです……」

「そうですか……」

私は、言葉にならない言葉を発して、間もなく消えて行く六名の特攻隊の成功を神に祈った。そして急いで、その名簿を調べた。

隊長は、陸士五十五期出身の笹川勉大尉で、笹川勉大尉、高橋晋二少尉（特操一期）、瓜田忠次伍長（少飛十二期）、井上柳三准尉の四名は、昨三月三十一日、徳之島より出撃、沖縄周辺洋上の敵機動部隊に突入、自爆していた。残された六機は、四月一日、亡き隊長の後を追って、まさに、沖縄本島西側の敵機動部隊に突入寸前である。おそらく、敵戦闘機の執拗な攻撃と、機動部隊の猛烈な対空火器の集中攻撃を受けているであろう。

誠第三十九飛行隊編成

少尉　吉本勝吉（特操一期）熊本県八代市福正町眼鏡橋通
少尉　西田定雄（特操一期）岡山県川上郡大賀村仁賀
少尉　宮永卓（特操一期）東京都荏原区小山六ノ四五八
軍曹　内村重二（少飛十期）鹿児島県囎唹郡西志布志村蓮原
軍曹　税田存邦（少飛十期）福岡県朝倉郡夜須村三益
伍長　松岡己義（少飛十一期）大牟田市三里町一丁目

この六名の中に、屏東と北港で半年間同じ中隊で勤務した、教え子の松岡己義伍長の名前を発見した。私は、思わず、

「松岡伍長。許してくれ。しっかり頼むぞ」

と、あたかも、私の命令で、私のために出撃しているような、苦しい、悲しい気持ちで胸が一杯になった。身上調書には、兄義登（熊本県菊池郡西合志村字上生）と書いてある。父も、母も、生存しておられないのだろう。


松岡伍長は、一九歳の純情童顔の美少年ともいうべき、若い青年であった。おそらく彼は、祖国の永遠の繁栄を願って、なつかしい亡き母のもとに行くのだと自分になっとくさせて、他の五名の戦友と共に、必中轟沈を心に期して、操縦桿を握って、必死で飛んでいるのであろう。私の脳裏には、別れた一ヵ月前の、彼の姿があざやかに、よみがえって来た。


無性に悲しく、涙が出て、どうしようもない。待ちに待った、最後の無電が入った。

「敵機発見！」

「敵機動部隊発見！」

と続いて、第一信、第二信が受信された。無線室の将兵は、自分が特攻隊で、突入しているような真剣な表情で、文字どおり、手に汗にぎるような、緊張した空気の中で、誰一人せきするものもない死の静寂の中に時を待った。

一分――二分――三分――四分――五分――。

何日も、何年にも思えるような、長い沈黙の六分間の時が流れた。

「六機――敵機動部隊に突入する――天皇陛下万歳！　さようなら……」

この無電を最後に、六人の若い聖純な魂は、民族の不滅なる永遠の生命の中に生きるため、その肉体は敵艦と共に、一片の肉も残さず、散って行ったのである。

最後の無電を聞いた瞬間、全身に強い電流を受け、心臓が停止し、全身の血が逆流するような強い衝動を感じた。

どの顔も、蒼白な表情で、涙で顔がくしゃくしゃになっている。誰が号令するともなく、沖縄の空に向かって、静かに、深く頭をたれて合掌し、健闘を感謝し、その六名の勇敢なる戦士の冥福を心から祈った。

これが厳しい悲しい戦争の現実であると、自分の心になっとくさせても、散って行く青年とその武勲の陰に泣く遺族の心中を想う時、かつて経験したことのない、淋しい気持ちに襲われた。

人の命のもろさ、人生のはかなさ、戦争の悲惨さをしみじみと、感じた。

二、三日前より、微熱があったが、北斗温泉の湯にひたって旅館の床につくと、ぐんぐん熱が上がってくる。女中さんから体温計をかりて、熱をはかると四〇度五分あった。

半年前におかされたマラリヤが、周期的に一ヵ月に一回くらい発熱する。三年前のビルマにおけるデング熱と、半年前に屏東で伝染したマラリヤ熱のために、肝臓をやられ「肝臓肥大症」と診断され、徹底した治療をしなければ危険だと、軍医から注意を受けていた。しかし、この祖国興亡の決戦の時、入院療養するような暇もなければ、精神的にも嫌であるから、戦隊の医務室で、申し訳程度の治療を受けていたのが悪かったのだ。

そのためか、再発することに、病気は悪化して行く。この夜も、ついに夜中に医者を呼んで、応急手当をしてもらった。

翌四月二日、師団軍医部において、診断を受けて、精密検査をしてもらった。

茂呂軍医部長（軍医中佐）は、私が昭和十一年の熊谷陸軍飛行学校時代、航空医学の研究のために、操縦教育を受けた五名の軍医の一人であった。いわば、操縦の同期生であった。それから、九年目の再会であったので、軍医部長は、再会を喜ばれ、

「君たち操縦者の生命は、長くても、本土決戦までだ。最後の日がくるまでは、体を大切にしないと、いざというとき、御奉公出来ないぞ」

と、無暴を戒められ、一〇日間の北斗温泉療養を命ぜられた。日本陸軍の中で、軍医であって操縦者であるのは、わずかに五名しかいない。茂呂軍医部長は、自らが一〇年の操縦体験を持たれるだけに、誰よりも飛行機乗りの危険さ、はかなさはもちろん、その微妙な心理

までも良く知っておられた。

軍医部長に感謝して、飛行場に出た。

台湾部隊の特攻基地は、宮古島、石垣島を前進基地として、松山、桃園、台中、花蓮港、宜蘭の各飛行場を基地として、特攻機は展開していたのだ。その中心は、台北の松山飛行場であり、敵機の攻撃の間隙を縫って、飛行機のあわただしい移動が行なわれていた。

北斗温泉の航空病院の将校病棟に入室して、しばらく休養することになった。

寝台に長くなりながら、あわただしく過ぎ去ったこの二ヵ月間を静かに回想した。

私が、河野曹長、後藤曹長、本田曹長、高鍋曹長、真土原曹長、岩切曹長、岩田軍曹、丸毛軍曹、堀田軍曹を指揮して、東京都下の立川陸軍航空廠より、一式戦（隼）一〇機を受領して、東京、大刀洗、知覧、沖縄、北港と一〇機を指揮して、沖縄北飛行場に着陸したのは二月二十二日の正午であった。

この日より一ヵ月の後には、敵大機動部隊が侵攻、上陸したのは、三月二十三日であった。

私が着陸した時の空気は、戦場で感ずる同じ殺気が、沖縄全島を包んでいた。

飛行場の四周には、掩体（飛行機を入れる）が築かれ、無数の陣地が、構築されていた。

飛行場の指揮所には、高射機関砲数基が備えられ、飛行場東方の高台には約二〇門の高射砲が、その長身をのぞかせ、その砲口は、やがて、やってくるであろう、南の空に向かって、たくましい姿を示していた。飛行場周辺には、日本軍のトラックが、あわただしく往来していた。

しかし、その沖縄にも、このときまでは、台風の前夜の静けさがあったかも知れない。戦闘の渦中にある私たちの心をやわらげてくれる静かな平和であった。

その沖縄も、一ヵ月後の、三月二十三日。いまや、敵機動部隊の爆撃と、砲撃と、銃撃の、非情な銃火の洗礼を受けている。敵は、ついに四月一日、沖縄本島に上陸した。

この沖縄周辺に、怒濤の如く、むらがりよせる敵機動部隊に対して、台湾から、九州から、連日連夜、壮烈鬼神を泣かしめる必死の特攻攻撃が展開されているのだ。

おかあさん！　さようなら

四月三日。北斗温泉の陸軍航空病院で病気静養しながら、一ヵ月前、少年飛行兵と過ごした、楽しかったある一日を回想した。

全軍特攻の風潮が台湾全土に燃え広がって、その風潮は、台湾在住の六〇万人の日本人(内地人)にも、軍人の気迫と決意が、心から心へと伝わって行った。

この空気を肌で感じた大日本製糖会社の北港工場の所長から、予想される特攻要員の少年飛行兵を一日招待する旨、戦隊本部に連絡があった。

招待されたのは、少年飛行兵第十五期生の上等兵四〇名と、同じく、少年飛行兵の十二期から十四期の伍長一六名の五六名であった。当時、私は、十五期生四〇名の学生の主任教官をしていたので、私が指揮を命ぜられた。

少年飛行兵は、一八歳から二〇歳の純情紅顔のいわば、美少年たちであった。

私は、少年飛行兵をトラック三台に便乗させて、午後一時、北港製糖工場の門を入った。

工場の門には、大日章旗が、台湾特有の強烈な光を受けてひらめいている。栗屋所長をはじめ、重役、部課長など、多数の出迎えを受けた。その中には、親しかった藤倉鉄道局長の温顔も見受けられた。

全員講堂に整列して、歓迎の祝典が行なわれた。まず栗屋所長より、

「戦局は、日ましに厳しくなり、その勝敗の鍵は、皆様方の双肩にかかっています。御自愛の上、国家のために、御健闘をお祈りします。

本日は、何のおもてなしも、出来ないが、すべてを忘れて、一日を楽しく過ごして下さい……」

しんみりとした調子で、来るべき日を胸に描きながら、それにはふれずに挨拶された。誠第百十六飛行隊付として、四月二十八日、沖縄の敵機動部隊に突入した少年飛行兵十五期生の大橋茂上等兵が、同期生を代表して、

「私は、大橋上等兵であります。同期生を代表して御挨拶申し上げます。

本日は、御招待にあずかり、有難うございました。お礼申し上げます」

一八歳の大橋上等兵は、顔を真っ赤にしながら、たどたどしく、やっとこれだけの挨拶を述べた。会社の人々は、近くこの若鷲たちが、還らぬ特攻攻撃に出撃することを知っている。

しかし誰一人として、そのことは、言葉にも、態度にも表わさない。

この大橋上等兵の素朴な挨拶に感銘を受けて、ハンカチで涙をふいている人もある。

最後に、私は、指揮官として、挨拶した。

「本日は、心からなる御招待を受け、少年飛行兵一同、感激し、大喜びで、お伺いした次第です。御承知のように、連合軍は、圧倒的な物量を動員して、総反攻に出ています。これを支え得るものは、一億の国民の誠心の激励を受けて、必死不還の特攻出撃以外に、祖国防衛の道はありません。

本日、御招待を受けた少年飛行兵たちの胸の中には、この楽しい一日の想い出が強く刻み込まれて、永遠に消えることはないでしょう。

指揮官として、心から感謝の意を表明します」

この中から、大半の者が近く出撃するのだ。私も征くかも知れない。しかし、それはいえないのだ。

粟屋所長の発声で、一同乾杯した。約三〇分間、山海の珍味の御馳走を食べた。

粟屋所長は、にこにこしながら、

「少年飛行兵の皆様方、製糖工場幹部のお嬢さんと町の有志の御令嬢が一〇〇名ほど、皆様の話し相手に来てもらっています。久しぶりで、なつかしい故郷に帰り、姉さんや妹さんに逢ったつもりで、ゆっくり遊んで下さい」

一同庭園に出た。なるほど、戦隊副官より、若い少年飛行兵以外は一名も同行してはならないと厳重に注意された意味がわかった。三〇〇〇坪はあろうと思われる広大な庭園の十数ヵ所に茶屋のような休憩所が設けられ、果物、菓子など山と積まれて、接待役には、着物で盛装した奇麗なお嬢さんたちが配置されている。まるで、春が来て、色とりどりの花が一斉に咲き乱れたような感じだ。

「異郷の地より出撃するこの人たちは、なつかしい、母、姉、妹、兄、弟の、愛する肉親との別れも出来ず、心の中で涙の別れの言葉を交して行かねばならない。せめて、一日でも、平和で暖い時間を過ごさしてやろう」

私は、こう感じた。製糖会社の幹部の方々の暖い同胞愛の思いやりに、心の中で手を合わせて感謝した。

はじめのうちは、若い隊員たちが恥ずかしがったり、遠慮したりして、若い女性のところに行かなかったが、いつしか思い思いに、三人、五人ずつのグループに別れて、木陰で楽しそうに語り合っている。

私は、指揮者であり、今日は招かれた主人公ではない。若いお嬢さんから接待を受ける資格はないのだ。監督の責任があるので、聞くとはなしに肌で感じながら、時々庭園を巡回した。あっちでも、こっちでも、若い男女がグループを作って、楽しそうに語り合っている。

少年飛行兵は、一八歳から二〇歳の年少者だが、お嬢さんの方は、一八歳から二四歳ぐらいの人々で、年齢的には姉さんが多い。少年飛行兵は、

「姉さん。姉さん」

と、肉親の姉にあまえるように、親しく話しをしている。それはあたかも、子供が母を慕う姿に似ていた。「これで良し」と私は安心して、若い者の邪魔にならぬよう、応接間にて

休憩をしていた。しばらくすると、一人の娘さんが、涙を流しながら飛んで来た。

「田形准尉殿。兵隊さんが、泣いて困ります。困ってしまったので、来て下さい」

「どうして、泣いているのですか?」

「飛行機の話、戦争の話、故郷の話などみな楽しく語り合ったのですが……。

出撃するときは、お母さんに一目逢って征きたいでしょうね……と。

お母さんの話しをすると、今まで何の不安も、悩みもなさそうな楽しい表情から、怒ったようになり、ついには、大声を上げて泣きだされたのです……」

「そうですか。死んで行く、兵隊に、お母さんは禁物です。すぐ行きます」

その娘さんに、そう答えて、私は立ちあがったが、私もお母さんには弱い。まして、一〇代の若い彼らは、戦争がなければ、母にあまえている年代だ。

お母さんに逢いたい。

お母さんに喜んでもらいたい。

お母さんさようなら……。

私は、近く特攻隊となって、沖縄に突入しなければなりません。その前に一目でもよいから、逢いたい。しかし、国が勝つか負けるかの重大なときです。そういう女々しいことは許されない。しかし、母に逢いたい。

こういう、心のふるさとともいうべき、母への慕情を軍人であるがゆえに、せいいっぱいの努力で、彼らは、耐えているのだ。

若い聖純なる、彼らの心情を想う時、とめる前に、私の方が、泣けて泣けて、がまん出来ないのだ。特攻隊員に、

「お母さんに逢いたくないか」

これは、絶対に禁句であった。「お母さん」という言葉をいえば、悟った心が動揺する。それほど、母とは、戦士にとって、いや、人間にとって偉大なるものなのである。

世界戦史に例のない殺人戦法の特攻も、その戦士の魂は、「崇高な人間愛」であり「祖国愛」であり「人類永遠の平和」で貫かれていたのだ。この崇高な、特攻精神を育てたのは、軍隊でもなければ、軍国主義でもない。悠久三〇〇〇年の歴史と伝統に培われた、偉大なる日本の母が、特攻隊を生み出したものである。

夕刻まで、少年飛行兵にとっては、生涯の楽し想い出の時間となったと思う。また近く死んで行く若い戦士の汚れなき魂に接したこの時のお嬢さん方には、わずか半日の短い時間だが、悟り切った偉大なる男の魂にふれて、その後の人生に、人間として、日本人として、女性として、得難い教訓を学ばれたことと思う。

四月八日、所用のため、航空病院長より外出の許可をもらって、台北の町に外出した。用件を終わって、慰問のために、桃園飛行場にある特攻隊の宿舎をたずねた。

桃園飛行場には、第三練成飛行隊（二式複戦）が駐留し、主としてB29爆撃機に対する防衛と航空要員の教育を担当していた。この飛行場には、特攻隊の宿舎が設けられていた。沖縄に突入した特攻隊のうち、何十名かは、この宿舎で、今生の名残の最後の夜を過ごした。

悲しい宿舎であった。

私が慰問に行った時は、十数名の若い少尉と、軍曹、伍長の特攻隊員が宿泊していた。当日は、近く出撃する隊員を慰めるために、宗教家、町の有志、国防婦人会、芸者さんなど多数が慰問にきて、賑やかな演芸会が催されていた。

私は、自分の死ぬ時期と死ぬ状況を知りながら、限られた短い時間を生きている特攻隊員の真の姿を、この目で見、この肌で感じとりたい。こういう願いをこめて尋ねたのである。

隊員と会って、まず驚いたのは、何の不安も悩みもないような、明るく、生き生きとした表情をしている。暗い表情をしている者は一名もいない。

寝室に入って見た。整理整頓が几帳面になされ、廊下は塵一つないように掃除が行き届いている。さすがは、特攻隊の将校であり、下士官であると感心した。

「立つ鳥、後をにごさず」の諺そのままの姿である。

寝台後方の本箱の横に、荷札のついた小包が目にとまった。手にとって見ると、私物の衣類や日用品など、荷造りがなされ、自分の郷里宛に発送準備がしてあった。ほとんどの者の受取人が、母宛になっていた。この小包が届いた時は、これが遺品となるのだ。生きながら、自分の遺品を、自分で整理をして発送する。その時の特攻隊員の心境は、如何ばかりであろうか……。

その心境を想う時、ぐっとこみ上げてくるものがあり、大粒の涙が、ぼろぼろと、頬を伝わって流れた。

ハンカチで、涙を払いていると、後方より、

「どうかされましたか？」

と、明るく、力強い声で呼ばれて、私は、はっと思って、

「いや、どうもしないのだが」

そう答えて、その人を見た。一八歳か、一九歳ぐらいの童顔の特攻隊の伍長であった。

「特攻隊御苦労様。しっかり、頑張ってくれ。演芸会には、行かないのかね」

「はい。私は、虫歯の治療に行ったのです。ようやく、きょう金カンをかぶせて、治療が終わったところです」

「君は、いつ出撃するのかね」

「はい。まだはっきりしませんが、二、三日うちに出撃すると思います」

　この返事を聞いた時、私には、これ以上、彼と語る言葉がみつからなかった。それは、二、三日内に、死ぬことが解っていて、虫歯の治療をして、金カンをかぶせる。この武人の床しい心掛け、これこそ、軍人が任務を完全に果たすために、到達しなければならない、最高の悟りの境地であった。この若い伍長は、特攻任務の重大さを自覚して、自らの意志で、肉体的に、精神的に、完全な体調を整えようと、死の直前まで、努力して、静かに出撃の日を待っているのだ。

　この心境に到達していない私は、自分の未熟を恥じ、心から、この伍長に、軍人として、人間として、敬意を表した。

この姿は、特攻隊員全部に通ずる、悟りの姿であった。

戦後「きけわだつみのこえ」の、東大出身の戦歿者が書いた内容とは、余りにも大きなひらきであった。もちろん、特攻隊員も、人間である。何千名もの中には、死の恐怖を克服し得ず、悟れなくて、苦悩したまま、任務の前に散って行った人も、少しはあったであろう。このことは、私も否定はしないが、一部を除いて、

「愛する者、絶対的なものを護るために、その犠牲になって、死んで行くのだ……」

と、死の恐怖を克服して、死ぬことの意義を自らがなっとくして、不安も悩みも絶ち切って悟りを開き、冷静な心境で、ほとんどの人が、死んで行ったのだ。このことを今なお、私は信じてうたがわない。

それは、特攻要員として、必死の操縦訓練を受けている時、さらに、特攻命令をもらって、待機している時、「さようなら」の言葉を残して、最後の離陸をして行くその姿の中から、あるいは書き残された遺書の中から、はっきりとその実証が出来るのである。

人間が、死を悟った時、あるいは死ぬ時には、戦時、平時を問わず、虚栄や見栄はないのだ。如何なる人間でも、死ぬ時は、その人の真実の人間の本性が現われるものである。

しかし、特攻隊でない、決死隊の立場にあった私は、この時までは、恥ずかしいことだが、「なぜ、若い青年が、あのような、静かな心境で死んで行けるのだろうか。特攻精神の真髄は何んであろうか」

正しく理解することは出来なかった。それほど、死んで任務を達成する特攻とは、勇気の

いることであった。魂の次元が高かったのである。

私は、このような感慨にふけりながら、演芸会場をのぞいて見た。

名前は記憶していないが、有名な宗教家が、祖国のために死んで行く特攻隊員の悩みを少しでも軽くしようという気持ちからか、

「人生と、死生観」「戦争と、軍人」

という意味の宗教講話をしていた。

私も、操縦者として一〇年間、「死との対決」という、厳しい人生を生き抜いて来た。そのために、人間の絶対的な理想像としての「神」や「仏」は、尊敬すべきもの信ずべきものとして、敬まって来た。宗教も否定する気持ちは持っていない。

しかし、「神」や「仏」は、敬まうものであるが、頼よるべきものではない、と信じて生きて来た。

「われに苦難を与えよ、しからずんば、死を与えよ」

という、戦国の英雄、山中鹿介の心境に少しでもあやかろうという気持ちで、少年時代より、自らの生き方を考えた。さらに、飛行機乗りになってからは、特にこの気持ちを強く貫いて来た。神仏に祈ったが、頼よらなかった。自らの心の中に、神と仏を作ることである。

それは、飛行機乗りの私としては、死との対決を克服するために、

「不屈の闘魂、不屈の根性」

これこそ、宗教を越えるものと信じて来たのだ。特攻隊の心境には遠くおよばないが、こ

れで、一〇年間を楽しく生き抜いてこれた。

特攻隊にはおよばないが、私のこの心境から、宗教講話を聞いて、宗教家の魂の次元の低さに驚いた。宗教の教義そのものは、高いものである。その次元まで、悩める大衆を指導し導き、悟りを開かせるのは、人間としての宗教家である。

このように、魂の次元の低い、死というものを克服していない宗教家に、死を克服している特攻隊員を導くことは出来ない。

結論はすぐに出た。今まで、朗らかに、演芸を観賞していた特攻隊員の表情が暗くなり、ついには、全員が、嗚咽しだしてしまった。

それは、人間としての愛の尊さを説いている中に、絶対的な「母と子」の愛情にふれたのだ。その説明が、前進するのではなく、悟りきった高い境地より、煩悩の世界の次元の低いところに、心を動揺させてしまったからだ。話しを聞いていた私もこの宗教家は、死に対する悟りを開いていないのに、あたかも、悟っているような話しをしている。魂の次元の違いは、人間対人間の場合、接しただけでも、すぐわかるものだ。いわゆる「位負け」ということであると、感じ取っていた。

座がしらけた。暗い空気に、なってしまった。

宗教家に、真の宗教家なし、

学者に、真の学者なし、

教育者に、真の教育者なし、

政治家に、真の政治家なし
哲学も、経済学も、政治学も知らない私だが、この宗教家を見て、世の識者がいわれることは、真実であると感じた。

近く死んで行く特攻隊員を、慰め、激励しようという目的で催された演芸会は、最後に出演した、台北市から来た一〇名の芸者さんたちによって、その日的が達成された。

芸者さんの唄と踊りと三味線によって、暗い会場の空気も一掃され、元の明るい、朗らかな空気にかえったので、私も、心から「よかった、よかった」と喜んだ。母性愛の、女性の本能が、無意識の間に、特攻隊員の気持ちをやわらげてくれたのだ。

死んで行く、若い戦士にとって、

「母は、絶対的なものであった」

後ろ髪を引かれる思いで、桃園に別れをつげて、台北の松山飛行場に行った。

午後六時、石垣島に前進する特攻機四機を見送るためである。

飛行場のピストには、航空帽の上から日の丸のハチマキをしめ、航空服の両腕にも日の丸の小さな旗をぬいつけている少尉一名、伍長三名の特攻隊員が、出発を待機していた。出発線には、隼四機が、胴体に二五〇キロ爆弾を搭載して、待機している。飛行場には、師団の高級将校はじめ多数が日章旗を手に持って出発を待っていた。私も、見送りの将兵の中に混じって待った。

定刻午後六時、隼四機が、一斉に始動された。四名の特攻隊員は、見送っている私たちの前を、頼もしい態度で微笑をたたえながら、敬礼して通り過ぎ、愛機に搭乗した。涙一滴流していない。明るい表情であった。見送る将兵は、どの顔も、どの顔も、涙でくしゃくしゃになっている。

私も、涙が出て、どうしようもなかった。やがて、飛行場一杯に、力強い爆音を響かせながら、四機編隊で離陸する。

見送る私たちは、「万歳、しっかり頼む」と、大声で叫び、日の丸の旗を振って、見送った。特攻隊員は、大きく手を振りながら、離陸して行った。高度三〇〇メートルで、飛行場上空を大きく一周して、別れの翼を振って、しだいに高度をとりながら、東の空に機影を没して行った。

この四機は、翌払暁、沖縄に突入するとのことであった。

「お母さん、さようなら、明日は、いよいよ沖縄に出撃します……」

と、四名の特攻隊員は、おそらく心の中で、故郷の母に別れをつげて、なつかしい台湾から前進基地、石垣へと、飛んで行ったであろう。このようにして多くの人が死んだ。

沖縄防衛最高司令官は、六月二十三日、壮烈なる自決をされた。

この日をもって、沖縄作戦は、日本の敗北に終わり、戦いは終わった。

三月二十三日より、六月二十二日までに、陸海軍機の沖縄出撃は延べ七八五二機に達し、そのうち特攻機は二三九三機の多数におよんだ。

その尊い犠牲による戦果は、戦後米軍が発表した資料によると、撃沈三六隻、撃破三六八隻、合計四〇四隻の偉大なる効果を挙げたことが判明した。この記録によっていかに特攻攻撃が、激しかったかということを、知ることが出来る。

国のため散れと教えし花なれど
あらしのあとの夜のさびしさ
（一特攻隊員の母の嘆詠）

最後の特攻隊長

マラリヤとデング熱が再発し、一〇日間の予定で、北斗陸軍航空病院で温泉療養していたのが、いつ退院出来るかわからなくなった。特に肝臓がひどく悪化したようで、急激に体力が低下した。体がだるく、自分の体の重みを感ずるように、力が出なくなった。

「大事にしないと、戦闘に参加出来ないのみか、無理すると、生命にかかわる」

と軍医より、注意を受けた。

休養の心得で入院したのが、予定の一〇日を過ぎたころより、さらに悪くなってしまった。

（戦後も約一〇年間ばかりは肝臓病で苦しんだ）

今徹底的に治療すれば、全快する。思い切って、内地に転地療養せよと、軍医はなかば命令的に指示された。

しかし、沖縄の特攻作戦は、いまや最高潮に達している。毎日、多くの若い生命が失われている。このような重大な時、入院していること自体が残念でならないのに、徹底的に治療しなければ生命にかかわると、軍医はいわれる。この国家存亡の危機に、病気では死にたくない。何と情けないことだ。特攻隊の戦友に申し訳ない。病気に勝てずに無念だ。人知れず、私は泣いた。

当時、爆撃によって足を負傷されていた飛行第八師団の作戦参謀川野剛一少佐が、航空病院に入院しておられた。川野参謀は陸士四十七期の出身で、陸軍大学を優秀な成績で卒業された。正義を愛する熱血児であり、人情参謀といわれる愛情豊かな人間性の参謀将校であった。

ふとした縁で、私は大変可愛がられた。ことに台湾沖航空戦の折り、師団主催の慰労宴の時には、繃帯している私の頭を軽くたたいて、川野参謀は、苦笑しながら、

「君の頭は、強いね。よかった、よかった」

と、私の無事を喜んでいただいた。

この尊敬する川野参謀と、お湯の中でばったりと出会った。

「おお、田形准尉ではないか……」

「はい。川野参謀殿。珍しいところで逢いましたね」

「君も入院していたのか……一人で話し相手がないので、俺の部屋に引っ越してこい」

「はい、そうします」

こういう次第で、さっそく将校病室（尉官）から佐官病室に引っ越した。

久し振りで逢ったので、夜のふけるのも忘れて語り明かした。

「沖縄の戦いは、どうなりますか……」

「うん。艦船一四〇〇隻以上、日本の飛行機の数ほど、攻めて来たからね……」

川野参謀の表情は、苦悩で暗い。

「戦いは勝てますか？」

「勝敗は、最後の瞬間までわからない」

このような深刻な間答をくりかえした。これ以上は、命令する立場の参謀には質問出来ない。特攻隊員も参謀も、血の通った生きた人間である。

連合軍の物量に勝つ道は、特攻隊の闘魂と、その戦果に、すべてがかかっていた。

命令する立場の高級指揮官の責任と、人間的苦悩というものが、私にはよく理解出来る。

命令される立場の私たちは、この点まことに気楽なものだと、心から同情を禁じ得なかった。

「戦争とは、血と、涙と、闘魂によって綴られた、人間の悲劇のパノラマである」

と、しみじみと感じた。

こうしてしばらくの間、川野参謀と起居を共にした。階級別制度の厳しい軍隊で、一准尉が、参謀少佐と同室入院しているのは、全く異例のことであった。ある日川野参謀は、

「田形准尉。君は、肝臓をひどくやられているそうだね。病院長は、内地に転地療養させないと、危ないといっているぞ。どうせ君たち操縦者の生命は、後半年だ。急ぐことはないので、内地に帰って、しっかり養生せよ」

「はい。御心配かけてすみません。一晩、考えさせて下さい」

こうして、川野参謀と病院長の命令で、内地に帰って、療養することになった。

四月二十八日、師団飛行班の飛行班長の大尉が操縦する、大型双発輸送機に便乗して、二年間の喜びと、悲しみの想い出多い台湾に別れを告げて、台北の松山飛行場を払暁に離陸した。

沖縄方面は、敵に制空権を握られているので、台北—上海（着陸）上海—雁ノ巣（福岡）のコースで飛ぶことになった。輸送機は、高度三五〇〇メートル、二七〇キロの速度で一路、上海に向かって東シナ海上空を飛ぶ。

第二の心のふるさとともいうべき、次第に遠ざかって行く台湾。その台湾で戦っている戦友に、心の中で、お詫びをしながら別れを告げた。

機上機関士が、一年後輩の高島哲郎准尉（福岡県出身）で、久し振りに逢ったのは、思わぬ喜びであった。

上海まで五〇キロの距離で、空襲警報が発令された。上海に着陸出来ないので、そのまま九州に向かって飛ぶことになった。はるか水平線上に雲仙をはじめ、長崎の山々が見え出したころ、南九州地区に空襲警報が発令され、一瞬、機内に緊張の空気が流れた。

幸い、北九州方面は敵機の来襲がなく、一六五〇キロを五時間三〇分で翔破して、無事に雁ノ巣飛行場に着陸した。

さっそく、久留米陸軍病院に入院して、徹底した治療を行なうことになった。

私が、こうして病気療養に努めている間に、沖縄の決戦は、さらに熾烈となり、戦局は、重大なる段階に突入しつつあった。九州、四国、中国に対する、敵機の空襲はもちろん、ついに関東、関西から北海道へと、次第に本土に対する米機動部隊による攻撃は拡大されて行った。

担当の西川修軍医少尉の適切な治療が効を奏して、思ったより早く健康をとりもどした。体力、気力も充実して来た。西川軍医は、少なくとも、後一ヵ月は入院を必要とすると指示されたが、私は、これなら戦闘任務に耐えられると思ったので、特別に、久留米陸軍病院長に申請して、自己退院することにした。

六月一日、病院長の許可があったので、西川軍医や看護婦さん方に感謝しながら、一ヵ月ぶりで白衣を軍服にかえて、退院した。完全に回復していないので、腰に帯びた軍刀の重味を感じたが、さあ、また操縦桿を握って、戦えるぞと、すがすがしい気持ちで、胸が一杯であった。

恐らく、これが、最後の帰省になるであろうと、久し振りで郷里に帰って一泊した。ビルマで逢った弟の盛男は名誉の戦死をとげ、兄寅次は鹿児島県の出水海軍航空隊に召集されている。弟茂は予科練に入り、海軍航空特攻要員として大分海軍航空隊に勤務していた。従弟の加藤豊次が、航空士官学校五十八期生で、満州に派遣されていた。

家には父母、妻子、妹と、姉のリエとちとせ、朝子、興亜が大牟田から疎開して来ていた。いわゆる出征留守宅は、女の手で守られていた。

一番早く死ぬと覚悟していた私が、まだ生きているので、家族一同心から喜んでくれた。

心に期するところのあった私は、母と二人で、先祖の墓参に行った。久し振りで参った墓地には、新しい戦死者の白木の墓標が、すいぶんふえていた。母には、何もいわなかったが、血の通った母と子である。私の決意は、母にはよくわかっている。母も私も、そのことについては、一言もふれなかった。

「くれぐれも、体を大切に、戦って下さいよ」

これが、先祖の墓前で、母が私にくれた別れの言葉であった。この夜、母が作ってくれた味噌汁の味は、終生忘れぬ母の味であった。

六月二日、家族一同に見送られて、任地の岐阜に向かって出発した。

汽車の時間の都合で、久留米から九大線で大分に向かった。それは、特攻要員として待機している弟の茂を激励するのが目的であった。一年ぶりで逢った弟は、一七歳だが、びっくりするほど、たくましく成長していたので、安心して別れた。

「兄さん。頑張って下さいよ」

「茂。盛男に負けないように、頑張れよ」

弟も涙を流している。私はこれが、ビルマで盛男と別れたように、恐らく最後の別れになるであろうと、心で泣き、微笑で別れた。

弟と別れて、大分駅で敵艦載機の熾烈な銃爆撃を受けた。

「南九州、空襲警報発令中」

「北九州、空襲警報発令中」

「四国、空襲警報発令中」

このように当日は、四国、九州全土が、敵艦載機延べ数百機の激しい攻撃にさらされていたのである。

八幡で、ミツヨ叔母に、久し振りで逢った。

「叔母さん。早く田舎に疎開しないと、いずれ、八幡も大空襲が必至です」

「そうだろうね。いずれ疎開します……」

これが、母の妹であり、子供のころから私を可愛がってくれた叔母との最後の別れであった。この叔母は、八月上旬のB29による北九州大爆撃のさい、直撃弾で惨死してしまった。

小倉駅から、夜行の急行列車の二等車に乗り組み、岐阜に向かった。（当時は、一等、二等、三等に汽車は区別されていた）

六月三日、岐阜の飛行師団司令部に出頭した。師団参謀よりの、

「三木飛行場（兵庫県）に至り、飛行戦隊長の指揮を受けよ」

という命令によって、三木飛行場に向かった。三木市は、戦国末期の羽柴秀吉中国攻めの折り、秀吉麾下の謀将黒田官兵衛によって一躍、天下に名を知られた三木城の古城跡がある旧城下町であった。飛行場は、その町から四キロ離れた小高い丘の上にあった。

着任してがっかりしたが、一〇〇式司令部偵察機新司偵を主体とした、偵察隊であった。任務は、本土防衛のために、太平洋方面の海上偵察が主任務であった。私は、さっそく師団司令部に電話で、戦闘隊への転属を要請した。どう手違いがあったのか、なかなか転属命

令がこないので、命令がくるまでということで、何ごとも経験だと思い、偵察機（双発）による偵察任務で、四国南方の太平洋上まで飛んで、連日、潜水艦と飛行機の哨戒飛行を続けた。

勤務が、ついに、二ヵ月を越えてしまった。

私は、どうもおかしいと感じたので、中隊長に、強く転出を要望した。

「田形准尉、われわれ操縦者の命は、長くて今秋までだ。どこで死ぬのも同じではないか。この部隊も、古参操縦者がいないので、戦隊長に頼んで、中隊に残ってもらったのだ……」

「そうですか。未熟な私に、そうまで期待してもらうのは、有難いのですが、私は、戦闘機乗りです。だから、最後は戦闘機と運命を共にしたい。この気持ちは、操縦者である中隊長には、わかって下さると思いますが……」

中隊長の若い伊藤大尉は、両眼に、涙を浮かべながら、

「田形准尉。すまなかった。私は、中隊に残ってもらいたかったので……」

後は、涙で声にならなかった。私にもこの若い中隊長の心情は、わかり過ぎるほど、わかる。互いに、大空に生死を賭けた操縦者である。心の中で感謝しながらも、戦闘隊への転出はあきらめなかった。それは、私たちの生命が、風前の灯であり、いよいよ最後のときが来たと肌で感じていたからである。

こうして、やっと八月五日、戦闘隊転出の命令を受けた。出発は八月九日と指示された。

私は、八月九日夕刻、二ヵ月間勤務した三木飛行場を出発、「死出の旅路の出発点」目達

原飛行場への道を、複雑な気持ちで急いだ。

広島駅で、三時間停車した。駅から見える町には、死体が重なり合っていた。この見るも無惨な光景は、今もなお悲しい想い出として、私の脳裏に生々しく刻み込まれている。

相つぐ空襲のために、姫路―鳥栖間を二日間も要し、十日夕刻、無事、任地の飛行第百四教育戦隊（佐賀県目達原）に到着した。この戦隊にはなつかしい人々が多数在隊していたのが、思いがけない大きな喜びであった。

戦隊長山口栄少佐（鳥取県出身）は大刀洗、菊池時代の尊敬する昔の中隊長、副戦隊長は大刀洗の三中隊の二年先輩の河野少佐（大分出身）、部下には、私が教育した三瓶准尉（二年後輩）など、十数名の准士官、下士官がいた。

大刀洗航空廠目達原分廠長は、同年兵の井上光次准尉（佐賀県神崎町出身）であった。飛行場警備の歩兵隊には、従弟の田形義男伍長、田形秀雄軍曹がいた。

戦隊は、学鷲二期、少年飛行兵十六期生などの航空要員教育と、北九州地方の防空任務に服していた。

飛行機は、隼を主力に、四式戦、五式戦など、約四〇機であった。

操縦者は、第一線操縦者将校二〇名、准士官二名、下士官四〇名と、学生は学鷲、少年飛行兵など一〇〇名で、戦隊将兵約五〇〇名の部隊であった。

飛行場周辺には掩体が造られ、遠いところは二キロ以上の松林の中に、飛行機は温存されている。

戦隊の空気は、ピーンと張られた電線の如く、緊張した空気で、特攻の風潮が常態となって、みなぎっていた。

八月十一日、山口戦隊長に申告した。

「陸軍准尉田形竹尾は、八月五日付をもって第百四教育戦隊付を命ぜられました」

「御苦労。待っておったぞ。もう戦いも終わりだ。最後の命令が出るまで、休養しておけ」

山口戦隊長とは、菊池で別れて三年半ぶりのなつかしい再会であった。

「田形准尉。無事で良かったね、日華事変以来ずっと、特に、准士官として四年も戦い、苦労だけして、将校にもならず、気の毒であった。しかし、負傷が全快して何よりだね」

「戦隊長殿。私は、あの夜間不時着の折り、人生観が変わりました。将校になれずとも、准尉に、誇りと喜びをもっています、御心配は、無用です」

中隊長時代、山口戦隊長には、公私共に格別の御愛情と御指導を賜わった。いままた、

「将校に進級させてやりたい……」

と、このように、私のことを心配下さる。この陸空軍の幹部候補生の中で一番優秀な将校といわれた山口戦隊長より、このような深い愛情に接して、私は、

「この戦隊長と、一緒に死ねるのだ。心から尊敬と信頼をよせる上官と共に死ねることは、武人の本懐であり、これ以上の喜びはない」

と感じた。戦隊全員の操縦者が、特攻命令を待っている。特攻隊となる心の準備は、すでに充分に整えられていた。

八月十四日の午前九時、空中勤務者全員集合の非常呼集のラッパが鳴りひびいた。

さあ、待望の特攻命令だと、一瞬、操縦者全員の表情に、緊張の空気が流れた。

臨時に設けられた松林の中の戦隊本部前に、中隊ごとに約二〇〇名の操縦者が二列に整列した。山口戦隊長は、航空服に身をかため、右手に書類をしっかりと握って、厳しい表情で、全員の「頭右」の敬礼を受けられた。

「只今から、特別攻撃隊の命令を下達する」

「山口少佐ハ、誠特別攻撃隊長トシテ、第二攻撃隊長ヲ兼務シテ、部隊ノ先頭ニ立ッテ沖縄ニ突入スル」

「陸軍准尉田形竹尾ハ、誠第二特別攻撃隊長ヲ命ズ」

ついに、死の突撃命令が発令された。続いて、第一、第二攻撃隊員、二〇名の将校、准士官、下士官の名前が発表された。（最後だから、操縦古参より編成された）

「出撃の時機は、後刻示す」

「おめでとう。頼みます」

部隊の将兵より、祝辞と激励を受けた。

生命の恐怖との闘い

人間が一番恐れるのは、死である。

人間が一番大切にするものは、生である。

人間の死はすでに、生まれた時に約束されている。

人間の生も、限りある生命とされている。

特攻隊というものは、この一番大切なもの、一番恐ろしいものの、終末を宣告されるのである。しかも、その死は、重大な、敵撃滅という任務を課せられて、自分の意志で、操縦桿を握り、自分の努力で、死ななければならない。

国家、民族の防衛のために……。

永遠の世界平和のために……。

名誉と、誇りと、責任とを心の柱として、死の恐怖と闘い克服しなければならない。

何の不安もない。

何の悩みもない。

何の欲望もない。

これらをなっとくし、死の意義を知り、喜びをもって、死んで行かねばならないのだ。

これは、自力開眼ではなく、戦争と戦士という宿命による他力開眼であった。

このように、死の恐怖との闘いは、勇気のいる至難な重大なことであった。

私たち生きている人間には、いつの日か、この死との対決の日が訪れるのだ。

しかし、すべての人間が、俺は若いから、俺は健康だから、俺の家は長寿だからと信じている。その対決の日は、相当に遠い、大きな距離がある、と、意識の世界で考えて、無意識の間に、これを避けようとしている。

しかし、きょうの私は、この死との対決をさけることは出来ない。特攻隊長という軍の至上命令を受けたのだ。

人生五〇年――人生七〇年といわれる。

私は、この世に生を享けて二九年、みんなより少し、その死との対決の日が、早くやって来たのだ。

「陸軍准尉田形竹尾ハ、誠第二特別攻撃隊長ヲ命ズ」

命令を伝達される時間は、わずかに、一〇秒ぐらいの短い時間だ。この短い時間で、五欲の煩悩の世界から、決死隊の心境から、現人神としての特攻隊の「悟り」の開眼をしなければならない。命令を受ける瞬間の私には、長い、長い、苦悩と、恐怖の時間であった。

それは、過ぎ去った二九年の人生の歳月よりも、時間、空間よりも、はるかに長いように感じた。

巨大な力で、全身を圧迫されるようだ……。

全身の血がとまり、心臓が爆発しそうだ……。

死にたくない。死なねばならない……。

死ぬとは、いったい何であるか……。

生きるとは、いったい何であるか……。

死の便りを、母はどううけとるか……。

俺の人生も、二九年で終わった……。

死の恐怖を克服するには？　死とは？　生とは？　このことをなっとくしなければ、「悟り」の開眼は出来ない。

死を克服するためには、このように、大死一番の勇気が必要であった。

多くの特攻隊員も、この苦悩と、恐怖を、同じように体験し、克服して、「安心立命」の「悟り」を開いた。そして、微笑を残して、死んで行ったのだ。

台湾以来今日まで、いざという時自分もあのように、現人神といわれる心境になれるだろうか？　と、われながら、一抹の不安をもっていたのは、備わらぬ私の姿であった。

死の前には、虚名も、偽りもない。また五欲を断ち切って、生命を捨てた身に、すべてが不必要であった。

死を決した者にとって、地位、名誉、富、恋など、すべてが、むなしいものであった。

ただ、肉体は亡びても、その精神は、永遠の不滅なるものの中に生きて行く。これが悠久の大義に生きる、永遠に不滅なる魂を持つとして、表現されているのだ。

特攻命令の伝達が終わった時、生まれてはじめて経験した憎しみも、悲しみも、寂しさも、不安も、何かを求める心もない。これが、神仏の心であろうと思われる。すがすがしい、心豊かな、心境で、現世に対する何の未練も、若い命を散らす、悔いも苦しみも、感じない。

決死隊から、特攻隊へ変わっただけで、こうも考えが変わるのかと、我ながら、自分に驚いた。

今まで、親しく語り合った、戦友の態度が、がらりと変わった。大切にはしてくれるが、逢うのをさけるような態度が見える。逢っても、瞼に涙を浮かべて、多く語らない。

整備員の血のにじむ努力で、隼二二機が、二五〇キロ爆弾を胴体に爆装した。

いつでも出撃出来るよう整備が完了した。

航空服にも日の丸の旗が、左右の胸に縫いつけられた。

これで、命令あり次第、出撃出来るのだ。こうして、すべての準備を終わって、静かに出撃命令を待機した。

戦隊長の厚意で、近県出身の者には留守宅に電報が打たれた。私の郷里は目達原より約四〇キロ、自転車で三時間の距離である。午後三時すぎ、父と妻が、生まれたばかりの長男、寛文を背負って、自転車で別れに駆けつけて来た。

「竹尾。征くのか……」

父は、ぽつりと、唯一言こういって、歯をくいしばって、涙を流すまいと、我慢しておられる。妻は、

「体を大切に、頑張って下さい。子供のことは心配いりません……」

目に一杯涙をためて、こういった。

この父と、妻と、子に対して、死を覚悟している私は、別れの涙も出てこない。人間として、これが最後の別れである。寂しい、どうしようもない。

「お母さんは、来てくれないのかね……」

妻に尋ねると、

「母上は、逢えば別れが辛いので……」

後は、言葉にならない。名刺版の母の写真を一枚、私に渡してくれた。

「ああそうか。母も一緒に、行ってくれるのか」

親思う心にまさる親心とは、まさにそのとおりであると、今まで涙一滴流さなかった私も、ぐっと胸に、こみ上げてくるものがあり、ついに、ハンカチで、涙をふいた。

「特攻隊員に、母に逢いたくないか……は禁句だ」

それが、よくわかった。母と子、母とはこんなものであった。

「寛文のために、何か遺言はありませんか」

「何もいうことはない。寛文が大きくなったら、父は、誇りをもって、喜んで死んだと伝えてくれ」

こういって、名刺の裏に、

「闘魂、責任、殉国」

と書いて、妻に渡した。これが、私の遺書であり、遺言であった。

「さようなら。お体を大切に、お母さんによろしく、長生きして下さい」

「竹尾。しっかりやれよ」

「あなた。さようなら」

父と、妻に、名残を惜しんだ。寛文の頭をなでてやると、幼い顔に、ぱっちりと、目をあけて、にこにこと、無心に笑っている。

父の私が、今日か、明日か死んで行くのに、幼い子供は、父の境遇も知らずに、無心に笑っている。私が、戦死したら、この子供の将来は、どうなるだろうか……ふとそう感じたが、いまさら、将来を案じても、私には、どうにもならない。

一人前に成長するまでには、妻と、父母が育ててくれるだろう。

真夏の八月の炎熱焼くが如き太陽を背に受けて、父と、子供を背負った妻とは、ふりかえり、ふりかえり、自転車で遠ざかり、ついに見えなくなった。

こうして、厳粛な特攻第一日は、明日は、運命の終戦を迎えるとも知らずに暮れた。今生の最後の夜となるだろうと思って寝たが、ぶきみな沈黙のうちに、夜はふけて行った。

ああ、八月十五日

特攻第一夜は、ぐっすりと熟睡出来たので、きょう終戦になることも知らずに、八月十五日のすがすがしい朝を迎えた。

その日も、払暁から、九州、四国、中国地方に敵艦載機は猛威を振るっている。各地のレーダーから、次々と空襲情報が入ってくる。

午前九時、朝食を終わって、ピストで「きょうは、出撃するだろう」と思い、煙草をのんで、特攻隊員と雑談していると、戦隊本部から、緊張した表情で伝令が命令を伝えて来た。

「正午、天皇陛下の、玉音放送による重大ニュースがあります。特攻隊員と空中勤務者は、十一時五十分、戦隊本部に集合せよ。その他の将兵は、ラジオの前に集合されたし」

「なに、天皇陛下の玉音放送だ……」

「いったい、何だろう……」

「本土決戦に対する、一億玉砕の訓示だろう……」

一同、異例の玉音放送に、緊張と、興奮で、戦隊全部が、急に騒々しくなった。

新聞も一億特攻、特攻隊に続けと、戦意の昂揚を訴えている。

しかし、広島と長崎に原子爆弾が投下され、ポツダム宣言の情報は、日本中に伝わっている。

この重大放送のニュースを聞いて、

「あるいは、最悪の事態では……」

誰も口にしないが、意識の底に不吉な予感がくすぶっていた。

いよいよ正午――全将兵は、息をつめ、手に汗握る緊張の瞬間である。

玉音は、電波にのって流れて来た。

詔　書

朕深ク世界ノ大勢ト帝国ノ現状トニ鑑ミ非常ノ措置ヲ以テ時局ヲ収拾セムト欲シ茲ニ忠良ナル爾臣民ニ告ク
朕ハ帝国政府ヲシテ米英支蘇四国ニ対シ其ノ共同宣言ヲ受諾スル旨通告セシメタリ（以下謹略）

「なにー、ポツダム宣言受諾！　無条件降伏とは！」

滂沱《ぼうだ》と流れる涙の中で、何かの間違いではないかと、まるで夢の中のようだ。

「ああ！　ついに、特攻隊まで出して、戦った祖国は、戦いに敗れた。しかも、無条件降伏だ……」

将兵は、嗚咽から、号泣へと、大声を上げて泣いた。皆の泣き声と、驚きと、無念さで、ラジオの玉音も耳に入らなくなった。哀愁を帯びた悟り切ったような天皇陛下の玉音は、ラジオより続いて流れる。

混乱と、慟哭は、筆舌に尽くし難いものがあった。軍司令部から、参謀が命令を伝えに来隊された。

「無念だが、聖断は下った。かしこき聖旨を奉じて、軽挙盲動を慎しみ、皇軍の最後を立派に全うして、正々堂々と武装解除を受けねばならない……」

将兵は、歯をくいしばって、ぼろぼろと大粒の涙を流して、じっと聞いていた。

これで、戦争は終わったのだ……。

兵は、即日全員が、悲しみと復員出来る喜びで、複雑な表情で、涙で名残を惜しんで、それぞれの郷里に帰って行った。

後には、将校と、下士官のみが残り、急に人影が少なくなり、寂しくなった。

決戦だ。降伏だ。と、各地より相反する情報が伝わってくる。大分からは、悲しい情報が入電した。

昭和二十年三月より、南九州にあって、敵の沖縄来襲に対処して、海軍の特攻攻撃を指揮して来た第五航空艦隊司令長官宇垣纏中将は、「俺に武人としての死に所を与えろ」といって、終戦処理を命じて、部下の神風特別攻撃隊員の後を追って、彗星七機を指揮して、沖縄に飛び、午後七時二十四分、訣別の無電を最後に、敵艦へ突入された。

この情報に接して、海軍に負けるな俺たちも後に続こうと、特攻隊全員が、出撃しようとしたが、軍司令部の将校によって、

「命令あるまで、出撃はまかりならぬ」

と厳重な監視と訓戒を受けて、離陸することが出来なかった。

陸軍の最高責任者、阿南陸軍大臣が、ポツダム宣言受諾により、祖国の敗戦が決定され、八月十五日、終戦の勅語が放送されることを知って、八月十四日夜半、陸軍の全責任をとって、陸相官舎で、古武士のごとく、見事に自刃して果てられたことが判明した。

さらに、南方派遣軍最高司令官元帥寺内寿一大将が自決されたことが、風の便りで、伝わって来た。内地から、外地から、多数の将校自決の悲報が、相次いで入った。

こうして、八月十五日は、涙と、悲しみのうちに、暮れて行った。

翌十六日、私たちが、特攻隊の解散を命ぜられて、助かったという実感もなく、喜びも、感ぜす、涙もかれて、放心状態となり、寝台に長くなっていると、また情報が入った。

海軍の特攻隊育ての親、軍令部次長大西瀧治郎海軍中将が、

遺　書

特攻隊の英霊に曰す
善く戦いたり深謝す
最後の勝利を信じつつ
肉弾として散華せり
然れども其の信念は
遂に達成し得ざるに至れり
吾死を以って旧部下の英霊と
其の遺族に謝せんとす
（以下略）

大西中将こそ、特攻命令を発令するとき、おそらく戦いに勝っても負けても、自刃を決意されたであろう。この人こそ名実共に、責任と愛情をもつ高級指揮官であり、名提督であったと、陸軍と海軍の区別はあれど、同じ帝国軍人として心から敬意と尊敬を捧げる一人である。

こうして、日本の無条件降伏によって、戦いは、悲しい、敗戦に終わった。
航空特攻四六一五柱の他に、義烈空挺隊、回天特攻隊、特殊潜航艇、地上斬込隊などが、陸に、海に、空に、全世界より、「日本軍は、世界一の精鋭である」と、讃え恐れられるように勇敢に戦ったのだ。

特攻戦法は、悲しい非常特異の殺人戦法であったが、特攻精神の真髄は、三〇〇〇年の歴史と伝統に培われた日本精神の大和魂の精華であった。そしてこれを育てたものこそ、偉大な日本の母であった。

祖国の無条件降伏によって、私の戦闘機一〇年、五〇〇〇時間の記録はここに幕を閉じ、こうして悲しい愛機との永遠の別れとなった。日華事変、太平洋戦争と九五戦、九七戦、一式戦（隼）三式戦（飛燕）などで、戦闘に参加したが、「愛機こそ、戦友の墓標」であると、しみじみと感じた。

祖国という名で呼ばれる日本という平和国家、道義国家の再建も、この特攻精神の底にながれる崇高なる犠牲的奉仕の至誠がなくては、その使命達成は不可能である。特攻精神護持は、生き残った戦友のみならず、民族と祖国を愛するすべての人が、「哲学」「精神」として、正しくこれを理解し、「物心一如」の新文明の創造という民族の歴史的使命に、誇りと、勇気をもってあたらねばなるまい。

ああ——偉大なるかな、特攻隊。その精神は、永遠に不滅なる民族の魂の中に生きている。大楠公の忠誠が、湊川に戦死をされて星霜を得て、歴史上大きな光を放っているように、特攻隊の護国忠誠の精華であるその偉勲は、敗戦によって、一時、国民から忘れ去られるような、悲しい現象を呈したが、やがて、全日本国民から礼拝合掌される日もそう遠くはないと信ずる。

特攻隊の慰霊顕彰と、特攻精神の実践は、私たち生存する戦友の当然の責任である。「後を頼む」「後は心配するな」といって、別れた同胞であるわれわれに大いなる責任があることを忘れてはならない。

あとがき

昭和二十年八月十四日、著者は特攻隊長を命ぜられ、隼（一式戦闘機）を爆装し、死の目的と意義を見つめながら出撃を待機していた。翌十五日に終戦となり、特攻隊を解除されて生還した。戦闘機操縦一〇年、三度重軽傷を受けながら不死身と呼ばれて日華事変、太平洋戦争に従軍、幾度か壮烈な空中戦に参加し、死線を越えた。

人間は生まれながらにして孤独である。操縦桿を握って大空を飛べば、その孤独感から救われた。そこに、大空の魅力と飛行機乗りの真情があった。人生においても、人類の幸福と平和に貢献する理想を抱き、この目標に向かって前進する時、私たちは生と死の孤独から救われる。

私は戦争末期に特攻学徒、少年飛行兵の教官を命ぜられ、人間特攻の指導教官として生と死の問題に直面、真剣な苦悩を体験した。飛行機乗りは、大空を飛ぶことが使命であり、大空に生き、大空に死することを本望であると信じた。飛び始めた瞬間から、大空でひとり生と死に直面するのが、戦闘機乗りの宿命であった。だから、特攻への道は決して偶然や苦しまぎれから踏み出されたものではなく。操縦桿を初めて握った日から、かたく心に決するものがあった。

とはいえ、二〇歳に満たぬ教え子の隊員たちが、飛行服に日の丸を縫いつけて、片道飛行に飛び立って行く姿を滑走路で見送る私の胸の中は、いま筆に現わして書き尽くせぬものがあった。最後に自らが特攻隊となり、その精神の真髄にふれて、初めて哲学的に開眼できたというのが本音である。

以来二三年、つねに「人間が人間らしく生きる道は何か」という至上の課題を求め続けて生きて来た。新しい「愛と平和の哲学」が、どこかにあるはずだ。二十世紀後半から二十一世紀にかけての新しい文明の基盤となる「物心一如の哲学」、唯物論も観念論も、唯心論をも克服する新しい〝人間の道〟を目指して、私は残りの生涯を歩きつづける覚悟で生きている。

ともすれば迷い、方向を見失おうとしたとき、たえず、未熟な私を力づけ、生きる勇気を与えて下さった衆議院議員田中竜夫、映画監督渡辺邦男、堀川バス社長堀川久助、元陸軍中将田中新一、青山学院大学日下藤吾、日本医科大学横田重左衛門（全日本国民連盟委員長）、茨城大学、水戸短期大学高倉熙景、全日本国民連盟香取宏明、元航空総軍司令官、陸軍大将故河辺正三、元第六航軍司令官陸軍中将菅原道大（順不同）の諸先生および陸軍航空隊の旧戦友に、紙上を借りて厚くお礼を申し上げる。これらの方々の心からのご声援がなかったならば、本書は到底世に出なかったであろう。

最後に、陸海軍特別攻撃隊の聖純なる青年たちの英霊に対して、全国民がひとしく礼拝合掌し、感謝の念を捧げる日が、一日も早く訪れるよう祈ってやまない。

著　者

単行本　昭和四十二年十二月　本田書房刊

NF文庫

永遠の飛燕

二〇一五年五月十五日　印刷
二〇一五年五月十九日　発行

著　者　田形竹尾
発行者　高城直一

発行所　株式会社　潮書房光人社
〒102-0073　東京都千代田区九段北一-九-十一
振替／〇〇一七〇-六-五四六九三
電話／〇三-三二六五-一八六四㈹
印刷所　モリモト印刷株式会社
製本所　東　京　美　術　紙　工
定価はカバーに表示してあります
乱丁・落丁のものはお取りかえ
致します。本文は中性紙を使用

ISBN978-4-7698-2886-0　C0195
http://www.kojinsha.co.jp

NF文庫

刊行のことば

第二次世界大戦の戦火が熄《や》んで五〇年――その間、小社は夥しい数の戦争の記録を渉猟し、発掘し、常に公正なる立場を貫いて書誌とし、大方の絶讃を博して今日に及ぶが、その源は、散華された世代への熱き思い入れであり、同時に、その記録を誌して平和の礎とし、後世に伝えんとするにある。

小社の出版物は、戦記、伝記、文学、エッセイ、写真集、その他、すでに一、〇〇〇点を越え、加えて戦後五〇年になんなんとするを契機として、「光人社NF（ノンフィクション）文庫」を創刊して、読者諸賢の熱烈要望におこたえする次第である。人生のバイブルとして、心弱きときの活性の糧《かて》として、散華の世代からの感動の肉声に、あなたもぜひ、耳を傾けて下さい。